Heinrich Hansjakob

Der steinerne Mann von Hasle

Ausgewählte Erzählungen Band 3

Heinrich Hansjakob: Der steinerne Mann von Hasle. Ausgewählte Erzählungen Band 3

Erstdruck dieser Auswahl: Stuttgart, Bonz, 1898.

Neuausgabe
Herausgegeben von Karl-Maria Guth
Berlin 2017

Umschlaggestaltung von Thomas Schultz-Overhage unter Verwendung des Bildes: Wilhelm Hasemann, Pfarrer Heinrich Hansjakob.

Gesetzt aus der Minion Pro, 11 pt

Verlag: Henricus - Edition Deutsche Klassik GmbH
Mörchinger Str. 33, 14169 Berlin, info@henricus-verlag.de
Druck: Libri Plureos GmbH, Friedensallee 273, 22763 Hamburg

ISBN 978-3-7437-0692-7

Bibliografische Information der Deutschen Nationalbibliothek

Die Deutsche Nationalbibliothek verzeichnet diese Publikation in der Deutschen Nationalbibliografie; detaillierte bibliografische Daten sind im Internet über www.dnb.de abrufbar.

Der steinerne Mann von Hasle

1.

Der Schwarzwald läuft nach Südosten in den großen alemannischen Gau aus, der die Bar genannt wird. Seine waldigen Berge umfangen noch diese rauhe Hochebene. Auf einem Bergkegel derselben, unweit der Quellen der Donau, erhob sich das ganze Mittelalter herauf die gewaltige Burg und Feste Fürstenberg, weithin leuchtend wie ein riesiger Adlerhorst. Sie war so groß, daß in ihren Mauern noch eine kleine Stadt gleichen Namens Schutz fand.

In dieser Burg saßen im Hochsommer des Jahres 1286 die Söhne des ersten Fürstenbergers: Friedrich, Egino, Konrad und Gebhard, um das Erbe, so der Vater ihnen zwei Jahre zuvor hinterlassen, zu teilen.

Dieser, Heinrich mit Namen, Graf von Urach und Freiburg, ein Großneffe des letzten Zähringers, hatte mit seinem Bruder Konrad die ihrem Geschlechte vom Großoheim zugefallenen zähringischen Besitzungen im Breisgau und auf dem Schwarzwald geteilt.

Konrad nahm die ersteren mit der Stadt Freiburg, Heinrich die letzteren mit den Städten Villingen und Hasela (Haslach).

Auf der Burg Fürstenberg schlug er um das Jahr 1250 seine Residenz auf, nannte sich Graf von Urach-Fürstenberg und ward so der Stammvater der Grafen und späteren Fürsten von Fürstenberg.

Sie haben viel zu teilen, die genannten Söhne. So weit sie schauen von ihrer Felsburg herab – und sie überschauen die ganze Baar und den Schwarzwald bis hinüber zum Feldberg und hinab zum Kniebis – gehört alles ihnen: Dörfer, Burgen, Wald, Wunn und Waid. Nur Städte haben sie wenige – nur zwei namhafte, das größere Villingen und das kleinere Hasela drunten im Kinzigtal, wo noch viel Gut ihrer ist und manch ein Dienstmann von ihnen sitzt.

Und selbst diese zwei Städte hat man ihrem Geschlecht von Reichs wegen streitig gemacht, als der letzte Zähringer mit Tod abging. Erst 1283 hatte König Rudolf, der Habsburger, ihren Vater, seinen Vetter und Freund, aufs neue mit Villingen und Hasela belehnt, um aus dem Streit einen Ausweg zu finden.

Die Söhne hatten nach des Vaters Hinscheiden (1284) den Bürgern von Villingen, die es also verlangt, versprochen, innerhalb zweier Jahre einen von ihnen der Stadt zum Herrn zu setzen.

Heute sind sie nun auf dem Fürstenberg beisammen, um zu teilen und denen von Villingen gerecht zu werden. Es sind lauter junge Männer, die vier Grafen, der jüngste, Gebhard, kaum dem Knabenalter entwachsen. Den beiden älteren, Friedrich und Egino, hat vor vier Jahren erst König Rudolf zu Villingen den Ritterschlag erteilt. Konrad, dem Alter nach der dritte, ist in den geistlichen Stand getreten und bereits Domherr zu Konstanz.

Als Protokollführer und Ausfertiger der Teilungsurkunde ist auf Fürstenberg erschienen der alte Notar ihres Vaters, Meister Albert von Horb.

Um einen großen eichenen Tisch sitzen die Herren in der Ritterstube, ein Knappe trägt gefüllte Humpen auf, und die Tagfahrt beginnt.

»Teilen«, so hub Graf Friedrich, der älteste der Brüder, an, »ist kein Geschäft, das Geschlechter groß macht. Das zähringische Erbe, so unserem Hause zufiel, wurde schon einmal geteilt, als unser Vater die Herrschaft antrat, die wir heute wieder teilen sollen.«

»Aber es bleibt uns nichts anderes übrig. Die Gevatter Krämer, Tuchmacher und Schneider in den Städten Deutschlands tragen den Kopf hoch seit der kaiserlosen Zeit. So auch unsere Gevattern in Villingen. Wir haben vor zwei Jahren bei geschworenem Eide zugesagt, ihnen einen aus uns Vieren zum Herrn zu geben. Sie haben darüber Brief und Siegel von uns und unseren Freunden und Sippen: obenan Bischof Rudolf von Konstanz.«

»Also Wort halten müssen wir, ob wir wollen oder nicht, aber ohne zu teilen geht es nicht. Mich zum Herrn von Villingen zu küren und mir des Vaters ganzes Erbe zuzuteilen, verlange ich nicht und kann ich nicht verlangen, und du, Egino, würdest, so wie ich dich kenne, es auch nicht dulden.«

»Ich schlage deshalb zunächst vor, dich zum Herrn von Villingen zu machen. Du wirst eher fertig mit dem trotzigen Bürgervolk, als ich; du kannst auch trotzen und fährst wie ein Wetter drein, wenn's nicht geht, wie du willst.«

»Auch Hasela drunten an der Kinzig und die dazu gehörige Herrschaft kannst du haben, Egino«, fuhr Friedrich fort. »Die von Hasela krakeelen und rumoren gern, und was die Villinger verlangen, wollen sie am Ende auch. Ich will meine Ruhe haben und von dieser Burg herab meine braven Fürstenberger und die Bauern der Baar und des mittleren Schwarzwalds regieren. Und eine Stadt habe ich ja auch noch, Wolfa im Kinzigtal drunten, meiner Ehefrauen Udelhilt Erbe. Die von Wolfa sind friedliche Bürger und halten was auf ihre Herren. Mit denen komm' ich aus.«

»Du Konrad und du Gebhard, ihr kommt bei der Teilung nicht in Betracht. Ihr müßt der Hausmacht ein Opfer bringen im geistlichen Stand. Konrad, du bist schon Domherr, und den Gebhard hat unsere Mutter bei seiner Geburt der Kirche gelobt. Er soll drum mit dir in die Domschule nach Konstanz und ein Kleriker werden. Die zwei jüngeren Brüder des Vaters sind auch geistlichen Standes gewesen, Graf Gebhard Domherr in Straßburg und Graf Gottfried ein solcher in Konstanz. Es ist also schon von früher her geistlich Blut in unserem Geschlecht, und ihr zwei werdet wohl auch was davon geerbt haben.«

»Egino und ich geben jedem von euch eine Anzahl Höfe, Kirchensätze und Pfründen in unseren Herrschaften, und damit habt ihr ein Herrenleben. Auch könnt ihr, wenn ihr Glück habt, noch zu einem Bistum gelangen, und dann seid ihr viel größere Herren als Egino und ich zusammen.«

»So, das wär' meine Meinung«, schloß Graf Friedrich.

Jetzt nahm Egino das Wort und sprach:

»Bruder Friedrich, du hast gesprochen wie ein kluger Mann. Auch ich weiß, daß das Teilen schwächt, drum soll, so weit's, auf mich ankommt, zum letztenmal geteilt sein das Erbe, so die Uracher von den Zähringern erhalten. Aber diesmal muß ich meinen Teil haben. Du weißt, Bruder, ich bin mit dir zum Ritter geschlagen worden und habe ein Jahr darauf mit unserem König eine Heerfahrt gemacht nach Savoyen und mich bewährt als rechten Mann. Ein armer Ritter, ein Ritter ohne Land, ist aber nur ein halber Mann. Ich hab' kein Allod, nicht einmal die alte Burg Zindelstein im Bregtal drüben, die ich jetzt bewohne, gehört mir, sie ist unserem Gebhard bestimmt, ihm vermacht vom Onkel Götz, dem Domherrn. Meine Hausfrau ist eine Hachbergerin, die mir einiges Geld, aber kein Gut brachte. Darum bin ich sehr dafür, daß wir zwei teilen.«

»Du sollst aber das Vorrecht haben. Und wenn du Villingen nicht willst, nehm' ich's; aber, was in seiner Nähe im Brigtal liegt, gehört dazu. Und da du Städte nicht liebst, außer Fürstenberg, das winzige, und Wolfa, das zahme, so gib mir noch das Städtlein Vörinbach und das Bregtal bis hinab zu meinem Zindelstein.«

»Daß du mir auch Hasela, das lustige, – und natürlich sein Gebiet dazu – geben willst, weil dir die von Hasela zu unruhigen Geistes sind, dafür dank' ich dir, Bruder, von Herzen.«

»Schon als Knabe war's mir die größte Freude, wenn wir in der Herbstzeit mit der Mutter von hier aus dorthin ritten und auf der dortigen Burg einige Zeit blieben. In der Kirche daselbst hab' ich auch, ein Sechzehnjähriger, die Schwertleite empfangen.«

»Seit dem Tode des Vaters sitze ich meist viel lieber in der schönen Zähringerburg zu Hasela, als auf dem einsamen Zindelstein, und mein junges Weib, die Verene, schwärmt für Hasela.«

»Hier hab' ich alles, was einem Ritter in Friedenszeiten gebührt – an den Berghalden hin einen vürtrefflichen Wein, und in den Hochwäldern scheucht das Jagdhorn den Wolf auf, den Bär, den Wisent, den Ur, den Edelhirsch und den Steinbock.«

»Und die Bürger dort sind mir tausendmal lieber als die patzigen Villinger, die vom Hansabund und vom schwäbischen Städtebund träumen und glauben, Villingen käme gleich nach Paris.«

»Die von Hasela sind zufrieden, wenn man sie ruhig räsonieren und ihren Wein trinken läßt und nicht viel Steuer von ihnen verlangt. Sie schimpfen gern über ihre Herren, aber es kommt immer aus gutem Herzen, und sie leiden nicht an Größenwahn wie die Villinger.«

»Der alte Minnesänger Jörg von Günterstal, der als von Freiburg her zu unserem Vater kam, wenn er in Hasela residierte, hat gerne mit den Bürgern der Stadt verkehrt, manchen Humpen mit ihnen geleert, und sie in einem Lied trefflich also gezeichnet:

> Zuo Hasela drin im Swarzwaldt hûst
> Ein stamm von guoter art.
> Der mann ist mann und keiner zûst
> Ihm ungestraft den bart.
> Wehren kann jedes kind sich
> Zuo Hasela an der Kinzig.

> Das schafft und freit, das denkt und schwazt,
> Wie grad sein sinn ihm stât,
> Ja, wer sich baß zum trinken sazt,

Hat doch ein mûl, das gât.
Die maaßkrüg sind nit winzig
Zuo Hasela an der Kinzig.«

»Solche Untertanen lieb ich, wie ich auch einen guten Trunk liebe. Drum wird, wenn's nach meinem Wunsch geht, Hasela vom kommenden Verenentag an meine Residenz sein, und ich will fortan mich nennen von Fürstenberg-Hasela. Meiner Linie erstes Hausgesetz aber soll sein, daß nicht mehr geteilt wird.«

»So, das ist meine Meinung und meine Absicht, und wenn du, Friedrich, damit einverstanden bist, ist die Teilung gemacht.«

»Ich bin's«, sprach Graf Friedrich und reichte Egino die Rechte zum Zeugnis.

»Es war zu allen Zeiten fürstlicher und gräflicher Familien Art, daß die jüngeren Söhne im Erbe zurückstehen mußten« – begann jetzt Konrad, der jugendliche Domherr von Konstanz. »Drum wollen Gebhard und ich nicht rechten. Es ist unsern zwei geistlichen Oheimen auch nicht besser ergangen. Und wenn ihr zwei uns ordentlich ausstattet mit Pfründen, Höfen, Mühlen und Zehnten, dann können wir auch leben. Das geistlich Kleid drückt ohnehin diejenigen, so adeligen Herkommens sind, nicht schwer in unsern Tagen. Wir können auch noch, wenn Lust oder Not kommt, zum Harnisch und zum Schwert greifen und die Ritter spielen, wie ihr.«

»Ihr seid überhaupt heutzutag mehr als wir«, warf Egino bitter lächelnd ein. »Seitdem die Hohenstaufen im Kampfe mit Rom unterlegen sind, spielt die Geistlichkeit die erste Violine auch in Deutschland, und der Bannstrahl des Papstes oder selbst eines Bischofs trifft sein Opfer bis ins Mark hinein.«

»Es ist ein wahres Glück, Egino«, entgegnete der Domherr, »daß es auf Erden noch eine Macht gibt, welche ihr weltlichen Herren mit eurem Gewaltsinn zu fürchten habt. Dir aber möcht' ich den Rat geben, die Sache mit denen von Villingen nicht so leicht zu nehmen. Mir ahnt's, als ob unser Geschlecht für die Dauer weder in Freiburg, noch in Villingen imstande sein wird, die mächtig aufstrebenden Städte unter Botmäßigkeit zu halten.«

»Heute schon – ich hab's zu des Vaters Lebzeiten an Ort und Stelle gesehen – benehmen sich die in Villingen regierenden reichen Bürgergeschlechter wie dem Adel ebenbürtig. Und wenn auch die Handwerker und mindern Bürger ihre Stadtherren ›Müßiggänger‹ nennen und ihnen nicht hold sind, so machen sie doch gemeinsame Sache mit ihnen, wenn's gegen uns Fürstenberger geht.«

»Ich will dir, Egino, beistehen, so gut ich kann. Drum verlange ich von euch zunächst die Pfarrei in Villingen, die seither unser Oheim Götz innegehabt. Fromm sind sie und gut päpstlich, die Villinger, und ein Pfarrherr hat Einfluß bei ihnen. Ich will dann öfters im Jahr dort residieren. Auch der Bau des Münsters, den unser Vater begonnen, interessiert mich.«

»Dann hat, wie ihr wißt, unsere Mutter[1] in Villingen den Schleier genommen, wohnt dort und tut viel Gutes den Armen. Ihr Einfluß mag unserm Hause auch zu gut kommen.«

»Weder die Mutter als Nonne, noch du als Pfarrer, noch Egino als Herr werden mehr viel ausrichten«, nahm jetzt Graf Friedrich das Wort.

»Die Villinger haben heute schon zu viel Rechte und werden noch mehr wollen. Dem Menschen, der nach Freiheit strebt, steht nichts im Weg; zudem wissen die Philister im Brigtal, daß ihre Stadt uns von Reichs wegen streitig gemacht wurde und jeder neue König im deutschen Lande uns ins Recht stehen kann. Ich wünsche unserm Egino alles Gute, aber seine Not wird er haben mit unserer größten Stadt.«

»Überlassen wir das Gott, meiner Klugheit und meinem Schwert«, meinte Egino, »und bringen wir die Teilung vollends zu Ende, indem wir den zwei geistlichen Herren ihre Kirchensätze, Höfe, Mühlen und Zehnten zuweisen.«

»Ich«, so sprach der Brüder jüngster, Gebhard, jetzt zum Schluß, »ich möchte gerne, wenn ich einmal Priester bin, Pfarrer in Pfohren werden. Dorthin hab' ich als Knabe den Vater so gerne begleitet auf die Entenjagd. Wir nahmen jeweils nach der Jagd einen Imbiß beim Leutpriester, und der Vater sagte oft zu mir: ›Gebhard, du wirst einmal Pfarrer in Pfohren, dann kannst du Enten schießen in der Donau, so viel du willst!‹«

»Das sollst du haben, Pfohren und die alte kaiserliche Pfalz dazu als Wohnsitz« – riefen die zwei älteren Brüder. Und Egino fügte noch bei: »Auch Grüningen droben im Brigtal sollst bekommen, da kannst du Forellen fangen.«

---

1 Die Mutter war Agnes, Gräfin von Truhendingen. Sie starb nach 1492.

Bald waren so die zwei Opfer der Hauspolitik, Konrad[2] und Gebhard,[3] ausgestattet und die Teilung vollzogen, an deren Schluß die vier Grafen sich noch das Versprechen gaben, allzeit treu und brüderlich zusammenzuhalten.

»Und jetzt«, rief Egino, »die Humpen frisch gefüllt vom besten Oberkircher eigenen Gewächses und eins getrunken auf das Wohl der Häuser Fürstenberg-Wolfa und Fürstenberg-Hasela und auf die Zukunft der zwei Bischofskandidaten von Konstanz!«

»*A propos*, da fällt mir ja gerade noch ein, daß wir noch nichts geteilt haben im Renchtal, wo die Burg Fürsteneck und das Städtchen Oberkirch uns gehören und wo ein Wein gedeiht, der selbst den schlägt, so in meinem lieben Hasela am Herrenberg wächst.«

»Du weißt, Egino«, erwiderte Friedrich, »daß der König erst im April dieses Jahres uns beide mit jener Herrschaft belehnt hat. Was der König aber vereint hat, das sollen Grafen und Ritter nicht trennen. Wir behalten also die Besitzungen im Renchtal gemeinschaftlich, teilen im Herbst den Klevner und Klingelberger, schicken den zwei Herren in Konstanz ein Faß, und ich wohne mit meiner Familie zur Herbstzeit auf der Burg Fürsteneck im Renchtal.«

»In Wolfa und auf dem Fürstenberg wachsen nur Tannenzapfen; in Hasela bist du im Weinland, ich will also auch einige Zeit in einer Gegend leben, wo Wein wächst.«

»Einverstanden, Bruder!« riefen die andern, Egino voran.

Eben trug der Knappe frisch gefüllt die Humpen auf, gefüllt mit dem besten, als auch der Burgvogt hinter ihm drein in die Ritterstube trat und dem Grafen Friedrich meldete, der Ritter Hug von Almeshofen sei vor dem kleinen Burgtor und begehre Einlaß.

»Laß ihn ein! Der kommt uns gerade recht«, sprach der Schloßherr. »Egino, du wirst doch demnächst deine Herrschaften übernehmen und in deinen Städten dir huldigen lassen wollen. Der von Almeshofen, mein Dienstmann, könnte Botschaft bringen nach Villingen und Hasela.«

---

2   Er wurde Pfarrer in Villingen und später auch in Dornstetten.
3   Wurde Pfarrer in Grüningen und Pfohren und nach dem Tode seines Bruders, um 1320, auch Kanonikus in Konstanz und Pfarrer in Villingen. Er starb 1887.

»Recht so!« rief Egino. »Am Verenentag, dem Namenstag meiner Hausfrau, will ich, wie schon gesagt, in meine Residenz Hasela einziehen, vorher aber mich den Herren Villingern vorstellen. Ich könnte das letztere etwa acht Tage eher tun, sagen wir am Bartholomäustag. Und wenn du mir den Almeshofer und einige andere Ritter der Umgegend als Boten zur Verfügung stellst, ist's mir recht.«

»Der Ritter Hug wird gleich eintreten«, entgegnete Graf Friedrich; »dem gib deine Befehle nach deinem Gutdünken. Über meine Dienstmannen in der Baar kannst du verfügen.«

»Hug!« rief Egino dem bald darauf eintretenden Ritter zu, ihm die Hand zum Willkomm entgegenstreckend, »ihr müßt mir mit Erlaubnis eures einzigen Herrn – denn eben haben wir geteilt – die nächsten Tage auf Botschaft reiten. Ihr kommt dann wieder einmal aus euerm alten Nest in dem sumpfigen Ried drunten fort und habt überall gut Quartier und guten Trunk.«

»Ich stehe ganz zu Befehl, Herr Graf«, antwortete der Almeshofer. »Seit der selige Herr, euer Vater, tot ist, kommt man nimmer so viel in die Welt hinaus, drum reit' ich für euch um so lieber.«

»Meister Albert«, fragte jetzt Egino den Schreiber, »wie lange braucht ihr, um denen von Villingen und Hasela zu schreiben, daß ich komme zur Huldigung?«

»In zwei Stunden ist das geschehen, Herr Graf!«

»Gut! Dann wartet der Hug und nimmt die Briefe gleich mit. Und nun paßt auf, Almeshofer; was ich jetzt sage, das besorgt ihr pünktlich und mündlich. Ihr reitet morgen zu euern Nachbarn, zum Brun von Kürnegg, zum Heinrich von Blumenegg, zum Walter Esel von Dürrheim und zum Rudolf von Baldingen. Ihr fünf teilt euch in die Botschaft nach Villingen, nach Hasela und zu den folgenden Herren: zum Grafen Albrecht von Hohenberg, unserem Schwager, zum Markgrafen Heinrich von Hachberg, zu den Grafen Egon und Heinrich von Freiburg, Ulrich von Montfort, Mangold von Nellenburg und Götz von Tübingen. Diese Herren, unsere lieben Freunde und Vettern, sind in meinem Namen zu bitten, auf Sankt Bartholomäustag in Villingen einzureiten und mir Zeugen zu sein bei der Huldigung. Ich will den Villingern imponieren mit meinen Zeugen.«

»Meister Albert, schreibt euch die Namen nochmals auf, damit die Ritter keinen vergessen. Die Kosten unterwegs von Burg zu Burg und von Stadt zu Stadt bezahle ich, wenn die Boten nicht Ritterburgen und gute Freunde am Wege finden. Als Lohn und Angedenken bekommt jeder ein Paar silberne Sporen.«

»Und nun. Knappe, hole dem Ritter Hug einen Humpen. Er trinkt mit uns, bis Meister Albert die Briefe geschrieben und ich sie gesiegelt habe.«

»Du, Friedrich, reitest natürlich auch mit mir nach Villingen. Ihr zwei Jungen aber habt noch keine Siegel, ihr könnt mit oder nicht. Noch könntest du, Konrad, deine künftige Pfründe ansehen bei der Gelegenheit und Gebhard die Mutter besuchen. Aber den Meister Albert brauch' ich. Es sind von heut' an noch 14 Tage bis Sankt Bartholomä; bis dahin hat er alle unsere Teilungsurkunden fertig, dann kann er wohl mit mir nach Villingen und Hasela und mir den Sekretär machen.«

»Wir werden deiner Brautfahrt nicht anwohnen, Egino«, nahm nun Konrad das Wort. »Wir zwei Siegellose reiten übermorgen von Fürstenberg ab und besuchen die Mutter in Villingen. Von da geht's dem Heuberg zu, um unsere Schwester Margaret zu besuchen auf Hohenberg. Sie will unsern Gebhard wieder einmal sehen, und ich bin immer gern beim Hohenberger Schwager. Graf Albrecht ist Minnesänger und drum in seiner Burg stets heiteres Leben, und Heiterkeit lieb' ich auch als Kleriker.«

»Sie haben in diesem Frühjahr den König Rudolf, ihres Mannes Freund, zu Besuch gehabt, und da wird Margaret viel zu erzählen wissen.«

»Von Hohenberg reiten wir weiter hinab ins Neckartal und nach Tübingen; wollen sehen, wie es unserer Elisabeth geht bei ihrem neuen Gemahl, dem Pfalzgrafen. Ich glaub' aber nicht, daß es mir dort so gut gefallen wird, wie einst auf der Burg Falkenstein im romantischen Bernecktale drunten im Schwarzwald, wo Elisabeth mit ihrem ersten Gemahl hauste.«

»Von Tübingen reiten wir dann dem Bodensee zu. Es wird, bis diese Besuche abgemacht sind, Maria Geburt werden, und nach diesem Feiertag beginnt für Gebhard die Domschule in Konstanz.«

»Im kommenden Frühjahr will ich dann dich, Egino, einmal in Hasela besuchen, wenn die Maiglöcklein blühen in den sonnigen Wäldern des Kinzigtales.«

Solche und ähnliche Reden gingen neben dem Trinken her bis gen Abend. Dann ritt Egino mit seinen zwei Knappen und mit dem Ritter Hug von Almeshofen vom Fürstenberg herab, er hinüber ins Bregtal, der Burg Zindelstein zu, und der Ritter ins Ried auf seine Burg. Unterwegs gab der Graf seinem Begleiter noch den Auftrag, die Grafen von Freiburg und den Markgrafen von Hachberg einzuladen, am Vorabend von Sankt Bartholomä auf dem Zindelstein Quartier zu nehmen, da ihr Weg nach Villingen sie in die Nähe führe.

Andern Tags ritt der Almeshofer zu seinen Nachbarn, und die Botschaftsritte begannen. Und bald kam von allen, die zur Huldigungsfahrt nach Villingen geladen worden, die Botschaft auf den Zindelstein, sie würden gerne dem Grafen Egino zu Willen sein und mit ihm an Sankt Bartholomä in Villingen einreiten.

2.

Hug von Almeshofen hatte die Einladung an den Grafen Egino zu Freiburg, an dessen Bruder Heinrich zu Badenweiler und an den Markgrafen von Hachberg selber besorgt.

Die Burg zu Freiburg war die schönste in deutschen Landen und ihr Besitzer Egino I. ein gastfreundlicher, leichtlebiger und darum mit Schulden behafteter Herr. Der arme Ritter aus dem Ried zwischen Brig und Breg versprach sich drum einen guten Tag beim lustigen Grafen auf dem Schloßberg an der Dreisam.

Es war hohe Mittagszeit, als Ritter Hug über den Schwarzwald her auf das Schloß von Freiburg geritten kam. Der Graf machte eben seinen Schlaf in der Kemenate, und der Burgvogt bewirtete indes in der Ritterstube den Gast mit Trunk und Imbiß.

»Gott willkommen, Hug, alter Freund aus jungen Tagen!« rief bald darauf Egino, in die Stube tretend, dem Ritter zu, »Ihr habt gewiß Botschaft von meinen Vettern auf dem Fürstenberg, haben sie eine Fehde oder sind reiche Kaufleute um den Weg, die du mir melden sollst?«

»'s ist nicht mehr so gut niederwerfen, wie vor zehn Jahren. Seitdem der Leibsänger unseres Königs, Ottokar von Horneck, gesungen:

Von Friburg graf Egen
Uf straßen und uf wegen
Lîden von ihm große schwer
Des kunigs und des rîches burger

und seitdem der König selbst mich in meinem Neste belagerte, gilt's Vorsicht.«

»Hab' ungefährliche Botschaft, Herr Graf«, erwiderte der Ritter. »Ich soll euch laden zur Huldigung nach Villingen auf Sankt Bartholomä demnächst. Meine Herren haben geteilt. Graf Egino nimmt Villingen und Hasela, und Graf Friedrich wird Herr in der Baar. Ihr werdet aber gebeten, den Weg über den Zindelstein zu nehmen und von dort aus mit unserm Herrn Egino nach Villingen zu reiten.«

»Da wünsch' ich«, antwortete der Herr von Freiburg, »meinem Vetter Egino Glück, wenn er Herr von Villingen wird. Er wird seine liebe Not haben mit den Städtebürgern. Ich kenn's; meine Freiburger da drunten haben mich's gelehrt, was es heißt, Herr sein über Philister. Die Kerle wollen immer mehr Freiheiten und immer weniger bezahlen. Unsereiner aber braucht Geld, viel Geld. Wegelagern duldet der alte Habsburger, unser König, nicht, und die Bürger, so am meisten Geld haben, wollen nichts herausgeben. In solchen Zeiten, lieber Hug, mag der Teufel Graf von Freiburg sein. Schöne Aussicht hat man hier oben auf meiner Burg, aber schlechtes Einkommen, Freund! Doch mir verderben die da drunten den Humor nicht. Ich laß' mir nichts abgehen und mache bei den Juden in Basel Schulden, welche die Freiburger bezahlen dürfen.«

»Doch, um auf eure Botschaft zurückzukommen, ich werde zur Huldigung erscheinen und am Vorabend auf dem Zindelstein einreiten mit stattlichem Gefolge, das meinem Vetter Ehre machen soll bei den Bürgern in Villingen.«

»Ihr aber, Ritter, bleibt bei mir bis morgen und berichtet dann euere Botschaft weiter. Ihr könnt mich gegen Abend hinabbegleiten in die Stadt. Ich will euch das bald fertige Münster zeigen, das mein Vater Konrad drunten mit der Bürger Hilfe gebaut hat, ein ewig Denkmal für ihn, für unser Geschlecht und für die Bürger. Und dann will ich euch noch was sehen und hören lassen, worüber euch als Kriegsmann die Augen mehr überlaufen werden, als wenn ihr am Wunderbau des Münsters hinaufschaut.

Das Vesperglöcklein hatte eben vom südlichen Hahnenturm aus den Bürgern von Freiburg die Zeit zum Unterbrot verkündet, als Graf Egino mit dem Ritter von Almeshofen in der untern Stadt an der Pforte des Barfüßerklosters erschien.

»Ich will«, sprach der Graf zum demütig ihn grüßenden Bruder Pförtner, »meine alten Ritter besuchen, den Rettich, den Kohmann, den Thurner und den Schretter, die vor kurzem sich bei euch haben scheren lassen und Mönche geworden sind.«

»Meldet's dem Guardian, daß er sie in die Konventstube beordert, und dann wollen wir zwei auch noch zu dem Teufelskerl in seine Zelle, zu dem schwarzen Berthold oder wie er heißt. Er muß von seinen Teufelskünsten uns was vormachen.«

»Zu allererst will ich aber noch den Bruder Albrecht, den Lesemeister, sprechen. Er soll«, fuhr der Graf zu seinem Begleiter redend fort, »meinen drei jüngeren Buben, dem Egino, dem Heinrich und dem Gebhard, Lesungen halten in der Gottesgelahrtheit. Sie müssen mir alle drei in den Kirchendienst[4], meine Herrschaft genügt kaum dem Nettesten. Mein Schwager, der Bischof von Straßburg,[5] soll für die andern sorgen.«

Am offenen Fenster seiner Zelle, auf der Ostseite des Klosters, saß an diesem Abend, den Rosenkranz in der Hand, der greise Bruder Berthold. Er ließ während des Betens seine Blicke bald in den Klostergarten, bald auf den zu ihm herabschauenden, fast vollendeten Münsterturm gleiten.

Den ganzen Nachmittag über hat er studiert und experimentiert und will jetzt im Gebet ausruhen und seinen Geist ablenken von den irdischen Dingen, die ihn ohnedies Tag und Nacht beschäftigen.

Neben seiner Zelle hat er seine »Küche«, in der er siedet und verbrennt und schmelzt und stößt und mischt und in der er einen großen Teil des Tages und oft auch der Nacht verbringt. Manchmal ruft nach Mitternacht das Glöcklein ihn und seine Mitbrüder zur Mette und zum Aufstehen, während er selbst noch nicht einmal ans Schlafen gedacht hat.

Er eilt dann ungeschlafen durch den dunklen Kreuzgang der Kirche zu und zum Chorgebet. Seine Mitbrüder aber schauen ihn alle scheu und finster an. Sie haben ihn im Verdacht eines Bundes mit dem Teufel, seitdem er das höllische Pulver erfunden. Sie hätten ihn, wie

---

4   Alle drei wurden Domherren in Straßburg, Gebhard Dompropst.

5   Konrad von Lichtenberg, den ein Freiburger Bürger später, am 29. Juli 1299, im Kampfe erschlug, als er die Stadt zu Gunsten seines von den Bürgern vertriebenen Schwagers belagerte.

seinen weit berühmteren Ordensgenossen in England, Roger Bacon, längst eingekerkert; aber Albrecht, der Lesemeister, war sein Freund, und der trat mit seiner ganzen Beredsamkeit und Gelehrsamkeit für den schwarzen Berthold ein. So nennen sie ihn wegen seiner schwarzen, unheimlichen Kunst.

Es klirren Schritte im Kreuzgang, und bald öffnet Bruder Albrecht die Zelle des greisen Forschers und spricht: »Berthold, unser gnädiger Herr, der Graf Egino, will euch besuchen und noch ein fremder Rittersmann mit ihm.«

Der alte Pulvermann hatte sich erhoben, eine ehrwürdige, hohe Gestalt, kaum gebeugt von den vielen Jahren, die sie trug. Zwei große, dunkle Augen über einer mächtigen Adlernase und das ungeschorene weiße Barthaar gaben seinem Gesicht den Ausdruck eines Sehers des alten Bundes.

»Gott grüß euch, ihr Herren, in meiner Zelle!« also begann er. »Was ist euer Begehr? Ich stehe gern zu Diensten, so weit ein armer Barfüßer sie leisten kann. Unser edler Herr, der Graf, hat mich schon einmal mit einem Besuch beehrt. Es ist viel Ehre für ein Freiburger Bürgers-Kind, daß er ein zweitesmal kommt!«

»Bruder Berthold«, entgegnete Egino, dem Alten die Hand schüttelnd, »ich hab' vom Ritter Golin, meinem Burgvogt, gehört, daß ihr in diesen Tagen eine neue Erfindung gemacht hättet, und die wollt' ich sehen und auch diesem Herrn da zeigen, dem gestrengen Ritter Hug von Almeshofen, der heute mit einer Botschaft meiner Vettern, der Fürstenberger, zu mir kam.«

»Als ich vor Jahren einmal bei euch war, hattet ihr eben das Teufelszeug erfunden, das ihr Pulver nennt. Jetzt hör' ich, ihr hättet auch ein Rohr gemacht, aus dem ihr Feuer schießt.«

»Gerne, mein gnädiger Herr«, erwiderte der Mönch, »will ich euch meine Feuerwaffe und ihre Kraft zeigen, 's ist zwar kein Geschäft für einen Barfüßer und Sohn des heiligen Franziskus, derlei Dinge zu treiben; aber mein Geist plagte mich und ließ mir Tag und Nacht keine Ruhe, bis ich wußte, was mit dem Pulver anzufangen wäre.«

»Mich plagt kein solcher Geist, alter Berthold«, gab der Graf zurück, »ich will nichts erfinden. Was mich plagt, sind die Schulden und meine Freiburger, die sie nicht zahlen wollen. Wenn euch wieder einmal der Geist keine Ruhe läßt, etwas zu erfinden, so lernt Gold und Silber machen und bringt mir die Kunst aufs Schloß. Ich will dann den Barfüßern alle meine Zehnten und Gülten im Breisgau dafür verschreiben.«

»Ich bin jetzt demnächst achtzig Jahre alt«, fuhr der Bruder fort, »und schon mehr denn fünfzig Jahre suche ich nach ›dem roten und dem weißen Löwen[6].‹ Drum hab' ich allzeit mit Quecksilber operiert und bin schließlich aufs Pulver gekommen – aber nicht auf Gold und Silber. Ich mein', es wird auch keinem je gelingen, diesen ›Stein der Weisen‹ zu finden, und drum werden, Herr Graf, die Schulden ewig, wie Gottes Wort, durch die Zeiten schreiten.«

»Aber nun muß ich die Herren bitten, wenn sie meine Feuerwaffe kennen lernen wollen, mit mir in den Garten hinaus zu gehen.«

Bruder Berthold nahm aus seiner Küche ein eisernes Rohr, einen kleinen Mörser, Pulver und Kugeln mit und schritt dem Grafen, dem Ritter und Albrecht, dem Lesemeister, voraus dem Klostergarten zu. Hier lud er zunächst das Rohr mit Pulver und Blei und schoß unter Blitz und Knall die Ladung auf die alte Gartentür ab, die in ihren Angeln erzitterte, als der Schuß sie traf.

Erschrocken und sprachlos schauten die beiden Rittersleute zunächst sich und dann den Bruder an.

Als der Graf Worte fand, sprach er: »Das ist ja Blitz und Donner in Menschenhand. Sagt Bruder, steht ihr im Bunde mit dem Himmel oder mit der Hölle?«

»Mit dem Himmel, hoff ich, Herr Graf. Dem Teufel hab' ich alle Tage meines Lebens entsagt, so gut ich konnte. Gott hat den Menschen jenen Geist gegeben, der sie plagt, bis sie eines Rätsels Lösung gefunden. Der Herr des Himmels hat die Natur und ihre Elemente geschaffen, damit der Menschengeist sie erforsche. Meine Mitbrüder, brave, fromme Mönche, die dem Flug meines Geistes nicht zu folgen vermögen, diese glauben, meine Erfindung sei Teufelswerk, und sind mir gram. Aber ich tröste mich mit dem Weltheiland. Als der seine neuen, gewaltigen Ideen in die Menschheit warf, sagten die Kinder der Zeit, er sei mit dem Teufel im Bunde. Und jetzt, da ich mit meiner Feuerwaffe eine neue Epoche in der Weltgeschichte einleite, muß ich auch des Teufels sein. Nur einer in diesem Kloster versteht mich, es ist mein jüngerer Freund hier, Albrecht, der Lesemeister. Ohne ihn läg' ich wahrscheinlich in Ketten und Banden als ein Teufelskünstler.«

6   Kunst, unedle Metalle in Gold und Silber zu verwandeln.

Des alten Mönchs Augen leuchteten bei diesen Worten geisterhaft, und er stand da wie ein Seher, der fühlt, daß er Großes verkündet und in die Zukunft schaut.

»Ihr Herren«, fuhr er ruhiger fort, »habt Donner und Blitz gehört und gesehen, jetzt müßt ihr aber auch ihre Wirkung schauen.«

Er führte nun die beiden Gäste an die Gartentüre, zeigte ihnen, wie die Kugel sie durchschlagen und in der Kirchenmauer sich festgerannt hatte.

»Da ist ja kein Mensch mehr des Lebens sicher«, meinte hoch verwundert Hug von Almeshofen – »wenn euere Feuerwaffe in die Welt kommt, Bruder!«

»Euere Zeit, ihr Herren Ritter«, sprach kühn und ernst der Alte, »wird überhaupt um sein, wenn meine Kunst allgemein bekannt und geübt wird. Man wird große Feuerrohre konstruieren und sie mit Riesenkugeln laden. Diese werden nicht bloß im Kriege die Ritterscharen wie Mücken niederwerfen, sie werden auch die Mauern eurer Burgen niederlegen, selbst wenn diese noch so hoch in den Lüften auf Felsen säßen.«

»Zum Teufel, Bruder, du machst uns schöne Aussichten«, rief jetzt Graf Egino zornig, »Das fehlt noch, daß die Bürger und Bauern unsere Burgen beschießen und man nicht mehr weiß, wer Herr und Knecht, Ritter und Volk ist!«

»Kann euch nicht helfen, ihr Herren«, gab der Bruder furchtlos zurück, »meine Erfindung wird der Freiheit eine Gasse machen. Sie wird in Zukunft das große Wort reden in der Weltgeschichte, und von der Wirkung meiner Feuerwaffe wird das Geschick von Fürsten und Völkern abhängen. Und der Europäer wird, mit ihnen ausgestattet, neue heidnische Länder erobern und der Zivilisation zugänglich machen.«

»Wahres und Großes sprichst du, Bruder Berthold«, nahm jetzt der Lesemeister das Wort; »auch ich glaube, daß deine Erfindung die Uhr der Weltgeschichte um eine neue, große Stunde vorrücken wird. Und dein Name wird noch nach Jahrtausenden genannt werden unter allen Völkern der Erde. Und es wird unserem Orden zum ewigen Ruhm gereichen, daß du, jetzt ein so verkannter Mann, eines seiner Glieder warst.«

Der Graf und der Ritter standen vor den zwei Mönchen, die so begeistert von einer neuen Zeit redeten, wie Leute, welche Dinge hören, die sie nicht verstehen und nicht glauben können und wollen.

»Ich glaub', ihr zwei Kuttenträger habt den Verstand verloren«, hub Graf Egino hohnlächelnd an, »daß ihr so redet vor euerem Herrn. Hab' gut im Sinn, ich brenn' euch das Kloster über dem Kopf zusammen samt der ganzen Lumperei, die den Rittern und Burgherren den Garaus machen soll. Doch 's ist eigentlich nur zum Lachen, daß Kugeln Ritterscharen niedermähen und sich in die Lüfte schwingen sollen, um Mauern zu zerstören. Um dieser Narrheit willen werd' ich euch verzeihen, Bruder Berthold. Vor euerem Donnern und Blitzen hab' ich Respekt, aber euere Kugeln fürchten wir Grafen und Ritter auf unseren Burgen nicht. Ihr mögt damit ungeharnischte Leute erschießen, uns werden sie nicht schaden.«

»Um die Zukunft der Weltgeschichte kümmern wir uns nicht. Über solchen Firlefanz kann allenfalls ein Lesemeister und Klosterbruder nachdenken, aber nicht unsereiner. Aber darum keine Feindschaft, ihr Brüder, weil ich euere Reden und euere Schießerei nicht ernst nehme.«

»Ich will euch, Herr Graf, noch eine Probe machen«, sprach Bruder Berthold, »und im übrigen nehmt's dann, wie ihr's wollt.«

Er füllte nun den Mörser mit Pulver, setzte einen Holzpfropf darauf und machte die zwei Ritter aufmerksam, dem Holzpfropf, den er jetzt in die Lüfte jagen wolle, nachzuschauen. Der Pulvermann schlug Feuer aus einem Stein und zündete den Mörser an. Es donnerte und blitzte so gewaltig, daß die zwei Ungläubigen rasch einige Schritte rückwärts machten. Der schwarze Bruder aber rief ihnen zu: »Seht ihr den Holzpfropf in der Höhe? Er ist so hoch oben, als jetzt das Münster im Bau ist. Was meint ihr nun, ihr Herren, wenn der Mörser größer ist und mehr Pulver faßt, ob er nicht auch eiserne Kugeln so in die Höhe werfen und Burgmauern treffen kann?«

»Bei allen Heiligen, Mönch!« rief der Graf, »jetzt glaub' ich bald, die Geschichte könnte ernst werden mit der Zeit. Aber dir, Bruder, dank's der Teufel!«

»Was meint ihr, Herr«, redete ruhig weiter Berthold, »wenn auch jenes Handrohr, vergrößert, große, schwere Kugeln auf eine Rittermasse schleudert, wie dann Rosse und Reiter übereinander stürzen werden? Wenn die kleine Kugel dort jenes eichene Brett durchschlug, was wird eine große in Gebein und Fleisch von Menschen und Tieren anrichten?«

»Und das sagt ihr so ruhig und denkt nicht an das Unglück, das ihr in der Welt anrichten wollt, und fürchtet euch keiner Sünde, ein so menschenmörderisches Instrument erfunden zu haben?« sprach ernst und vorwurfsvoll der Ritter von Almeshofen.

»Recht so, Hug«, – meinte Graf Egino, »predige dem Bruder Moral. Es ist traurig, daß ein Ritter einen Barfüßer erinnern muß an Sünde und Schuld. Sonst war's bisher umgekehrt der Fall.«

»Ihr Herren«, gab der greise Mönch beiden zur Antwort, »sprecht in Pulversachen zu einem verstockten Sünder. Nichts und niemals hat die Menschheit etwas erreicht ohne Blut und Tränen. Die Erlösung und die Gnade des Christentums ging durch Ströme von Blut und durch den Tod von Millionen erst zum Sieg.«

»Meine Erfindung soll, wie schon gesagt, der Freiheit des Volkes eine Gasse machen: aber ohne Blutvergießen gibt's keine Freiheit auf Erden.«

»Kriege sind des ferneren Geißeln Gottes. Gott muß aber Werkzeuge haben, um diese Geißeln zu schwingen, und ich stelle nach seiner Zulassung ein neues in die Welt.«

»Aber meine Erfindung trägt auch unmittelbaren Segen in sich. Sie wird, wie Feuer, Wasser und Sonnenlicht, bald segnend und bald verheerend durch die Welt gehen. Ich will den Herren von ihrem unmittelbaren Nutzen eine Ahnung beizubringen suchen.«

»Seht da den Strunk dieses alten Apfelbaumes – und dann tretet weg von ihm der Kirche zu, damit die Stücke, in die ich ihn zerreiße, eurem Leib keinen Besuch machen.«

Die Ritter entfernten sich mit dem Lesemeister, der bisher leuchtenden Auges seinem greisen Mitbruder zugehört hatte, der Kirche zu. Bald trat auch Bruder Berthold wieder zu ihnen – aber gleich darauf donnerte und blitzte es; Holzstücke flogen an die Zellengitter und nach allen Seiten hin vor den staunenden Blicken des Grafen und seines Gastes.

»Schaut, ihr Herren, so wie diesen Baum, zerreiße ich auch Felsen und Steine. Und wenn einmal einer von euch auf schroffes Waldgestein eine neue Burg bauen will, ebne ich ihm in wenig Zeit den Platz mit meinem Pulver.«

»Ich will, Herr Graf, euch jetzt nochmals in die Zukunft schauen lassen, so wenig ihr euch auch darum kümmert, und sage euch: ›Der Menschengeist wird in den kommenden Zeiten noch manch' eine Naturkraft in seinen Dienst stellen, und ich schaue es im Geiste, wie Jahrhunderte nach uns die Menschen mit Windeseile mitten durch die gewaltigsten Berge fahren, die meine Erfindung durchbohrt hat, und wie Nationen und Länder in wenig Stunden sich verbinden.‹«

»In jenen Tagen wird man den Barfüßer-Bruder, den man heute als Teufelsknecht hinstellt, bewundern und segnen als einen Mann, der in Gottes Geiste gedacht und erfunden hat.«

»Längst werden die Ritterburgen unserer Zeit alle in Staub gesunken sein, wenn man noch reden wird vom schwarzen Berthold. Und Freiburg wird in jenen fernen Tagen nicht nur stolz sein auf den Wunderbau, der da drüben sich erhebt, sondern auch auf den armen Barfüßer, der heute vor euch steht.«

»Seht's nicht als Überhebung an, wenn ich, ein elender Sünder vor Gott, so von mir rede; aber mein Geist in mir ist's, der mir diese Worte eingibt und mich zwingt, sie heute zu sagen.«

Wie einst Moses, da er mit den Gesetzestafeln Gottes vom heiligen Berge kam, in übernatürlichem Lichte leuchtete, so stand bei diesen Worten im stillen Klostergarten der Bruder Berthold vor seinen Zuhörern.

Albrecht, der Lesemeister, ergriff, mächtig bewegt und eine Träne im Auge, die Hand des Greises, küßte sie und konnte nur dies sagen: »Berthold, du bist ein König im Reiche der Geister und wirst es bleiben, so lange diese Sonne, die jetzt eben niedersinkt, aufgeht über unserer Erde.«

Jetzt reichte auch Graf Egino dem Bruder die Rechte und sprach: »Bei Gott, Bruder, euere Sache ist keine Narrheit. Mich überkam's bei eueren Worten, als ob ich vor einem überirdischen Geiste stünde und nicht vor einem Menschen, und als ob ich eine Offenbarung hörte aus einer anderen Welt. Also, Bruder, wir wollen gut Freund sein. Ihr kommt zu mir auf's Schloß und macht mir Feuerschlünde, mit denen ich meine rebellischen Freiburger und ihre Häuser beschieße, und dann werden sie gerne meine Schulden bezahlen und Respekt vor mir haben.«

»Herr Graf«, entgegnete der schwarze Mann, »ihr habt gemerkt, daß ich rede, wie ich denke; drum werdet ihr mir auch das nicht verübeln, was ich jetzt sage: ›Ich, Konstantin Angelisen, genannt Bruder Berthold, eines Bürgers Sohn von Freiburg, werde nun und nimmermehr auf Bürger schießen. Wenn's geschossen sein muß, schieß' ich lieber den Bürgern zu Ehren und ihrer Freiheit zu lieb auf den Schloßberg hinauf, als von dort herunter.‹«

»Wenn ich das wüßte, ließ ich euch heute noch in Ketten und Eisen schlagen!« rief der Graf aus. »Das fehlte noch, daß ihr denen in der Stadt das Schießen lehrtet!«

»Seid unbesorgt, Herr«, begütigte lächelnd der Bruder. »Es werden viele Jahre ins Land gehen, bis man so weit ist, um so große Röhren und Kugeln herzustellen. Wir beide werden es nimmer erleben. Mit mir kann's ohnedies jeden Tag zu Ende gehen.«

»Dann bin ich zufrieden«, gab Egino zurück, »Wenn's nur mich noch aushält dort droben, ehe sie hinausschießen. Aber das müßt ihr mir versprechen, so lang ihr lebt, euer Geheimnis niemanden zu verraten.«

»Das will ich, Herr Graf, und das muß ich. Meine Obern haben es mir so schon befohlen, weil sie fürchten, der ganze Orden käme in Mißkredit wegen des Teufelswerks, während ich der Welt so gerne zeigen möchte, daß wir Mönche nicht so dumm sind, wie man gewöhnlich sagt.«

Unter dieser Rede waren sie in den Kreuzgang zurückgekommen, und der Graf und der Ritter verabschiedeten sich von den Mönchen. Dem einen empfahl der Herr von Freiburg unter Wiederholung seines Respekts nochmals, ja sein Geheimnis zu wahren, und dem andern, dem Lesemeister, legte er seine drei Buben ans Herz, die er morgen zur ersten Vorlesung ins Kloster herunterschicken wolle.

Egino und Hug verließen, nachdem sie noch die früher genannten Mönche und ehemaligen Ritter begrüßt hatten, das Kloster nicht, ohne dem Pförtner ein reichlich' Almosen gegeben zu haben, wie es sich geziemt, wenn man bei Bettelmönchen einen Besuch gemacht.

Die Sonne war hinter den Vogesen verschwunden, als die zwei ritterlichen Gestalten den Berg hinter der Stadt hinauf der Burg zuschritten.

»Hug«, so begann der Graf, als sie das Stadttor hinter sich hatten, »der Bruder Berthold ist ein Teufelskerl. Das machen wir zwei ihm nicht nach, was der erfunden hat. 's ist merkwürdig, wie in dem gemeinen Volk oft ein großer Geist steckt, der sich auf Burgen nie sehen läßt.«

»Ganz ohne ist es auch nicht, was der alte Mönch von der Zukunft sagt. Dieses Teufelspulver wird die ganze Kriegswissenschaft umgestalten; unsere Speere werden in alte Winkel wandern, die herrlichen

Turniere werden aufhören und unsere Burgen durch Feuerwaffen niedergelegt werden.«

»Was meint ihr, Hug? Ich glaub', wir zwei lassen uns weder auf das Erfinden, noch auf das Schießen ein. So lange wir leben, werden Speer und Schwert noch was gelten, und die nach uns sollen schauen, wie sie durchkommen, wenn einmal jeder Bauer seine Feuerwaffe hat.«

»Ich mein' gar nichts, Herr Graf«, erwiderte der Almeshofer. »Mir steht der Verstand still, seitdem ich diese Teufeleien in dem Klostergarten gesehen und gehört habe.«

»Zerbrechen wir uns den Kopf nicht länger, Hug«, schloß Egino, »und trinken wir heute abend von meinem Schloßberger nach alter Ritterart und lassen wir dabei die gute, alte Zeit leben.«

»Ich habe noch einige meiner Ritter und Dienstmänner aus der Stadt geladen, euch zu Ehren; sie werden schon im großen Saale sein, wenn wir heimkommen. Sie säumen nicht, wenn sie wissen, daß bei mir getrunken wird. Reden wir aber nicht mehr vom Pulver und vom Schießen, 's könnt mir den Abend verderben.«

Eine größere Anzahl Ritter erwartete in der Tat ihren Herrn schon in der Burg. Da waren Gebin der Alte, Johann von Zürich, Johannes Küchelin, Heinrich Kozze, der Junge, Konrad Sneweli, Albrecht der Rintkof und Rudolf Wohlleben, der Zilige – lauter Ritter, aber bürgerlichen Herkommens, die meisten dem Almeshofer bekannt von Turnieren und Kriegszügen her.

Die Humpen gingen zwischen Keller und Ritterstube hin und her bis tief in die Nacht. Der Wächter vom Münsterturm rief eben die zweite Morgenstunde, als die Stadtherren, von des Grafen Knappen mit Fackeln begleitet, von der Burg herab heimkehrten.

In der Früh ritt Hug von Almeshofen mit seinen zwei reisigen Knechten zum Martinstor hinaus und Badenweiler zu, um zunächst den Grafen Heinrich von Freiburg, Eginos Bruder, zu laden.

Bald hernach schied Bruder Berthold aus dem Leben und hinterließ sein Geheimnis und seine weiteren neuen Ideen zu deren Vervollkommnung seinem Freunde Albrecht, dem Lesemeister, und Hans Enderlin, dem Waffenschmied.

Zweiundachtzig Jahre später, anno 1368, legten die Bürger von Freiburg mit Geschützen dem Enkel Eginos die Mauern seiner Burg nieder und machten der Herrschaft ihrer Grafen ein Ende.

Des Bruders Berthold Standbild aber ziert heute die Stadt, und sein Name leuchtet durch die Jahrhunderte.

3.

Es ging lebhaft her wie in einem Kriegslager auf der Burg Zindelstein am Abend vor Sankt Bartholomä des Jahres 1286. Die beiden Grafen von Freiburg und Eginos Schwiegervater, der Markgraf Heinrich II. von Hachberg, waren mit einer Schar von Dienstmannen und reisigen Knechten auf der Burg eingeritten.

Die zwei Freiburger waren verabredetermaßen in Waldkirch mit dem Hachberger zusammengetroffen und »den Simonswald« hinauf- und dann hinabgeritten ins Bregtal, an dessen Ende in romantischer Waldenge »der Zindelstein« lag.

Die Ritter des Gefolges hatten alle Platz gefunden in der Burg, die Knappen aber lagerten in den nächstgelegenen, dem Grafen Egino gehörigen Höfen bei den Bauern.

Gräfin Verena, die Schloßfrau, machte in der Ritterstube heute doppelt gern die Honneurs des Hauses, weil unter den Gästen ihr lieber Herr Vater sich befand. Sie erzählte diesem natürlich zuerst von der Teilung auf Fürstenberg und wie sie froh sei, vom einsamen Zindelstein im rauhen Bregtal fortzukommen und hinab ins sommerliche Hasela, nur wenig Stunden von der unvergeßlichen Hachburg entfernt.

Erst dann nahmen der Markgraf und sie teil an der allgemeinen Unterhaltung der Herren der Tafelrunde. Die Vettern von Freiburg sowohl als der Markgraf-Schwiegervater hatten von ihren angesehensten Dienstmannen im Gefolge, tapfere Ritter und Träger guter Namen. Unter ihnen waren Burckard der Turner, Heinrich von Munzingen, Konrad Snewli, Hans von Munzingen in der Nüwenburg, Rudolf von Üsenberg, Dietrich von Keppenbach, Hans von Schwarzenberg, Wilhelm von Theningen u. a.

»Mir kam«, so begann Graf Egino, der Burgherr, »als mein Wächter diesen Abend vom Hauptturm der Burg herab das Zeichen gab, daß was im Anzug sei – und ich von meiner Kemenate hinabschaute ins Bregtal und die vielen Reisigen sah, ein eigener Gedanke.«

»Heraus damit, Vetter!« rief Egino von Freiburg, »du dachtest wahrscheinlich, die bringen mir so viele Leute in die Burg, daß sie mich aussaufen in einer Nacht. Aber wisse, wir haben absichtlich so viele Glefen Reisiger mitgenommen, um dir eine Ehre zu machen vor den Villingern.«

»Und ihr müßt froh sein, Eidam«, warf der Markgraf dazwischen, »wenn wir euern Keller leerer machen. Ihr braucht dann nicht so viele Karren zum Umzug nach Hasela, wo es Wein in Hülle und Fülle gibt.«

»Mein Gedanke geht viel tiefer als in meinen Weinkeller und ist auch ernster als das Trinken«, meinte der Gastherr.

»Du wirst doch nicht daran denken, Egino, uns alle diese Nacht niederwerfen zu lassen und dann Lösegeld zu verlangen«, sprach lachend Graf Heinrich von Freiburg.

»Ans Niederwerfen hab' ich allerdings gedacht – aber dabei nicht an euch. Ich möcht' am liebsten meine lieben Villinger bändigen, denen ich morgen Dinge beschwören soll, die eigentlich kein Herr beschwören dürfte, falls seine Herrschaft noch einen Sinn haben will. Ich mein', wenn die Grafen von Montfort und Nellenburg und meine Schwäger von Hohenberg und Tübingen ebensoviel Glefen mitbringen, wie ihr, könnte man denen von Villingen schon den Meister zeigen.«

»Das wirst du bleiben lassen, Freund!« rief Egino von Freiburg, während die andern erstaunt aufhorchten. »Unser Alter, der König Rudolf, versteht keinen Spaß, wenn man ihm an seine lieben Städte und Bürger geht. Er ist mir deshalb auch schon einmal vors Nest gelegen.«

»Ja, ja, der Vetter Egino hat recht«, nahm jetzt der alte Hachberger das Wort. »Wir würden alle den kürzeren ziehen und mein Eidam voran, wenn wir die Villinger bedrängen wollten. Seitdem er vor vielen Jahren als Graf von Habsburg Fähndrich der Stadt Straßburg war, unser König, ist er für alle Städte eingenommen und die Städte für ihn. Sie bezahlten ihm seine Schulden, als er zum König erwählt worden, und halfen und helfen ihm in jeder Geldverlegenheit, drum ist er ihnen so gewogen.«

»Und zudem müßt ihr Fürstenberger doppelt vorsichtig sein. Ihr wißt, daß nur durch des Königs Wohlwollen euerem Vater Villingen und Hasela erhalten blieben. Macht ihr jetzt Spektakel, so könnt ihr beide Städte ganz verlieren, und der Kaiser schlägt sie zum Reich. Also, mein Eidam, beschwört denen von Villingen ruhig die Freiheiten, die ihr Fürstenberger ihnen vor zwei Jahren schon versprochen habt, und dann kommt Zeit, kommt Rat. Vielleicht bekommen wir bald einen neuen König, der den Narren nicht so gefressen hat an den Städten und auch den Adel wieder mehr gelten läßt.«

»Auch ein neuer König«, nahm Egino von Freiburg das Wort, »wird uns Herren nicht viel helfen können gegen die Städte. Da hat in meiner Stadt ein Barfüßer, ein wahrer Teufelskerl, eine neue Waffe erfunden, die Feuer speit, und mit der er Mann und Roß, Mauern und Türme niederschlägt. Der Ritter von Almeshofen wird dir's berichtet haben. Vetter, er war dabei, als der Mönch uns Proben machte.«

»Kommt aber diese Teufelskunst in die Hände der Bürger, dann legen sie uns unsere Burgen vor die Füße, und der beste Ritter von heute ist weniger wert im Felde, als ein Bauer mit einer Feuerwaffe.«

»Ja, ja«, rief Egino von Fürstenberg, »der Ritter Hug hat mir davon erzählt und gesagt, die Knochen zitterten ihm noch, so sei ihm die Teufelskunst des Barfüßers in den Leib gefahren.«

Die anwesenden Freiburger Ritter pflichteten dem, was ihr Graf über die Erfindung gesagt, bei und wußten noch allerlei zu erzählen, was sie von ihr gesehen und gehört hatten.

Burckard der Turner, der älteste unter ihnen, nahm aber auch noch zu dem Vorschlag des Herrn von Zindelstein das Wort und sprach: »Mit Verlaub, Graf Egino von Fürstenberg, will auch ich meine Ansicht sagen zu euerm Anschlag gegen die von Villingen. Ich sitze im Regiment der Stadt Freiburg, bin ein alter Dienstmann meiner Herren auf dem Schloß und kenne den Geist der Bürgerschaft. Aber glaubt mir, ihr Herren, dieser Geist wird mehr und mehr für den Adel sowohl als für die Herren am Städteregiment ein gefährlicher. Die Handwerker mit ihren Zünften werden immer begehrlicher nach Teilnahme am Regiment und immer anspruchsvoller an die Freiheiten. Ich ahn', es kommt die Zeit, wo die von Freiburg aufstehen und Adel und Ratsherren zur Stadt hinausjagen, wenn wir nicht mit ihnen die Rechte teilen wollen. Und wenn gar die Zünfte sich mit der Feuerwaffe des Bruders Berthold vertraut machen, so ist's aus mit dem Rittertum und seinen Privilegien in den Städten.«

»Meine Meinung geht dahin, daß wir im Frieden morgen in Villingen einziehen und der neue Herr der Stadt sich auf guten Fuß stelle mit den Bürgern im Interesse einer gesicherten Zukunft.«

»Siehst du, Vetter Egino«, nahm jetzt Heinrich von Freiburg wieder das Wort, »alles rät dir ab, und ich könnte meine Ansicht bei mir behalten, will aber doch noch an meine Affäre mit meinen Bürgern zu

Neuenburg, der kleinen Stadt am Rhein, erinnern. Du warst damals noch ein Knabe. Meine Liebesgeschichte mit einer schönen Metzgerin reichte hin, um die ganze Bürgerschaft gegen mich aufzubringen und mir allen Gehorsam aufzusagen. Es gab schwere Fehden; der Bischof von Basel und unser König griffen mit in dieselben ein, und das Ende vom Lied war, daß der König die Neuenburger zum Reich schlug, und ich hatte das Nachsehen. So kann's dir mit Villingen gehen.«

»Ich hab' schon gesehen«, sprach der Burgherr von Zindelstein, »mein Plan findet keinen Anklang. Ich laß' ihn darum fallen und schwöre morgen den Villingern, wie sie's gern haben, und dann ziehe ich hinab zu denen von Hasela, die nicht so versessen sind auf Rechte, wenn man ihnen nur wenig Pflichten auferlegt.«

»Die Villinger haben nur noch Respekt vor der Geistlichkeit, und wenn's nur Bettelmönche sind. Diese haben die Philister letzthin so zahm gemacht, daß es eine helle Freude gewesen wäre, wenn man sich nicht ärgern müßte aus Neid, daß unsereiner keine ebenso unblutigen als wirksamen Gewaltmittel hat wie die Kirche.«

»Was war's denn?« fragte Graf Egino von Freiburg, »erzähle es uns, Vetter!«

»Aber zuerst will jetzt ich noch ein Wort reden«, fiel die Hausfrau ein, »und die Herren bitten, endlich dem gesulzten Schweinskopf in Angriff zu nehmen. Er steht schon lange auf dem Tisch, und ihr Herren habt vor lauter Politisieren das Essen ganz vergessen.«

»Er ist von einem jungen Keiler, den mein Mann dieser Tage drüben im Hallenberg mit dem Speer erlegt hat.«

»Und dann muß ich den Rittern mitteilen, daß ich nur für die drei Grafen eigene Kemenaten habe und deshalb die andern Herrn auf den Spannbetten im Saale hier unterbringen muß für die Nacht. Die Burg Zindelstein hat nicht so viele Räume wie die Burgen zu Freiburg, Hachberg und Fürstenberg.«

»Machet euch keine Sorge um uns, Frau Gräfin«, sprach Ritter Konrad Sneweli von Freiburg, »wir können überall schlafen. Wir werden uns schon noch einen gehörigen Schlaftrunk zulegen heute abend.«

»Also jetzt wird zuerst der Schweinskopf in Angriff genommen, sonst wird mein Weib bös, und dann erst erzähle ich von der Verdemütigung der Villinger durch die Franziskaner«, kommandierte der Hausherr.

»Es kommen aber noch gepfefferte Hühner in einer Brühe«, nahm Frau Verena wieder das Wort, »und wenn du erzählst, werden die kalt.

Ich meine, du solltest warten, bis mein Essen fertig ist; dann laß' ich die Becher frisch füllen und empfehle mich den Herren, und ihr könnt' reden und trinken, bis der Sakristan in Wolterdingen drüben am Morgen Betzeit läutet.«

»Einverstanden, Frau!« entgegnete ihr Gemahl. »Ich glaube aber, du könntest noch dableiben, bis der Vetter Heinrich von Freiburg seine Liebesgeschichte von Neuenburg etwas ausführlicher erzählt hat. Ich kenne sie nicht, war damals noch zu jung und möchte sie auch gerne hören.«

»Na wird nichts daraus, Vetter!« fiel Egino von Freiburg ein. »Die Geschichte ist nicht so schön, um sie vor der Dame des Hauses zu erzählen, und dann will ich nichts mehr von der Sache hören, sie hat uns zwei Freiburger in Kriegsschulden gestürzt und eine Stadt gekostet. Der Heinrich soll sie dir morgen unterwegs mitteilen. Ihr zwei könnt dann nebeneinander reiten. Und du kannst später, wenn sie es will, deiner Gattin davon Meldung tun.«

Damit war alles einverstanden und Graf Heinrich am meisten: denn vor der Frau des Hauses hätte er doch nicht gerne sein unrühmliches Abenteuer in Neuenburg zum besten gegeben.

Als der Schweinskopf gehörig versucht, die Hühner verzehrt, die Becher gefüllt waren und die Herren sich ehrerbietig von der Gräfin Verene für die Nacht verabschiedet hatten, hub Graf Egino von Fürstenberg an:

»Vor einiger Zeit verging sich ein Minoriten-Mönch in der Stadt Villingen. Die Bürger und Bürgerinnen stürmten draufhin das Kloster der Brüder und schlugen klein, was ihnen in die Hände fiel. Da kamen sie aber schön an. Sie wurden vom Bischof von Konstanz mit dem Kirchenbann belegt, von Gottesdienst und Sakramentenempfang ausgeschlossen, bis sie Buße taten. Und worin bestund diese? An drei Sonntagen in der Fastenzeit mußten sie mit dem Kreuze zweimal um die Franziskanerkirche ziehen, Ruten in den Händen, und wurden von einem Priester mit Ruten gegeißelt, die Männer barfuß und im Hemde, die Frauen barfuß, barhäuptig und mit aufgelösten Haaren.«[7]

»Sie unterwarfen sich dieser Strafe – und mich hat's einerseits gefreut, daß sie so verdemütigt wurden, anderseits aber geärgert, daß die Kerle

---

7 Riezler, Geschichte des fürstlichen Hauses Fürstenberg, Tübingen 1883 p. 238.

sich von der Kirche alles, von ihren weltlichen Herren aber nichts gefallen lassen wollen.«

»Doch jetzt noch etwas anderes, das Programm für die Reise. Also morgen in aller Herrgottsfrühe reiten wir ab bis zum Kloster Thannheim, wo ich uns schon zum Frühstück angesagt habe. Wir reiten in leichtem Waffenrock, und die Knappen führen Harnische, Speere, Helme und Schilde uns nach. Im Kloster stecken wir uns in Gala und ziehen nach Villingen. Ich beschwöre den Spießen alles, was sie wollen, und im stillen noch Tod und Teufel dazu.«

»Aber nun noch eine Bitte an euch Herren alle. Die Grafen von Tübingen, Montfort und Nellenburg, die vom Fürstenberg her in die Stadt einreiten, werden alsbald wieder heim wollen; aber ihr, die ihr alle den Schwarzwald hinabzieht, müßt mich nach Hasela begleiten, dort meine Zeugen sein und mir in meine Residenz einreiten helfen.«

»Gerne begleiten wir dich, Egino«, riefen die Freiburger Vettern; »wann ziehst du ein?«

»Am kommenden Verenentag – meiner Frau zu Ehren.«

»Aber das sind ja noch acht Tage bis dahin«, meinte der Herr von Hachberg. »Wie wollen wir die da oben umbringen?«

»Das wollt' ich euch eben noch sagen«, entgegnete sein Schwiegersohn. »Es ist jetzt heiß in eurem Breisgau drunten, und ihr alle müßt froh sein, wenn ihr bei der Hitze noch einige Tage in der Baar euch abkühlen könnt. Wir haben da oben immer herrliche, frische Luft.«

»Und die Zeit wollen wir schon totschlagen. Drüben im Götzenwald bei Mistelbrunn liegen noch Keiler und Sauen im Überfluß; die hetzen wir ein paar Tage. Dann halten wir eine Falkenbeize auf Reiher im Bregtal und in der Donau bei Pfohren auf Wildenten.«

»Ist das vorbei, dann besuchen wir meinen Bruder Heinrich auf dem Fürstenberg. Im Schloßhof halten wir einen Tjost[8] und in dem Urwald, Länge geheißen, jagen wir Hirsche, Wisent und Ur. Und zu alle dem trinken wir und spielen am Abend Schachzabel[9] oder lassen die Geiger und Pfeifer von Baldingen kommen.«

»Du hast es gut vor mit uns, das laß' ich mir gefallen«, sprach Egino von Freiburg. »Ich für meine Person bin gleich dabei.«

---

8 Speerstechen.

9 Schachspiel

»Und ich bin mit deinem Programm auch einverstanden, Vetter«, meinte Eginos Bruder. »Und die Herren Ritter von und um Freiburg werden auch nichts dagegen haben. Der freie Herr Rudolf von Üsenberg kann dann den Herren von der Baar einmal zeigen, was er im Tjost vermag. Er rennt ja jeden nieder, der mit ihm ein Stechen wagt.«

Die breisgauischen Dienstmannen waren alle gerne bereit, ihren Herren zu folgen. Und der alte Markgraf zu Hachberg hatte für sich erst recht nichts dagegen, war er ja bei seiner geliebten, einzigen Tochter und bei seinen Enkelkindern Heinrich und Egino, die, beide noch im zartesten Knabenalter, dem Großvater am meisten Freude machten.

Der Sakristan von Wolterdingen läutete am folgenden Morgen gerade Betzeit, als der stattliche Zug der Reisigen vom Zindelstein her am Dorfe vorbeizog, Thannheim und Villingen zu.

In dieser Stadt ging es am Bartholomäustag des Jahres 1286 hoch her. Die »Herren«, d. i. die vom Rat, waren guter Dinge. Sie wußten, daß Graf Egino von Fürstenberg käme, um die alten Rechte und Freiheiten zu beschwören, welche er und seine Brüder schon am Sankt Gallentag vor zwei Jahren zugesagt hatten. Sie wußten auch, daß heute der Stadt Wunsch nach einem einzigen Herrn in Erfüllung gehen sollte. Aber sie waren auch nicht im unklaren darüber, wie wenig verliebt die Fürstenberger in die Villinger wären, weil diese so viele Rechte in Anspruch nahmen.

Trotz alle dem, ja gerade deshalb sollten die Fürstenberger und deren Zeugen, wenn sie einritten, die Stadt im Glanze ihrer Macht sehen. Die Bürger rückten bei tausend an der Zahl, nach den neuen Zünften abgeteilt, wohlbewehrt mit Schwert, Schild und Speer, aus.

Die Geschlechter[10] aber, unter denen nicht wenige den Ritterschlag erhalten hatten, zeigten sich im Harnisch und Helm hoch zu Roß. Und ihr Rüstzeug glänzte dem ihres Grafen zum Trotz im Scheine der Augustsonne, welche am Bartholomäustag 1286 über Stadt und Land lag.

10   Geschlechter, in der Ein- und Mehrzahl gebräuchlich, bezeichnete einen Mann oder Männer patrizischen Standes. In den deutschen Städten waren es meist durch Handel reich gewordene Bürger, die, in allen ritterlichen und höfischen Künsten bewandert, das Regiment in den Händen hatten oft neben den ritterlichen Burgmannen des Landesherrn. In Villingen und Freiburg waren meist nur Geschlechter am Regiment, wie überhaupt in allen Städten zähringischer Gründung.

Auf dem großen Marktplatz an der Kreuzstraße standen die Bürger und Geschlechter und harrten des Rufes der Wächter am obern Tor und am Bickentor, welche die Ankunft der Herren signalisieren sollten.

Mitten unter den Geschlechtern saß der Schultheiß Heinrich Bergeli auf einem ungarischen Hengst, und um ihn bildeten einen glänzenden Kreis seine Standesgenossen: Heinrich Solle, Kunrad Stähelein, der alte, und Kunrad, der junge, Otto der Schultheiße, Hermann der Munser, Heinrich der Munser, der alte, Heinrich der Buzzer, Otto der Vetter, Walther der Lecheler u. a.

»Die Herren«, hub der Schultheiß, ein stattlicher Mann mit weißem Vollbart, zu reden an, »werden heute bald wieder abreiten. Graf Egino ließ mir sagen, sie nähmen den Imbiß mit uns auf der Ratstube, ritten aber gen Abend wieder weg.«

»Kann mir's wohl denken, warum«, meinte Heinrich der Munser, der alte; »der Brocken, den die Fürstenberger heute schlucken müssen, ist zu grob. Der Stadtschreiber hat ihnen was aufgesetzt zum Beschwören, das uns zu Herren von Villingen macht und nicht sie.«

»Um so höflicher wollen wir heute gegen die Herren sein, damit sie gute Miene zum bösen Spiel machen«, meinte der Schultheiß.

»Wenn darum der Wächter vom obern Tor bläst – sollen alle Glocken läuten, und ich reite mit dir, Munser, mit dem Lecheler und dem alten Stähelein ans Tor zum Empfang.«

»Bläst aber der Wächter vom Bickentor, dann machen sich der Ritter Heinrich Hindermuz und die zwei jungen Munser, Bernwart und Heinrich, auf und reiten den Herren entgegen. Zu jenem Tore werden die Grafen von Hohenberg und Tübingen einreiten. Die Herren von Freiburg und Hachberg kommen, so haben mir Knappen berichtet, mit unserm neuen Grafen vom Zindelstein her. Die Grafen von Montfort und Nellenburg waren auf dem Fürstenberg über Nacht und reiten mit dem Grafen Friedrich ebenfalls durchs obere Tor ein.

Während die Herren vom Stadtregiment so sich über die zu erwartenden Gäste besprachen, unterhielten sich unfern von ihnen auch die Handwerker untereinander.

»Unsere Müßiggänger[11] machen heute wieder den Großen«, meinte einer von der Zunft der Metzger. »Sie sitzen da auf ihren Rossen, als wären sie die Grafen, und schauen auf uns herab, wie wenn wir nicht so gut Bürger von Villingen wären wie sie.«

»Hast recht, Kunz«, fiel Steffe Dold, ein Bäcker, ein. »Das muß bald einmal aufhören, daß die Müßiggänger allein die Herren spielen und zu Gericht sitzen und wir nur zum Zahlen da sind.«

»Ja, ja«, stimmten die umstehenden Metzger und Bäcker alle zu, »wir wollen auch in dem Rat sitzen, und die Zünfte müssen den Müßiggängern den Meister zeigen. Die sind dem gemeinen Mann gefährlicher als die Fürstenberger, die eigentlich nicht mehr viel zu kommandieren haben.«

»Die Gerber, die Schmiede und die Weber sind auch unserer Ansicht«, fuhr der Metzger Kunz weiter. »Nur die Krämerzunft laicht noch mit den Müßiggängern, weil diese Fleisch von ihrem Fleisch sind. Allein wenn die andern Zünfte alle zusammengehen, kehren wir das Stadtregiment bald einmal zu unterst und zu oberst.«

Eben blies der Wächter vom Bickentor her: die Deputierten der Geschlechter sprengten an den Reihen der Zünfte hinunter. Die Glieder ordneten sich, und die Reden der Kleinbürger verstummten.

Graf Albrecht von Hohenberg und Graf Götz von Tübingen ritten ein mit einem stattlichen Gefolge von reisigen Knechten.

»Der mit dem blonden Barte ist der Hohenberger«, sprach einer von den Krämern zu seinen Zunftgenossen. »Ich habe ihm den Seidenzeug geliefert zu seinem Waffenrock. Er ist ein gescheiter Herr und macht Verse[12].«

»Mit den zwei Grafen«, äußerte weiter unten ein Weber, »können unsere Müßiggänger doch nicht wechseln. Denen sieht man diesen zwei Herren gegenüber wohl an, daß sie früher nur Krämer gewesen sind.«

Weitere Vergleiche schnitt der Wächterruf ab vom obern Tor her, dem der Schultheiß und seine Begleiter alsbald zusprengten.

---

11   Dies war, wie schon oben angedeutet, der Titel, den die kleinen Bürger und Handwerker in Villingen unter sich den Geschlechtern zu geben pflegten.

12   Albrecht von Hohenberg war, wie schon erwähnt, Minnesänger

»Jetzt rücken die Fürstenberger ein«, sprach der Zunftmeister der Gerber, Jörg Stör, »nun kann's losgehen. Wenn's aber fertig ist, ziehen wir alle in unsere Zunftstube im Falken, trinken eins und halten ein Mahl. Hab' was Guts bestellt beim Falkenwirt und ihm gestern noch zwei Ochsenschwänze, die ich gerade abgehäutet, zugeschickt zu einer rechten Suppe.«

»Eine gute Suppe ist die Hauptsache bei einem Essen«, meinte ein altes Gerberlein und dankte dem Zunftmeister, daß er für eine so gute gesorgt habe.

Hörner ertönten vom Tore her. Drei Reiter des Grafen Egino bliesen sie, und bald zogen – die vom Fürstenberg gekommenen Herren hatten sich in Thannheim mit den andern vereinigt – sieben Grafen mit ihren Ritterglefen an den staunenden Bürgern vorbei.

»Dem Grafen Egino«, so redete leise der Ladenmeister der Schmiede, Sebald Rau, »ist's nicht ums Lachen; er schaut ernst drein und redet nicht gar freundlich mit unserm Schultheißen. Doch laßt uns hören, was unsere Herren ihm zum Beschwören vorlesen, ehe wir ihm huldigen.«

Als der Graf und seine Zeugen in der Mitte des Marktplatzes angekommen und von den Rossen abgestiegen waren, bildeten die Zünfte einen Ring um die sämtlichen Herren, Ritter und Grafen, und die feierliche Handlung begann.

Der Stadtschreiber trat vor den Grafen Egino von Fürstenberg und las ihm vor, was er beschwören sollte, »zu schirmen seinen lieben Burgern von Villingen Leib und Gut und alle ihre Rechte und Freiheiten gegen jedermann und zu halten für sich und seine Nachkommen die folgenden Satzungen: daß Villingen stets, ob der Kinder viel oder wenig im gräflichen Hause wären, nur *einen* Herrn haben solle, daß dieser weiter keine Burg oder Feste bauen lasse in der Stadt, daß die Bürger zur Steuer geben nicht mehr als vierzig Mark Silbers, daß der Schultheiß vom Grafen ernannt werde aus der Bürger Zahl und nach ihrem Rat, daß die Bürger alle andern Beamten, selbst den Gerichtsbüttel und den Hirten und den Hirtenmeister wählen.«

Nach Verlesung dieser Satzungen erschien aus der Menge der Herren der Leutpriester von Villingen mit den Reliquien des Stadtpatrons. Der Graf küßte sie, nahm seinen Helm ab – alle andern entblößten ihre Häupter – und schwor, die rechte Hand auf die heiligen Reliquien gelegt, bei allen lieben Heiligen das alles, was eben vorgelesen worden, getreulich zu halten.

Die Urkunde wird zu einer »ganzen vestenunge« vom Grafen und seinen Zeugen besiegelt mit seinem und ihrem »Ingesiegel«.

Jetzt besteigt der Schultheiß und Ritter Heinrich Bergeli sein Roß und spricht zu den Zünften: »Bürger, unser aller Wunsch ist erfüllt. Wir haben einen Herrn in der Person des erlauchten Grafen Egino von Fürstenberg. Er hat uns eben Treue geschworen und Schirm verheißen für uns und unsere Freiheiten. Es ist jetzt an uns, mit aufgehebten Händen zu Gott und den Heiligen einen leiblichen Eid zu schwören, ihm, unserm Herrn, in allem, was recht ist, Treue und Gehorsam zu erzeigen.«

Die Herren vom Rat und alle Bürger nahmen ihre Helme und Stahlhauben ab, erhoben die Rechte und riefen: »Wir schwören Treue unserm Herrn, dem Grafen Egino von Fürstenberg. So wahr uns Gott helfe und alle seine lieben Heiligen!«

Die Glocken der Kirchen läuteten dazu ihr Amen – und zu Ende war die Feier.

Die Grafen und ihr Gefolge, so weit es aus Rittern bestand, tafelten auf dem Rathaus, die Bürger in den einzelnen Zunftstuben. Hier bildete bei den meisten Zünften das Tagesgespräch die Auflehnung gegen die Geschlechter.

»Wir wollen einen neuen Rat neben dem alten«, so hieß es, »und neben dem Schultheißen einen Bürgermeister; beide sollen aus den Zünften genommen werden.«

Es gingen nicht viele Jahre darüber hin, bis das, was am Bartholomäustag 1286 in den Zunftstuben gesäet wurde, aufging. Die Villinger Handwerker setzten, wie die Zünfte allerwärts in den deutschen Städten, ihre Rechte gegen die Geschlechter durch und schufen damit die erste Grundlage der bürgerlichen Freiheiten.

4.

Hasela im Tale der »Kinzichen«, eine Gründung der Herzoge von Zähringen, war zur Zeit, da Egino von Fürstenberg es zu seiner Residenz erkor, weder eine sehr alte, noch, wie alle Städte jener Tage, eine schöne Stadt, aber größer an Umfang denn heute.

Damals lag ein großer Teil der Gemarkung innerhalb der »Landwehr«, jenes Walles mit Graben, der die alten Städte und ihre nächstgelegene Flur umzog und in Haseln auf der einen Seite bis an die Kinzichen, auf der andern bis an die Wälder und Berge ging.

Zwischen umwallten Garten und Feldern lag die kleine Stadt, umgeben von Steinmauern, in denen Warttürme, und Tore eingebaut waren und über welche die romanische Kirche hervorblinkte und neben ihr der Hauptturm und die Erker und Zinnen der stattlichen zähringischen Burg.

Die Gassen waren enge und schmutzig, weil ungepflastert; Kühe und Schweine, Schafe und Geißen wandelten auf ihnen, wie daheim, und Misthaufen paradierten selbstbewußt vor und zwischen den Häusern.

Die großen Holzhäuser der Bürger und Handwerker waren noch meist mit Stroh gedeckt. Im Erdgeschoß befanden sich die Werkstätten und Verkaufsbuden; bei letzteren bildete der Laden, welcher nachts schloß und tags herabgelassen wurde wie eine Zugbrücke, – zugleich das Auslagebrett für die Waren.

Nur die Zunfthäuser mit den gemalten Schildern der Handwerker konkurrierten an Zierat mit den wappengeschmückten Holzpalästen der Ritter und Geschlechter.

Und der letzteren waren damals nicht wenige in Hasela. Schultheiß, Rat und Zwölfer waren ihnen entnommen, und sie führten wie überall in großen und kleinen Städten das Regiment: – die Basant, Zünde, Amann, Appolt, Klotzinger, Schultheiß, Saltzmann, Toley, Margrave, Sponheim, Osterbach, Hohental, Gename, Zoller, Verne und andere.

Sie sind alle längst zu Grabe gegangen, diese einstigen Geschlechter von Hasela. Kein einziges von ihnen kam auch nur bis auf die Zeit des dreißigjährigen Krieges herab.

Einzelne der Geschlechter von Hasela trugen die Ritterwürde, und auch die in den umliegenden Tälern mit Gütern und Burgen belehnten Dienstmannen der Grafen von Fürstenberg saßen teils zeitweilig, teils beständig im Städtle und nahmen im letzteren Falle teil am Regiment. Zu ihnen zählten die Ritter und Edelknechte von Büchorn (Büchern), Bärenbach, Waldstein, Schnellingen, von Schneit, von Ramstein, von Vischerbach.

Die handwerktreibenden Bürger waren heitere Leute, die tagsüber bald in ihren Werkstätten saßen, bald in ihren Gärten und Feldern arbeiteten – und abends ihren Trunk taten. In den Schenken und

Zechstuben der Innungen ging es dann laut her, bis um zehn Uhr die Rathausglocke zum erstenmal läutete; dann wurde und mußte aufgebrochen werden. Die Strafe des Übersitzens war sehr streng für Wirte und Gäste.

Laut redend ziehen die Bürger heim durch die finsteren Gassen. Läutet die Glocke zum zweitenmal, dann darf niemand mehr auf der Straße sein, ausgenommen die Geschlechter und Ratsherren. Bald ist es still – unter den großen Himmelbetten ruhen sie aus. Die Hofhunde bellen, die Scharwächter ziehen durch die Straßen, der Turmwächter bläst die Stunden der Nacht, und von der Kinzig her weht der Nachtwind in die stillen Gassen. Mit einer Laterne huscht bisweilen eine Gestalt vorbei, – für einen Kranken den Bader zu holen oder den Leutpriester.

So sah's in Hasela aus, da diesem die Ehre zuteil ward, die Residenz des Herrn zu werden, dem fast alles ringsum Untertan oder lehenspflichtig war, und da die Bürgerschaft sich richtete, ihren Grafen zu empfangen.

In der Trinkstube der Herren auf dem in romanischem Stil des 11. Jahrhunderts erbauten Rathause saßen am Vorabend des Verenentags 1286 die Geschlechter der Stadt und die Ritter und Edelknechte der Nachbarschaft beisammen.

»So, jetzt wär' alles bereit für den morgigen Tag«, begann Klaus Büchorn, der Ritter und Schultheiß, welcher zuletzt eingetreten war. »Eben komm' ich aus der Burg. Der Herr Graf hat mir Auftrag gegeben, ihre Einrichtung zu überwachen und alles zu ordnen für die Aufnahme seiner Familie. Das ist jetzt geschehen, selbst das Banner Fürstenbergs flattert über dem Burgfried.«

»Wird dem Grafen die Burg auch genügen zu bleibendem Aufenthalt?« fragte der Edelknecht Hug von Waldstein.

»Genügen?« rief der Schultheiß aus. »Ihr habt die Burg scheint's noch nie recht gesehen, Hug. Es gibt zwischen Straßburg und dem Fürstenberg keine schönere, als die von Hasela. Sie liegt zwar in der Ebene und ist keine Hochburg, aber bewehrt mit Mauern und Türmen, daß ihr so schwer beizukommen ist wie einer Bergveste.«

»In der Vorburg, durch die der Talbach zieht, liegt ein Garten mit Blumen, Lauben und Teichen, wie sie selten bei einer Burg zu finden sind. Dabei noch ein freier Platz, um Rosse zu tummeln und Tjoste zu halten.«

»Und in der innern Burg steht neben dem Hauptturm ein Palas mit Rittersaal, Kammern und Kemenaten, deren sich kein Herzog zu schämen brauchte, um so weniger, als ein solcher – Konrad I. von Zähringen, – unsere Burg gebaut und eingerichtet hat.«

»Der Graf wird seine Freude haben, wenn er in den Rittersaal tritt. Die Bodenfliese glänzen wie Alabaster, an den Wänden hängen herrliche alte Teppiche, welche noch mit den Kreuzfahrern aus dem Morgenlande kamen, und die silber- und goldverbrämten Schilde der Herzoge von Zähringen, auch die Eginos des Bärtigen von Urach und seines Sohnes Egino, des Großvaters unseres Grafen. Ein Fürstensaal kann nicht schmucker aussehen.«

»Hast recht, Büchorn«, nahm jetzt der Ritter Rudolf von Schnellingen das Wort, »es gibt nicht bald eine schönere Burg als die von Hasela. Und dazu noch Wunn und Waid, Berg und Tal, alles grün und blumig, 's wird unserm neuen Herrn gefallen. Alle Herren waren noch gerne hier, und selbst die Zähringer, so erzählte noch mein Großvater, haben allzeit mit Vorliebe in Hasela Quartier genommen und in unsern Wäldern gejagt, obwohl ihre Burg in Freiburg eine der schönsten ist im deutschen Reiche.«

»Und unser jetziger Herr, der junge Graf Egino«, meinte Heinrich Zünde, der Zwölfer, »war ja auch stets gerne hier, wenn sein Vater zur Herbstzeit bei uns Hof hielt, und er hat wohl deswegen auch Hasela zu seiner Residenz gemacht.«

»Ja, und den Villingern zum Trotz«, warf Hug Klotzinger, einer vom Rat, ein. »Die Villinger kann er nicht leiden, die Stadt ist ihm zu groß geworden, und die Geschlechter dort sind ihm über den Kopf gewachsen. Daß diese von den Fürstenbergern verlangt und es ihnen abgetrotzt haben, daß nur einer Herr der Stadt sein soll, hat die Grafen noch vollends gegen sie eingenommen.«

»Aber wie steht's, ihr Herren von Hasela, mit eueren Freiheiten unter dem neuen Grafen?« fragte jetzt Burckard von Ramstein, ein Edelknecht aus dem benachbarten Dorf Wiler.

»Damit steht's gut«, erwiderte der Schultheiß. »Graf Egino hat mir schon durch den Ritter von Almeshofen sagen lassen, er wolle uns alle unsere alten Rechte und Freiheiten gerne belassen und beschwören.«

»Und die sind nicht klein«, meinte der von Ramstein.

»Die Zähringer«, fuhr der Schultheiß fort, »haben Hasela, dem kleinen, die gleichen Freiheiten verliehen, ›wie sie Friburg im Brisgowe het und nießet‹. Alle Zölle und Ungelter gehören unser. Wir besetzen und entsetzen alle Ämter unter dem Schultheißen, als da sind: ›die zwelfer des rats, den frühmesser, schulmeister, sigristen, büttel, nachrichter, Hirten und herter (Hirtenmeister)‹.«

»Wir besetzen, beschließen und öffnen alle Tore der Stadt. Maß und Gewicht sind in unserer Hand. Jeder Bürger genießet Freizügigkeit, und wer ›von Hasela ziehen will, den soll der herr der stat geleiten abwärts bis inmitten uf den Rin, aufwärts uf die Schiltacher steig, südlich uf die Bleiche. Will er wieder kommen, so soll der Herr ihn von diesen Punkten wieder hergeleiten.‹«

»Wer etwas verschuldet oder Unrecht tut zu Hasela und flieht ›in eines zwelfers hus, der soll frieden han, alle die wile er darinne ist.‹«

»Jeder Bürger ist straflos, der einen angreift, so ihm ins Haus fällt; schlägt ›ein burger einen buben, so bessert (büßt) er es nit‹.«

»Der Herr schwöret, daß weder er, noch seine Nachkommen, noch sein Gesinde und seine Diener die Bürger oder eingesessenen Leute weder im einzelnen noch insgesamt an ihren Leibern und Gütern, Weibern, Töchtern und Kindern beschweren, bekümmern, schmähen, noch ihnen Unlust zufügen.«

»Hält der Graf sein Wort nicht und was er versprochen, so sind wir des Eides ledig und können einen andern Herrn wählen.«

»Für alle diese Freiheiten zahlen wir unserm Herrn jährlich zehn Mark lötigen Silbers und nit mehr, weder Übersteuern noch Bürgschaften.«

»So lauten unsere Freiheiten«, schloß erhobenen Hauptes der Schultheiß. »Sie sind bereits in einem Brief neu zusammengestellt, auf daß der Graf sie mit Eid und Siegel bekräftige.«

»Ihr Leute von Hasela habt überhaupt Glück mit eueren Herren«, nahm der alte Edelknecht Töbelin von Vischerbach jetzt das Wort. »Ich war Knappe bei unserem seligen Herrn, dem Grafen Heinrich. Ich hab' sein Streitroß geführt auf den weiten Märschen, die er in des Königs Diensten gemacht, und sein Turnier- und sein Schlachthelm hingen manchen Tag an meinem Sattel.«

»Ich war mit ihm in Lübeck, als er an des Königs Statt den Huldigungseid entgegennahm, zog hinter ihm drein, als er nach Italien ging, aber überall sprach er mit mir von Hasela. Oft, wenn ich ihm am Abend aus dem Sattel half nach langen Ritten, meinte er: ›Töbelin, ich wollt', ich könnt' vor meiner Burg in Hasela absteigen und mit dir einen Humpen Herrenberger trinken.‹«

»Vom König, seinem Vetter, erbat er einen Freiheitsbrief für seine Bürger in Hasela, selbst als wir mitten im Krieg stunden mit dem Böhmenkönig.«

»Im Feldlager zu Marcheck am 19. August 1278 hat ihm der König die Freiheiten für Hasela verbrieft.«

»Er hat aber auch alles gegolten, unser Graf, bei dem König, weil er einer der wenigen schwäbischen Herren war, die ihn nicht im Stiche ließen, als es drunten an der Donau zur Entscheidung kam. Drum durft' er auch des Reiches Banner tragen in der Schlacht bei Dürnkrut.«

»Ich sehe ihn heute noch vor mir, unsern König Rudolf, wie er eine Freude hatte, daß auch aus seiner Heimat Kriegsleute gekommen waren. Der Bischof von Basel, der elsässische Untervogt Wernher von Hattstadt und wir Fürstenberger ritten von Schwaben her in Wien ein. Der König sprach: ›Rastet einen Tag, und dann ziehen wir in die Schlacht; ich bin froh, daß ich euch habe, mein Haupt zu beschirmen. Ich vertrau' auf Gott und euere Tapferkeit.‹«

»Und wir liefen zu den Beichtigern, meldeten unsere Sünden und bereiteten uns gläubig zum Sterben vor.«

»Es war ein blutig Ringen am Bartholomäustag des Jahres 1278 bei Dürnkrut in der Ebene an der Donau. Des Königs Roß ward durchbohrt, und er stürzte, kam aber wieder auf, bestieg ein ander Schlachtroß und rief seine Schwaben zu Hilfe. Mit fünfzig Reitern – unser Graf und ich waren dabei –«

»Und ich war auch dabei, Töbelin«, unterbrach den Vischerbacher Hans Vasant, der Ritter, – »hätte damals nit geglaubt, daß ich noch einmal die Kinzig sähe!«

»Mit diesen fünfzig«, fuhr der Edelknecht fort, »stürmte der König mitten ins Heer des Böhmenkönigs; die Ungarn, Sachsen und Bayern hintendrein. Bald war der König Ottokar gefangen und erstochen und sein Heer in die Flucht geschlagen. Gewonnen war's.«

»Aber Ungarwein haben wir dann getrunken«, meinte Hans Basant, »drei Tage und drei Nächte lang, und dann ungarische Hengste und goldene Sporen verteilt.«

»Und wahr spricht der von Vischerbach, daß unser Herr, der Graf Friedrich, Hasela nit vergaß, auch im Felde nicht.«

»Als wir am vierten Tage weiter zogen und wir Schwaben uns sammelten und aufstellten und unser Graf uns musterte, ritt er auf mich zu, schüttelte mir die Hand und sprach: ›Basant, was werden die von Hasela sagen, wenn sie hören, daß wir dabei gewesen bei Dürnkrut?‹«

»Alle sind wir nit heimgekommen. Der Vischerbacher und ich sind wohl die einzigen von zehn Reisigen aus der Herrschaft Hasela. Einer von Bärenbach, ein Klotzinger, ein Toley und ein Zünde schlafen mit einigen Geschlechtern von Husen und mit den Edelknechten von Gechbach und Einbach drunten an der Donau. Gott hab' sie selig.«

»Aber der Sieg hat auch unser gehört von Gotts und Rechts wegen. Unser alter König ist ein frommer Mann und ein großer Verehrer der heiligen Jungfrau. An Samstagen – als den Muttergottes-Tagen – begeht er keine Gewalttaten und läßt keine begehen von seinen Kriegern – aus Ehrfurcht vor der Jungfrau Maria. Und die hat ihm sicher es erbetet, daß er bei Dürnkrut wieder auf den Gaul kam, als er zu Boden fiel und die Rosse über ihn wegflogen.«

»Und auch unser seliger Herr, der Graf Heinrich, war ein gar gottesfürchtiger Ritter, und schon ihm zu lieb dürft' ihr vom Rat in Hasela und eure ganze Gemeinde seinen Sohn wie einen rechten und lieben Herrn empfangen.«

»Das tun wir auch, Freund Basant«, erwiderte der Schultheiß. »Alle Hände regen sich in der Bürgerschaft, dem neuen Herrn, wenn er in seine Residenz zieht, zu zeigen, wie sehr Hasela diese Ehre zu schätzen weiß.«

»Es wird morgen ein großer Festtag werden in unserer kleinen Stadt. Fahrende Leute aller Art sind bereits auch eingetroffen: Sänger, Musikanten, Kunstreiter, Feuerfresser, Gaukler. Sie alle wissen, daß es in Hasela immer was zu verdienen gibt mit solchen Künsten. Die Stadt wird diesmal auch noch allen Fahrenden einen Trunk geben.«

»Und der Graf hat seinem Burgvogt, der vorgestern vom Zindelstein mit dem Hausrat angekommen ist, befohlen, am Tage seines Einzugs für alle Armen ein Essen herrichten zu lassen.«

»Für die Bürger wird er Extra-Wein spenden und für alle gemeinen Gäste am Nachmittag den Sebastiani-Brunnen mit Wein laufen lassen. Er hat dessen in Fülle in seinem Keller liegen unterm Kornhaus vor der Burg.«

»Auch für einen Braten ist gesorgt vom neuen Herrn. Seine Jäger haben Befehl, Hirsche, Rehe und Wildschweine zur Genüge zur Strecke zu bringen, damit sich die Bürger auf dem Marktplatz neben dem Brunnen ihr Fleisch selbst am Spieß braten können zum Wein.«

»Hat die Gräfin auch schönen Hausrat gebracht?« fragte jetzt Jörg Berne, der Geschlechter, ein ehemaliger Handelsmann.

»Kannst dir's denken, Jörg, antwortete der Schultheiß, »daß die Tochter des Markgrafen von Hachberg keine Bettelware mitbekommen hat. Die herrlichsten Teppiche hab' ich gestern auspacken sehen, echte, aus Smyrna und Limoges, aber auch solche, welche die Gräfin selbst gestickt hat. Dann Truhen und Tröglein von feinster Arbeit, auch kostbare Elfenbeinschnitzereien. Und Kleider so viele und so prächtige, daß die Königin von Frankreich keine schönern hat, und ich fürchte, unsere Frauen werden noch mehr auf Seide und Samt halten als bisher, wenn sie die Gräfin in ihrer Gala sehen.«

»Was bringt der Graf für adelige Herren als Zeugen der Huldigung und als Siegler unseres Freiheitsbriefes mit?« wollte jetzt Heinrich der Amann wissen, auch einer vom Rate.

»Der Burgvogt«, gab der Schultheiß zur Antwort, »sagte mir gestern, es kämen zwei Grafen von Freiburg und der Markgraf von Hachberg, die am Sankt Bartholomäustag in Villingen gesiegelt, seitdem noch allerlei Kurzweil in der Baar getrieben hätten und nun auf dem Heimweg noch die Huldigung in Hasela mitmachen wollten. Auch der Graf Friedrich, unseres Herrn Bruder, dem Wolfa gehört, kommt mit seiner Gemahlin.«

»Dann sollen noch zwei Herren von Geroldseck morgen einreiten, Walther, der Burgherr, und Hermann, der Landvogt von der Mortenau auf Ortenberg. Auch der Abt Berthold von Gengenbach ist geladen.«

»Die Geroldsecker haben Güter in unserer Herrschaft und der Abt nicht wenig eigene Leute und Höfe unter uns.«

»Und du, Amann, dann der Toley, der Zünde und der Ritter Vasant, ihr könnt morgen ans untere Tor reiten und diese Herren empfangen, während wir andere droben beim Schwiggenstein unsern Herrn und die genannten Grafen erwarten.«

»Wie wird empfangen?« fragte Ritter Vasant. »Habt ihr auch einen rechten Willkomm-Trunk parat, den wir den Herren am Tore bieten können?«

»Gewiß, Ritter«, entgegnete der von Büchorn, »ich hab' vor 14 Tagen schon in Ulm[13] zwei Fässer Osterwein aus Ungarn bestellt. Gestern hat ihn Hans Dold, der Fuhrmann, gebracht. Mit ihm soll Willkomm getrunken werden, und er soll morgen auch zum Festmahl dienen, das hier in unserer Herrenstube abgehalten wird.«

»Und nun trinken wir noch eins auf das Gelingen des morgigen Tages und auf den Frieden zwischen der Bürgerschaft und ihrem neuen Herrn.«

Und sie tranken noch eins und wieder eins und zuletzt noch eins und redeten dazu.

»Wird Klein-Künlin von Bärenbach morgen auch kommen?« flüsterte der Edelknecht Hug von Waldstein dem neben ihm sitzenden Ritter Vasant zu. »Er hat erst vor einigen Wochen einige Handelsleute von Hasela gerupft, als sie von Schaffhausen herzogen mit Seidenwaren, – und wird sich wohl nicht in die Stadt getrauen.«

»Da kennst du den Künlin schlecht, Hug«, gab der Ritter zurück. »Er kommt morgen früh sicher zum neuen Tor herein mit einigen Knechten und tut, als ob er der Philister bester Freund wäre. Die werden ihn finster anschauen, hinter ihm drein ihn Räuber schimpfen, aber sonst ungeschoren lassen, weil sie wissen, daß er dann jeden von ihnen aufhebt, wenn er nur zu einer Hochzeit geht nach Mühlenbach.«

»Du bist heut' besonders ängstlich und gewissenhaft, Hug, und hast doch schon mehr als ein Dutzend Krämer von hier und auswärts in deinem alten Nest im Waldstein aufgehoben, nachdem du sie draußen an der Kinzig abgefangen.«

»Hast recht, Vasant!« sprach lächelnd der Edelknecht, »laß' uns trinken auf künftige gute Beute. Der Abt von Gengenbach läßt, wie ich höre, in Ulm Malvasier-Wein holen. Der Töbelin von Vischerbach und ich wollen ihn aber auch versuchen, wenn er an der Kapelle des hl. Martin bei Töbelins Burg vorüberzieht. Sollst auch mittrinken, Vasant, wenn der Fang einmal gelungen. Du bist zwar ein reicher Ritter und wohnst in der Stadt, du hast es nicht mehr nötig, auf Beute zu lauern.«

---

13 Ulm war in jener Zeit Hauptmarkt für ungarische, italienische und griechische Weine. Die aus Ungarn hießen Osterweine.

»Aber helfen will ich euch doch«, meinte Hans Vasant. »Ich kenn' den Abt gut und will ihn morgen ein wenig ausholen, bis zu welchem Tag er den guten Tropfen erwartet.«

Das Glockenzeichen für die gemeinen Bürger war längst verhallt, und die Scharwächter gingen fahndend auf verspätete Heimgänger durch die dunklen Gassen, als auch die Herren sich aufmachten ihren Häusern und Herbergen zu.

5.

Das Horn des Wächters vom Kirchturm hatte kaum die vierte Morgenstunde angerufen, als es wieder lebendig zu werden begann im Städtle.

Die Bürgersfrauen richteten Guirlanden aus Buchszweigen und Tannenreisern zu und zogen sie an den Gaden der Häuser hin, während ihre Mannen, die ehrsamen Handwerker, Maien an der Gasse hin aufstellten, Birken- und Lärchenbäumchen, die vom oberen Tore bis an die Burg einen gar schönen Schmuck abgaben.

An ihren Häusern, die nebeneinander unterhalb des Rathauses standen, pflanzten auch in der Frühe Bäume auf der Bäcker Jörg Stricker und der Schuster Thomme Iselin.

»Ist ein Ehrentag, Nachbar, für die von Hasela heut'«, hub Jörg Stricker an, indem er inne hielt von seiner Arbeit, Löcher für seine Birken in den Boden zu graben. »Unser Städtle wird jetzt ein Fürstensitz, und die von Villingen haben das Nachsehen. Wird uns Bürgern manch' Stück Geld mehr einbringen das Jahr über, wenn der Graf bei uns residiert.«

»Bin der gleichen Ansicht, Nachbar«, meinte der Thomme, stieß fröhlich eine Lärche in den Boden und stampfte sie darin fest. »Aber mehr Komplimente müssen wir auch machen. Da heißt's aufstehen, wenn man am Abend vor seinem Hause sitzt und die gnädige Frau Gräfin oder der gnädige Herr Graf vorübergeht. Und am Sonntag, wenn wir hinten in der Kirche stehen und die Herrschaft einzieht, wird man selbst da noch sich verneigen müssen wie ein armer Sünder.«

»Vor unseren Herren, den Geschlechtern, ist ein rechter Bürger nicht aufgestanden, wenn er vor dem Hause saß. Die sind ja auch Leute wie wir, haben, wie wir mit Brot und Schuhen, so mit Salz und Schmalz, mit Seide und Samt gehandelt und sind reich geworden, – Das ist der ganze Unterschied.«

»Aber der Graf ist ein wirklicher adeliger Herr und seine Frau auch von hohem Stamme. Sie sollen, wie mir unser Leutpriester gestern sagte, als ich ihm ein Paar neue Schuhe brachte, beide von den Herzogen von Zähringen abstammen.«

»Dann haben sie's«, spöttelte Jörg Stricker. »Mein Großvater hat, da ich noch als kleiner Bub in der Backstube bei ihm saß, oft erzählt, die Zähringer Herzoge seien einst Kohlenbrenner gewesen. Der Stamm ist also nicht weiter her als unsereiner; ja ein ehrlicher Schuster und ein ehrlicher Bäcker gelten mehr in der Welt als Kohlenbrenner, was gar kein Handwerk, sondern nur eine Burenarbeit ist.«

»Wir sind alle von einem Stamm von Adam und Eva her, aber es muß Herren und Bürger geben, wenn Ordnung sein soll. Und wenn unser neuer Herr ein so wackerer Mann ist, wie man sagt und wie man ihm auch ansieht – dann gebührt ihm seine Ehre, um so mehr, als er unsere Zünfte in besseren Verdienst setzen wird. Metzger, Bäcker, Schuster, Gerber, Schlosser und besonders auch die Gold- und Waffenschmiede werden mehr Arbeit haben, wenn der Hof in Hasela wohnt.«

»Herren von allen Himmelsgegenden werden fortan aus- und einreiten im Städtle und Ritterspiele abgehalten werden, – kurzum, 's wird Leben geben, und wo Leben ist, ist Verdienst.«

»Drum hat unsere Zunft«, nahm der Schuster wieder das Wort, »schon eine Ehrengabe gerichtet: der Zunftmeister selbst, Kunz Blattner, hat sie gefertigt, und der kann was, hat in Paris seine Kunst gelernt. Er wird der Gräfin ein Paar Schuhe überreichen im Namen der Zunft. Das Maß hat ihm der Burgvogt besorgt. Sie sind vom feinsten roten Leder, mit Goldborten eingefaßt und mit Perlen verziert. Die Gräfin wird gleich merken, daß die Schuster nicht die letzten sind im Handwerk zu Hasela.«

»Was leistet denn euere Zunft als Ehrengabe, Nachbar?«

»Unsere Zunft«, erwiderte Jörg Stricker, »wird morgen die Brezeln stellen zum Willkomm-Trunk an den Toren. Und dann marschieren wir noch auf mit einer Riesenpastete und mit Lebkuchen.«

Während die beiden so sprachen und da es indes völlig Tag geworden war, trommelte der Büttel des Rats durch die Gassen und verkündete die Ordnung für das anbrechende Fest.

»Die Bürger, so ist's vom Rat befohlen, sollen in der vorderen Gasse Spalier bilden vom oberen Tor bis zur Burg, bis der edle Herr und Graf Egino von Fürstenberg eingeritten ist, der um neun Uhr von Wolfa her am Tor eintreffen und zunächst in die Burg einziehen wird.«

»Alsdann sammelt sich der Rat und die gemeine Bürgerschaft auf dem Marktplatz, wo der Graf alsbald erscheinen, der Stadt Freiheiten beschwören und die Huldigung der Bürger und die Zunftgeschenke empfangen wird.«

»Nach dieser ziehet männiglich in die Pfarrkirche zum hl. Arbogast, allwo ein Hochamt gesungen und Gott, der Allmächtige, angefleht wird für unserer gnädigen Herrschaft und der ganzen Gemeinde Wohlergehen.«

»Am Mittage wird der neue Herr der Stadt eine Weinspende verabreichen, für jeden Bürger zwei Maß aus dem Grafenkeller und für jedermann, Weib und Mann, arm und reich, fremd und einheimisch den Sebastianibrunnen mit Wein laufen lassen. Auch sollen die Bürger frisches Wildbret zur Genüge erhalten zum Braten.«

»Allerlei Kurzweil auf dem Marktplatz soll den Nachmittag ausfüllen und gegen Abend vor dem unteren Tor getanzt werden.«

»Der Herr Graf und der hochlöbliche Rat mahnen männiglich ab von Streit, Hader, blutigem Schlag und Totschlag, ansonst ein streng Gericht über die Schuldigen ergehet.« So verkündigte der Büttel.

»Das kann recht werden heut', Nachbar«, fing der Bäcker zu reden an, als der Ratsbote, dem die zwei Bürger andächtig geloset hatten, seines Weges weiter gezogen war. »Mit solch einem Ratsbeschluß können wir kleinen Bürger alle einverstanden sein.«

»Ich will mich aber auch ins Zeug stecken. Meine Brünne[14], noch von meinem Großvater herstammend, als er Zunftmeister war, ist schon blank geputzt, auch meine Lanze und mein Schwert, und der Bäcke-Jörg soll nit der letzte sein in der Bäcker-Gilde, wenn sie ausrückt.«

»Eine Brünne hab' ich nicht«, meinte der Schuster-Thomme, »aber ein feines Lederkoller mit roter Seide durchnäht, mit dem könnt' ich mich vor unserem König sehen lassen.«

»Die besten Geschäfte macht heute ihr Bäcker. Schaut da, Nachbar, wie das Landvolk zu allen Toren hereinströmt, um unser Fest mitzumachen. Bis nur jedes von diesen Leuten ein Stück Brot hat zu dem

14 Ringpanzer.

Wein, der aus dem Sebastianibrunnen fließt, seid ihr Bäcker zweimal ausgekauft.«

»Aber 's ist merkwürdig, Jörg«, fuhr der Thomme fort, »wie die Buren in der Tracht den Bürgern und den Rittern nachmachen. In meiner Knabenzeit da kamen sie noch alle in die Stadt mit kurzen Röcken von Naturwolle und mit an den Beinen hinaufgebundenen grauen Hosen und schweren Filzhüten. In der Hand trugen sie eine Gerte oder einen Streitkolben.«

»Und jetzt schaut, Nachbar, wie sie einziehen heute mit langen, modischen Röcken, die bis auf die Füße reichen, oder mit Lederkollern. Dort geht gar einer in Eisen, wie ein Ritter. Alle tragen Schwerter und Stahlhauben, wenige nur noch die Gugel[15]. Am Gürtel führen sie Schellen und Muskatnüsse, wie die Höflinge.«

»Und ihre Wibervölker haben ihnen nachgemacht: sie tragen sich wie ehrsame Bürgersfrauen, ja selbst wie Burgfräulein: Heimelige[16] Röcke und Mieder, spitze Schuhe, Blumenschapel auf den Köpfen, Handschuhe und Gürtel. Schaut, Nachbar, da kommen gar noch einige Buremaidle, die haben am Gürtel kleine Spiegel hängen wie die vornehmsten Jungfrauen.«

»Früher kamen die Wibervölker in grauen oder schwarzen Tuchröcken, im Winter mit Schaffell gefüttert, und jetzt geht mehr Seidenzeug in allen Farben aufs Land als in die Stadt.«

Ein anderer Nachbar, der Metzger Bartle Neidhart, war hinzugekommen, während die zwei die Landleute Revue passieren ließen, und hatte die letzten Sätze des Schusters noch gehört.

»Da schimpft man immer«, nahm er jetzt das Wort, »über die Ritter und Edelknechte, welche den Bauern das Vieh stehlen. Und doch wäre kein Graf und keine Gräfin mehr sicher, von der Hoffart der Bauern überholt zu werden, wenn man diesen alles ließe, was sie im Stall aufziehen.«

»Mir ist's lieb, daß die Leute heute so geputzt in Hasela einrücken. Wenn die Edelknechte von Büchorn, von Bärenbach, von Waldstein, von Vischerbach und Hans der Gebur auf der Heidburg sie sehen, werden sie frischen Mut schöpfen, den Buren zur Ader zu lassen. Ich

---

15 Eine kapuzartige Haube.
16 Eng anliegende.

bekomm' dann bald wieder fette Hammel und Rinder um billigen Preis.«

»Aber die Edelknechte«, entgegnete Jörg Stricker, »die gehen auch an unsere Kaufleute. Erst vor einigen Wochen soll der Bärenbacher zwei, den Krämer am obern Brunnen und den in der neuen Stadt, geplündert haben.«

»Laß ihn plündern, Jörg«, flüsterte der Bartle, »den kleinen Konrad von Bärenbach. Den Krämern schadet's nicht, die scheren sich ohnedies einen Teufel um den ehrlichen Handwerker. Sind sie reich geworden, so geben sie den Kram auf, spielen die Herren, und ihre Buben müssen Knappen und Ritter werden.«

»Bin auch deiner Meinung, Bartle«, sprach leise der Schuster. »Aber jetzt ist's Zeit, daß wir uns rüsten. Dort droben auf dem Marktplatz reiten schon die vom Rat und die übrigen Geschlechter an. Sie wollen den Grafen, wie ich höre, abholen am Schwiggenstein.«

Die drei Bürger verschwanden in ihren Häusern, um sich auch parat zu machen.

Kaum hatten die Geschlechter den Marktplatz verlassen, um zum oberen Tor hinauszureiten, als die verschiedenen Gilden der Handwerker von ihren Zunfthäusern weg anrückten. Jeder Zunft ging ein Bannerträger voraus mit der Zunftfahne und einem Korn, in das er blies. Ihnen folgten die Mannen der Zunft, Meister und Knechte, in Reih' und Glied, die Kesselhaube auf dem Kopfe, den Speer in der Faust, den Leib mit Ring- oder Schuppenpanzer oder mit einem Lederkoller bewehrt und darüber den Waffenrock in der Zunftfarbe.

So aufmarschiert, verteilten sie sich in der vorderen Gasse von der Burg bis zum obern Tor.

Indes hatte sich ein viel glänzenderer Zug von Wolfa her dem Schwiggenstein, der Banngrenze von Hasela, genähert. Es waren Graf Egino und seine Gattin, seine Freunde und Verwandten mit ihren Rittern und reisigen Knechten.

»Siehst du, Friedrich«, sprach der Graf, sich an seinen neben ihm reitenden Bruder wendend, »siehst du dort am Schwiggenstein die Reiter? Das ist der Schultheiß von Hasela mit denen vom Rat. Sie kommen uns zum Willkomm entgegengelitten. Das sind andere Leute als die Villinger, die uns erst am Stadttor empfingen!« Graf Friedrich und alle die übrigen Herren stimmten der Anerkennung des Grafen Egino zu, und sein Schwiegervater meinte zu seiner neben ihm reitenden Tochter: »Verena, ich freue mich für dich, daß ihr so freudig erwartet werdet in euerem neuen Heim.«

Er konnte ihre Antwort nicht abwarten, denn schon dröhnte der Aufschlag der Pferde, auf denen die Ratsherren von Hasela herangaloppierten, so mächtig an die Sinne, daß aller Augen sich den bürgerlichen Reitern zuwandten.

Auf zehn Schritt nahe gekommen, hielten diese plötzlich ihre Pferde an, stiegen ab und näherten sich zu Fuß, ihre Rosse am Zügel führend. Der Schultheiß, Klaus von Büchorn, nahm seine Helmhaube ab, trat vor den stille haltenden Grafen und begrüßte ihn: »Hochedler, fürstlicher Herr und Graf! Ich heiße euch und euere Frau Gemahlin und euere erlauchten Gäste im Namen des Rats und der gemeinen Bürgerschaft von Hasela hier an unserer Grenze eherbietig willkommen. Wir alle in Hasela freuen uns, daß von heute an ein Zweig vom altadeligen Stamme, dem seit Jahrhunderten die Herrschaft über uns zusteht, sich in unserer kleinen Stadt bleibend niederlassen will. Möge Gottes, des allmächtigen Segen auf diesem neuen Zweige ruhen und stets der Friede unsere Stadt verbinden mit unserem neuen Herrn und allen seinen Nachkommen.«

»Ich dank' euch, Schultheiß, dem Rat und allen Bürgern von Hasela«, sprach sichtlich ergriffen der Graf, dem Sprecher seine eiserne Rechte entgegenstreckend. »Ich dank' euch herzlich für meine Frau, für meine Freunde hier und für mich für den Willkomm, den ihr uns bereitet, und für die Glückwünsche, die ihr mir und meiner Familie entgegenbringt. Ihr wißt, ich war immer gern in dem schönen Hasela, schon als Knabe. Drum wollt' ich auch bei euch meinen Sitz aufschlagen. Ich weiß, daß ich nicht fehlgegriffen, ich kenne die Herzen derer von Hasela wie mein eigenes. Und Gott wird Menschen, die so zusammenpassen, wie wir, nie in Feindschaft trennen.«

»Und nun, ihr Herren vom Rat alle, steigt wieder auf euere Rosse, wir folgen dann zum fröhlichen Einzug, den Gottes Gnade segnen möge.«

Nach wenig Minuten war der stattliche Reiterzug am obern Tore von Hasela.

Hier hatte sich das fahrende Volk versammelt und empfing die Herrschaften mit Flöten, Fiedeln, Hörnern, Harfen und Schalmeien, jeder nach seiner Kunst.

Der Schultheiß stieg vom Pferde, nahm den bereit gehaltenen silbernen Pokal und kredenzte, bei der Gräfin anfangend, den »Osterwein« zum Willkomm.

»Der läßt sich beißen, Herr Schultheiß«, meinte Graf Heinrich von Freiburg, als die Reihe an ihn gekommen war. »Ist der an den Halden dort drüben über der Kinzig gewachsen?«

»Noch nicht, Herr Graf, dort drüben wächst auch ein guter Tropfen, aber nicht so gut, wie der in eurer Gnaden Humpen. Das ist Ungarwein.«

»Dann füllt ihn nochmals frisch, Herr Schultheiß, ich will auch dran denken, daß ich den besten Osterwein in Hasela getrunken habe.«

Nachdem alle bis auf den letzten Reitersmann Bescheid getan, ritt man in die Stadt ein.

Die in der Gasse paradierenden Zunftleute und die Frauen und Kinder an den Fenstern der Häuser riefen laut dem jugendlichen Grafenpaare, das unmittelbar hinter den Ratsherren einritt, den Gruß zu: »Heil und Segen!«

An der Burg stunden zum Empfang, hoch zu Roß, die Ritter und Edelknechte der Umgegend, die wir kennen, und die eben auch angekommenen »freien Herren« von Geroldseck und der Abt von Gengenbach.

Herzlich war auch hier die Begrüßung. Besonders zeichnete der Graf den Edelknecht Töbelin von Vischerbach und den Ritter Hans Basant aus, die getreuen Knappen seines Vaters.

Es war ein majestätisch Schauspiel für die Völker vom Lande, als bald darauf die Huldigung stattfand auf dem Marktplatz und Graf und Bürger mit »aufgehobten Händen« zu den Heiligen schworen, sich gegenseitig Treue zu halten.

Alsdann nahten die Zunftmeister und übergaben die Huldigungsgeschenke der Handwerker und Kaufleute.

»Seht ihr«, sprach der Graf zu seinen Freunden, »so was wär' den Villingern nicht eingefallen. Die von Hasela sind Leute, die wissen, was sich schickt.«

Alle Herren gaben diesen Worten ihren Beifall und bewunderten mit dem Grafen Egino die sinnigen Gaben der einzelnen Gilden.

Nachdem auch in der Kirche Gott um seinen Segen angefleht worden war zu den heutigen Gelöbnissen, gehörte der Rest des Tages der Freude.

Die Bürger zogen daheim ihre Harnische aus, legten ihre bürgerliche Tracht an, die langen farbigen Röcke mit dem Schwerte darüber, nahmen die Mützen auf den Kopf und ihre Weiber mit – und los ging der Festjubel am Sebastianibrunnen und beim Grafenkeller.

Der Wein begann zu fließen, das fahrend Volk ließ seine Künste los, bald mitten in den Gassen, bald drüben auf der Burg, wo die Grafen, Ritter und Edelknechte tafelten, bald auf dem Rathaus, wo die Geschlechter ihr Festgelage abhielten. Überall fanden sie Beifall und reichen Lohn.

Doch nicht bloß Musikanten und Sänger sind unter ihnen, auch Taschenspieler, Jongleure, Springer, Tänzer, Leute, die Steine zerkauten und Feuer fraßen und wieder ausspieen.

Gegen Abend zog alles hinaus auf die grünen Matten vor dem untern Tor, und jung und alt tanzte zu den Weisen des fahrenden Musikantenvolks.

Auch die Grafen und Ritter kamen von der Burg her und mischten sich hier unter die Leute und schäkerten oder tanzten mit schönen Frauen und Dirnen von Stadt und Land.

»Meiner Treu«, sprach Graf Heinrich von Freiburg zum Ritter Sneweli, »da unten an der Kinzichen hat es schönere Frauen als selbst in Neuenburg.«

»Aber laßt die Frauen nur in Ruhe, Herr Graf«, meinte der alte Ritter lächelnd, »denn gebrannte Kinder sollen das Feuer fürchten!«

Längst war die Sonne hinter dem Strickerwald niedergegangen, und die Mondscheibe erhob sich über dem Urwald, als der Schultheiß nach des Grafen Wunsch zum Heimgang bieten ließ.

Thomme, der Schuster, und Jörg, der Bäcker, kehrten weinselig mit ihren Weibern auch heim und redeten noch ein wenig vor ihren Häusern.

»Das war ein schöner Tag, Nachbar«, meinte der erstere. »Noch schöner als der, an dem ich meine Rese (Agnes) heimgeführt habe; damals hat mich das Vergnügen Geld gekostet, und heute hatt' ich's umsonst.«

»Und der neue Herr hat mir auch gut gefallen.«

»Und mir auch«, fiel die schöne Schusterin ein. »Er hat lang mit mir gesprochen und mir die Backen gestrichelt, und wenn die Frau des Schultheißen nicht so nahe dabei gestanden wäre, hätt' er sicher auch mit mir getanzt.«

»Du wirst ihm hoffentlich auch gesagt haben«, fuhr ihr Mann fort, »daß du des Schuster-Thommes Weib bist, damit er an mich denkt, wenn er was an Schuhzeug braucht!«

»Er hat mich gleich gefragt, und ich hab' es ihm gesagt«, beruhigte den Schuster seine Rese.

»Meine Alte und ich«, sprach der Bäcker, »haben uns aus der Tanzerei nicht viel gemacht, wir saßen unter einem Apfelbaum und schauten zu. Unsere Tanzzeit ist vorüber.«

»Aber jetzt guat Nacht allerseits, behüt uns Gott und 's heilig Kreuz.«

»Gute Nacht« wünschten auch der Thomme und die Rese und verschwanden in ihrem alten Holzhause.

So ward die Linie der Grafen von Fürstenberg-Hasela gegründet am Verenentag des Jahres 1286. Gerade hundert Jahre später, am 9. Juli 1386, am Schlachttag von Sempach, sollte sie, wie wir sehen werden, wieder erlöschen.

6.

Ein milder Frühlings-Nachmittag des Jahres 1298 liegt über dem Kinzigtal. Rings um die Stadt Hasela sind Bürger und Bauern, Männer und Frauen beschäftigt in Gärten und Feldern. Stille ist's innerhalb der Mauern, und nur auf dem freien Platze vor der inneren Burg hört man die Stimmen laut spielender Knaben.

Es sind des Grafen Egino jüngere Söhne, Johans[17] und Götz, beide in Hasela geboren. Sie schlagen Ball, während ihre Eltern von einem Söller des Palas ihnen zuschauen.

Na kommt der Wächter vom äußern Burgtor – das innere Tor war offen – dahergelaufen.

»Was gibt's neues, Diebold?« fragt der Graf von oben herab.

»Gnädiger Herr«, antwortete der Gefragte, »der Herr Schultheiß von Büchorn ist am Tore und will euch sprechen. Kann ich ihm öffnen?«

»Und da fragst du noch lange, dummer Kerl, ob du dem die Zugbrücke herablassen sollst?«

---

17 Im 13. und 14. Jahrhundert finden wir in Urkunden des Kinzigtals nie den Namen Hans, sondern nur Johans.

»Der Burgvogt hat befohlen, weil Kriegsvolk um den Weg sei, niemanden ohne Anfrage in die Burg einzulassen, heiße er, wie er wolle.«

»Du bist ein braver Kerl, Diebold. Aber jetzt laß meinen Schultheißen ein; der könnt' sonst glauben, ich hätte meinen Bürgern Fehde angesagt.«

Der Wächter eilt davon, und gleich darauf schreitet hastig der Schultheiß im Wappenrock und mit dem Schwert umgürtet über den Hof dem Palas zu, wo der Graf ihn in dem Rittersaale empfängt.

»Was führt euch, Junker Schultheiß, zu so ungewohnter Stunde in die Burg?«

»Herr Graf, eben meldet mir der Wächter vom obern Tor, es sei vor der Zugbrücke ein Ritter mit zwölf Reisigen und erkläre, er sei des Königs Adolf Reichsmarschalk, Hilteprand von Pappenheim; er verlange Einlaß, um zum Grafen Egino von Fürstenberg zu gelangen. Und ich komme nun, anzufragen, ob wir die Tore öffnen sollen. Da der Herzog Albrecht, dem König feindlich, mit einem Heere am Oberrhein steht, wird es sich fragen, was wir tun sollen.«

»Was wir tun sollen, Schultheiß?« entgegnet der Graf. »Da bin ich gleich besonnen und sage, den von Pappenheim einlassen, weil der König mit seinem ganzen Heere von Ulm her im Anzug und schon aus dem Donautal heraufgestiegen ist. So hat mir mein Lehensmann im obern Kinzigtal, Heinz, der Schenk von Zeil, schon vorgestern berichtet. Und der Reichsmarschalk kommt sicher, um den König anzumelden. Der Nassauer steht also näher als der Österreicher, und wehren können wir uns im Ernst gegen keinen.«

Der Schultheiß entfernte sich mit dieser Botschaft, und bald ritt ein Zug Reisiger, voran in glänzendem Harnisch Hilteprand von Pappenheim, in die äußere Burg von Hasela ein. Doch saß keiner der gemeinen Reiter ab, nur ihr Führer stieg rasch vom Pferde. Dann schritt der Reichsmarschalk durch das innere Burgtor, wo der Graf ihm entgegenkam.

Der Ankömmling reichte ihm zum Willkomm die eiserne Hand und sprach: »Gott halt' euch, Herr Graf, ich bring' euch Botschaft von unserm König und Herrn!«

»Gott vergelt euern Gruß, und seid willkommen in meiner Burg, um so mehr, als der König euch sendet. Ich höre gern eure Botschaft. Doch laßt mich droben indem Rittersaal sie vernehmen«, entgegnete der Herr von Hasela.

»Ich muß schon bitten«, meinte der von Pappenheim, »meinen königlichen Auftrag hier zu vernehmen, ich soll alsbald zurückreiten, da des Königs Heerhaufen zum Teil schon im Kinzigtale stehen. Drum hab' ich meine Leute nicht absitzen lassen.«

»Wenn's euch genügt, höre ich eure Botschaft auch hier unten an«, gab der Graf zurück.

»So hört! Unser Herr, der König, kommt von Ulm her,[18] wo der Herzog ihm nicht zur Schlacht gestanden, sondern an den Oberrhein gen Waldshut ausgewichen ist. Der König will ihm nun drüben bei Freiburg den Weg verlegen nach Mainz, wo die vom rechtmäßigen Reichshaupt abgefallenen Kurfürsten seiner warten. Drum zieht er dem Kinzigtal zu und von hier durchs Elztal in die Rheinebene.«

»Er läßt euch um Durchzug bitten, da durch Hasela der Weg ins Elztal führt, und fordert zugleich den Herrn Grafen Egino von Fürstenberg als einen Lehmsmann des Reiches auf, ihm Zuzug zu leisten.«

»Die Antwort soll ich alsbald dem König zurückbringen, der in der vergangenen Nacht auf der Burg zu Schiltach genächtigt hat und sich jetzt wohl dem Städtchen Husen nähern wird.«

»Er gedenkt, wenn ihr die Tore öffnet, die kommende Nacht in eurer Burg ein Quartier zu finden.«

»Und wie es um die Feinde des Königs in der Nähe aussieht, kann ich euch auch vermelden. Euer Schwager, Graf Albert von Hohenberg, mußte seiner Frau, eurer Schwester, bald nachfolgen im Tode.«

»Was, mein Schwager tot? Erst vor 14 Tagen war er noch hier zu Besuch? Erzählt, mir, Herr von Pappenheim, was ist geschehen?« ruft erstaunt der Graf.

»Er ist vor wenig Tagen gefallen als des Königs Feind. Bei Oberndorf wollte er, des Herzogs Anhänger und Vetter, nächtlicherweile den Nachtrab des königlichen Heeres, den der Herzog Otto von Niederbayern und die Grafen von Kirchberg und von Landau befehligten, überfallen. Die Herren bekamen aber Wind davon und griffen den Hohenberger zuerst an. In dem Treffen verlor dieser Leben und Sieg.«

---

18   »Der Weg des König« ging von Ulm weg durchs Donautal über die rauhe Alb und den Schwarzwald, längs der Gutach nach Haslach, von da über das Gebirg in die Rheinebene gegen Freiburg.« F. W. Roth. Geschichte des römischen Königs Adolf I. von Nassau. Wiesbaden 1879.

»Ich hab' ihn, als er hier war, verwarnt, nicht so scharf gegen den König aufzutreten, obwohl er des Herzogs Vetter ist, wie ich.« antwortete Graf Egino.

»Es war aber vergebens, so wie er vergeblich mich bestimmen wollte, des Herzogs Sache zu der meinigen zu machen.«

»Ihr könnt, Herr von Pappenheim«, fuhr Egino fort, »aus diesen meinen Worten schon erkennen, welche Antwort ich euch geben werde. Sie lautet kurz: Unser König ist in meiner Burg willkommen und seinem Heere der Durchzug durch Hasela nicht verwehrt. Über meinen Zuzug will ich mit dem königlichen Landesherrn selber reden.«

»Aber ehe ihr abreitet, Herr Reichsmarschalk, müßt ihr und euere Ritter und Knechte einen Trunk tun von meinem Herrenberger. Es ist warm heute und durstig Wetter.«

»Wen Trunk wollen wir nehmen, aber auf den Pferden sitzend. Wir haben Eile. Und wenn ihr, Herr Graf, unsern Hengsten, während wir trinken, jedem ein Stück Brot und einen Schluck Wasser geben lassen wollet, werden wir im Reiten einbringen, was wir beim Trinken versäumt haben.« – –

Im großen Rittersaale der Burg Hasela ging's einige Stunden später, nachdem der von Pappenheim abgeritten war, lebhaft her. Der König war eingetroffen. Sein Heer lagerte oberhalb der Stadt auf dem ersten Wiesengrün des Jahres 1298.

Die Ritter und Edelknechte nahmen auf den Abend Quartier bei den Geschlechtern von Hasela. Die freien Herren, die Grafen, der Herzog Otto von Bayern und der König waren gleich in die Burg geritten und vom Fürstenberger ehrenvoll empfangen worden.

Hier saß er nun, der Mann, den seine Feinde »den Pfaffenkönig« nannten, weil die geistlichen Kurfürsten vorab ihn erwählt, ein stattlicher Herr von fünfzig Jahren, ein vollendeter Ritter, tapfer und edelsinnig – aber von denen, die ihn gewählt, verlassen und darum entschlossen, mit dem Schwerte in der Hand sein Recht zu wahren.

Die Herren waren alle in seidenen Wappenröcken, unter denen die Eisenhosen hervorblinkten, an der Abendtafel erschienen, und der König hatte zwischen dem Burgherrn und seiner Hausfrau Platz genommen.

»Ihr wißt, Herr Graf«, hub gleich zu Beginn des Mahles der König an, »daß ich auf der Kriegsfahrt bin. Man hat mich gezwungen, zum Schwert zu greifen. Die Wahlfürsten, vorab der Erzbischof von Mainz, sind gegen mich, weil ich ihre Sonderzwecke nicht begünstigt und mich und des Reiches Ehre nicht lediglich in ihren Dienst gestellt habe.«

»Voriges Jahr, am Pfingstfest, als der Erzbischof den König von Böhmen zu Prag krönte, haben die Herren paktiert mit ihrem bisherigen Feinde, dem Herzog von Österreich. Seitdem wurde gegen mich gehetzt, bis ich losschlug und dem, der des Reiches Krone statt meiner haben möchte, entgegenzog, damit die Waffen entscheiden.«

»Wer Herzog hat sich offen gegen mich, den König, empört, trotzdem er vor wenig Jahren zu Hagenau mir huldigte und von mir mit Österreich, Steier und Krain belehnt wurde.«

»Wer es mit ihm hält, ist drum auch des Reiches Feind. Daß ihr, Herr Graf, nicht unter meine und des Reiches Feinde gegangen seid, dafür dank' ich euch, sowie für den ehrenden Empfang, der mir von euch, eurer Hausfrau und euern Bürgern zuteil geworden.«

»Und ihr werdet mit uns ziehen«, fiel der Herzog Otto von Niederbayern ein, »und uns helfen gegen die Abtrünnigen!«

»Ich bin des Reiches Lehensmann«, nahm jetzt Graf Egino das Wort. »Hasela und Villingen, der Fürstenberger Hauptorte, sind unserm Hause vom Reich verliehen. Mit ihnen werde ich dem rechtmäßig erwählten Könige dienen. Morgen schon will ich die Geschlechter dieser meiner Städte aufrufen, auch meine Ritter und Edelknechte in der Herrschaft Hasela, und ich hoff' in den nächsten Tagen mit einer schönen Anzahl Glefen zum Heere stoßen zu können.«

»So ist's recht, Fürstenberger!« riefen alle am Tische, und der König und der Herzog schüttelten dem Grafen freudig die Hand.

Unten an der Tafel aber erhob sich der freie Herr Hermann von Hohen-Geroldseck, des Königs Landvogt im Breisgau und in der Mortenau und sein Bannerträger im Heere, trat zum Herrn von Hasela und sprach: »Freund und Nachbar Egino! Laß dir von mir doppelt Glück wünschen zu dem tapfern Entschluß, trotz der Vetterschaft mit dem Österreicher auf die Seite des rechtmäßigen Herrn zu treten.«

»Aber jetzt bitte ich euch, holde Hausfrau, um Entschuldigung«, nahm der König, zur Gräfin gewendet, wieder das Wort, »daß wir vor lauter Politik vergessen, haben, der Burgherrin die gebührende Achtung zu schenken.«

»Es bedarf keiner Entschuldigung, hoher Herr«, erwiderte Verena, des Hauses anmutige Wirtin. »In Kriegszeiten gilt keine Rücksicht auf Frauen, da geht in allweg die Politik vor, und einsam müssen wir in solchen Zeiten auf unsern Burgen sitzen, und niemand kümmert sich um uns. Wir Frauen sind das gewohnt und fügen uns darein.«

»Ihr werdet mir also nicht zürnen, holde Frau, wenn ich euern Gemahl mitnehme ins Kriegslager?« fragte der König lächelnd. »Meine eheliche Wirtin Imagina weilt auch allein inmitten ihrer Kinder tief drunten im Reich auf der Burg Nassau.«

»Was ist uns Frauen der Ritterzeit nichts Ungewöhnliches«, entgegnete Frau Verena; »unsere Herren sind ja meist abwesend, bald im Krieg, bald auf Fehden, bald ziehen sie sonst weit fort, um ein Turnier mitzumachen. Daß mein Gemahl mit euch, unserm König, zieht, find' ich nur recht und billig. Möge Gott ihn nur heil wieder heimkommen lassen und euch, königlicher Herr, den Sieg verleihen.«

»Das sind schöne Worte einer Frau, und ich dank' euch dafür, edle Gräfin«, sprach der König. »Ich hab' in Ulm bei einem Goldschmied zwei Ringe gekauft für meine Frau, die Königin. Ihr müßt mir gestatten, daß ich einen davon euch zurücklasse zum Andenken an meinen Besuch hier und als Dank für die Aufnahme, die ich in der Burg zu Hasela gefunden. Aber nun laßt mich auch euere Kinder sehen, heute noch, denn morgen in der Frühe müssen wir abreiten. Es ist hohe Zeit, hinüber zu kommen ins Rheintal. Morgen abend hoff' ich auf Hachberg bei der Frau Gräfin Bruder Gast zu sein.«

»Gern nehm' ich einen Ring von des Königs Hand«, erwiderte die Gräfin, »denn Könige kommen selten nach Hasela. Ihr, hoher Herr, seid der erste, der unsere Burg beehrt, seitdem ich hier bin. Vorher soll Kaiser Rudolf schon da gewohnt haben.«

»Meine Kinder will ich euch gleich vorführen, aber unser jüngstes und liebstes, die Anna, ruht schon in ihrer Kemenate. Unser zweiter Knabe, Egino, weilt im Kloster Gengenbach; er soll Latein lernen, er will zu den Johannitern in Villingen;[19] der älteste ist der Knappen einer, die seither an der Tafel gedient haben. Dort steht er, unser Heinrich, und füllt eben dem Herrn Landvogt von Geroldseck den Becher.«

»Das ist ja ein feiner Knabe, etwas blaß, aber vornehm. Bitte, laßt ihn näher treten«, sprach der König.

Die Mutter rief; der Knappe kam. Er ließ sich auf ein Knie nieder und küßte dem König die Hand.

---

19   Egino von Fürstenberg-Haslach starb als Komthur dieses Ordens hochbetagt 1363 zu Klingnau.

»Du wirst wohl auch mitreiten, mein Sohn, mit den Glefen des Vaters?« – redete der König ihn an, als der Junker sich wieder erhoben hatte.

»Meine einzige Freude wäre es, o König«, erwiderte bescheiden der junge Fürstenberger, »meinem Herrn Vater folgen zu dürfen.«

»Herr Graf, ihr gestattet es doch?« fragte der König.

»Gewiß, er ist zwar etwas zart, aber in allen ritterlichen Übungen gewandt«, antwortete Vater Egino.

»Also, ihr kommt beide«, schloß der König, »und am ersten Morgen, da ihr in meinem Lager eintreffet, erhält der junge Heinrich von Fürstenberg den Ritterschlag, und die goldenen Sporen schenkt ihm der König.«

Der Sohn dankte nochmals, freudig bewegt, mit Kniebeugung und Handkuß. Sein Vater aber meinte: »Soll er nicht erst seine Tapferkeit zeigen und was leisten im Felde, ehe er ein Ritter wird?«

»Das ist nicht vonnöten«, gab der König zurück; »wenn er vor der Schlacht Ritter ist, wird er um so tapferer kämpfen in der Schlacht.«

»Nun will ich noch«, nahm die Gräfin wieder das Wort, »dem königlichen Herrn unsere zwei jüngsten Knaben holen, den Johans, der zwölf Jahre zählt, und den Götz (Gottfried), einen elfjährigen Wildfang, der schon gleich mit zur Tafel wollte, um den König zu sehen.«

Die Gräfin erhob sich und kehrte bald darauf mit den zwei Knaben zurück.

Der jüngste war ein bildschöner Knabe mit großen, blauen Augen und blonden, wallenden Haaren. Er schaute keck in die Welt und musterte, nachdem er den König, wie die Mutter es ihn gelehrt, ehrerbietig gegrüßt hatte, diesen und die fremden Herren mit ebenso neugierigem als unbefangenem Blick.

»Ihr Götz, Frau Gräfin«, meinte der König, »ist der herzigste Knabe, den ich je gesehen.«

»Aber er ist auch der wildeste Bub in ganz Hasela«, sprach die Mutter, ihrem Liebling mit der Hand durchs Lockenhaar fahrend. »So lang er im Frauenzimmer war, hatten ich und meine Mägde die liebe Not mit ihm. Er will nur draußen sein und springen, reiten, fechten und Speere werfen.«

»Kannst du denn schon fechten?« fragte ihn jetzt der König.

»O ja, Herr König«, erwiderte der unerschrockene Knabe, »der Burgvogt hat mich's gelehrt und auch einen Vers dazu aus dem ›Hildebrandslied‹; wie er sagt, sei der Vers von einem Königssohn.«

»Wie heißt denn der Vers?« frug lächelnd und gespannt der König.

Lernt' ich von Weibern fechten, das wär' mir eine Schand'.
Ich han's von Rittern, Knechten in meines Vaters Land,
Von Freien und von Grafen an meines Vaters Hof.

»Sehr gut!« riefen die Herren alle ringsum mit dem König.

»Ja«, sprach nun der kecke Knabe, »ich kann noch mehr Verse.«

»Ich habe«, so fiel schnell seine Mutter ein, »eine Handschrift vom Parzival des Ritters Wolfram von Eschenbach. Ein Mönch vom Kloster Thennenbach in der Nähe meiner Stammburg Hachberg hat sie geschrieben, und mein Vater hat sie mir geschenkt.«

»Seitdem nun unser Götz vom hiesigen Leutpriester lesen gelernt, sitzt er mir, so oft er kann, über dem Buch und übt sich. Kaum kann er aber etwas lesen, so sagt er's schon auswendig her.«

»Nun laß uns auch was hören aus dem Buch deiner Mutter«, sprach der Herzog von Bayern zu dem Knaben, der alsbald begann, die ersten Strophen des Parzival in kindlich schönem Tone herzusagen:

Der Königinnen Zier und Preis,
Das war die Frau von Kanvoleis.
Ihr Auge war wie Stern so licht
Und himmlisch mild ihr Angesicht
Mit seinen reinen Mienen;
Gut war es, ihr zu dienen.

So hold wie sie, so fromm und mild
Gab es kein ander' Frauenbild.
Es war von hehrem Mut und Sinn
Die tugendliche Königin.

Doch weh! In Schmerz und Leide
Stand schwer Frau Herzeleide, Das war der ernste Name
Der kummerreichen Dame.

Verstorben war ihr Ehgemahl
Herr Gachmuret, ein Mann von Stahl,
Ein König ohne Gleichen,
Berühmt in allen Reichen
Im Speerkampf und im Schwerterstreit
Durch seines Armes Tapferkeit.

Das Abendland und Morgenland,
Die warben um des Helden Hand;
Doch ach, ihm ward nur schlechter Lohn!
Die Könige von Babylon
Bezwangen ihn mit Zauberlist.
Zu Alexandria, da ist
Der edle Herr gefallen,
Beklagt, beweint von allen.

»Ein Prachtsbub das!« rief der Herzog; der König aber zog freudestrahlend den Knaben an sich, küßte ihn und sprach:

»Was willst du denn werden, mein lieber Götz? Du wirst doch nicht auch unter die geistlichen Herren gehen wie dein Bruder Egino?«

»Nein«, erwiderte rasch und laut der Knabe, »ich will ein Held werden wie Parzival, der den roten Ritter besiegt hat und zum König Artus in den heiligen Gral geritten ist.«

»Du wirst ein wackerer Ritter werden«, meinte, erfreut über die kecke Rede, der König.

»Aber vor dem Ritter kommt der Knappe, und das sollst du bei mir werden. An meinem Hof sollst du das höfische Leben kennen lernen, und Vater und Mutter werden dich gern in des Königs Burg drunten an der Lahn senden.«

»Herr König«, fiel jetzt der Vater Egino ein, »das ist ein Wort, so ich mit Freuden vernehme. Seit Wochen spreche ich mit des Knaben Mutter darüber, wohin wir ihn schicken sollen, damit er Zucht lerne und im Edeldienst höfischen Lebens geübt werde. Meine Vettern in Freiburg und mein Schwager auf Hachberg nähmen ihn wohl, aber ich fürcht', dort folgt er nicht und ist der Heimat zu nahe.«

»Laßt uns den Krieg glücklich beenden, mein lieber Graf«, entgegnete der König, »und dann schickt ihr mir den prächtigen Buben, euern Götz. Er soll erst höfische Zucht lernen in meinen Burgen und dann mein Knappe werden und mir aufwarten bei Spiel, Fehde und Krieg. Und in freien Stunden mag er auch den Frauen Verse sagen und singen.«

»Kommst du gern zu mir, Götz?«

»Ja, denn Parzival ritt auch, als er in die Fremde zog, zuerst an eines Königs Hof.«

»Nun gib mir die Hand, mein Sohn, zum Abschied und zum Versprechen, daß du, sobald der Krieg zu Ende, an meinen Hof kommst«, schloß der König und entließ die Knaben.

Lange noch saßen die Herren an der Tafelrunde und besprachen ernste Dinge beim Trunk. Die Wachskerzen auf dem Kronleuchter im Saal waren fast am Auslöschen, als der König die Tafel aufhob und jeder die Ruhe suchte.

Am frühen Morgen ritt des Königs Heer unter Trompeten- und Hörnerklang durch Hasela dem Elztal zu. Wenige Tage später folgte ihm Graf Egino mit seinen Glefen.

Drei Monate hernach starb König Adolf in der Schlacht bei Göllheim den Heldentod. Der Graf von Hasela und sein Sohn Heinrich kehrten heil zurück, während ihr Nachbar, der Geroldsecker, seine Treue zum Könige in der gleichen Schlacht mit dem Tode besiegelt hatte.

7.

Das mächtigste Herrengeschlecht im obern Rheintal von Chur abwärts bis zur Mündung des Rheins in den Bodensee waren das ganze Mittelalter hindurch die Grafen von Montfort.

Ihre Ahnen sind noch in den letzten römischen Statthaltern Räthiens und in den kaiserlichen Sendgrafen der Karolinger Zeit zu suchen.

Die Zweige dieses stolzen Stammes gingen im Verlauf der Jahrhunderte weit hinüber über den Bodensee ins schwäbische Land, wo von den Burgen zu Tübingen, Sigmaringen, Tettnang und Heiligenberg das Montfortische Banner – rote Fahne im weißen Feld – wehte und Grafen dieses Hauses als Herren saßen.

Kriegerische Bischöfe, geharnischte Äbte und zahllose tapfere Rittergestalten entstammten diesem mächtigen Geschlechte.

Sein Stammsitz war die hochgelegene Burg Alt-Montfort unweit Rankweil im heutigen Vorarlberg.

Unangreifbar wegen ihrer hohen Lage, beherrschte sie zugleich die ganze herrliche Landschaft zu ihren Füßen: das Rheintal mit seinen Berghalden voll Wald und Rebhügeln, die schöne Stadt Feldkirch und die Feste Rankweil, den Wallensee, das Sarganserland bis hinüber zum grauen Alpgestein, zum Himmel anstrebenden Altmann und zum triftenreichen Kamor.

Und alles, so weit das Auge sah, war montfortisches Erbgut.

Auf dieser Burg weilte im Frühjahr des Jahres 1311 Anna von Beringen, die Witwe des Grafen Hugo Don Montfort mit ihrer Tochter gleichen Namens und drei unmündigen Söhnen.

Ihr Gatte hatte noch in den ersten Monaten des vergangenen Jahres mit seinen Brüdern Ulrich und Rudolf den König Heinrich VII. auf seinem Zuge durch die Schweiz begleitet, war aber nach der Rückkehr im August bei Schaffhausen erschlagen worden. Seitdem lebte die Witwe trauernd auf der Stammburg.

Die Frauen sitzen zur Zeit, da wir sie besuchen wollen, in einer Kemenate und sticken, die Tochter an einem großen, kostbaren Wandteppich und die Mutter an einem Meßgewand für die Kirche in Rankweil drunten im Tale.

Beide trugen faltige, schwarze Kleider als Zeichen ihrer Trauer um den Gatten und Vater, und beide waren schön in diesen dunklen Gewändern, aus denen blaß und ernst edle Züge schauten. Anna von Beringen war noch nicht vierzig Jahre alt, da sie ihr den Gatten erschlugen, und seit der Geburt ihrer Tochter war der Lenz kaum achtzehnmal vom Rheintal heraufgestiegen nach Alt-Montfort.

Jung-Anna war seit ihrem elften Jahre drüben im Schwabenland, der Mutter Heimat, bei den Klosterfrauen von Habstal erzogen worden und hatte später am Hofe des Herzogs von Bayern in München höfische Sitten gelernt. Jetzt war sie auf der Mutter Wunsch heimgekehrt, um ihr die Trauer zu versüßen.

»Wenn ich«, hub die Tochter, von ihrer Arbeit aufschauend, zu reden an, »meinen Teppich nicht schon am herzoglichen Hofe angefangen hätte, ich würde ihn nimmer anfangen. Die Figuren von Helena und Paris sticken und Blumen dazu paßt nicht in unsere Trauerzeit. Ich würde lieber, wie ihr, Mutter, einen Kruzifixus auf ein Meßgewand sticken.«

»Mach dir darüber keine Vorwürfe, mein liebes Kind«, entgegnete die Mutter. »Du bist jung und mußt dich vom Schmerze losmachen, damit er deinem jungen Leben und deiner Zukunft nicht schade. Es ist drum gut, wenn du bei deiner Arbeit dich nicht in Leiden versenkest wie ich. Meine irdische Zukunft ist mit dem Tode deines Vaters abgeschlossen, und sobald ich dich versorgt weiß, ziehe ich in meine schwäbische Heimat, um im Kloster Habstal meine Tage zu beschließen.«

»So hat meine Mutter Berena getan, so tun viele Witwen unseres Standes, und so will auch ich tun.«

»Ja, die Nonnen in Habstal haben mir oft noch von der Großmutter erzählt«, nahm jetzt das Wort die Tochter, da die Mutter schwieg, weil Tränen in ihre Augen traten. »Die Großmutter habe, so sagten sie mir, jeden Abend in ihrer Zelle das ›Salve Regina‹ gesungen. Das sei ihr Lieblingslied gewesen.«

»Es ist dies aber nicht bloß ein herrlich Loblied«, fiel die Mutter wieder ein, nachdem sie sich die Tränen aus den Augen gewischt, »es ist auch unser Familienlied, das ein Graf von Beringen vor mehr denn zweihundert Jahren gedichtet hat.«[20]

»Aber was meint ihr denn damit, Mutter, daß ihr nach Habstal ziehen wollt, wenn ich versorgt bin. Ich bin ja wohl versorgt bei euch auf Alt-Montfort und, das will ich offen sagen, nach Habstal möcht' ich euch nicht begleiten. Ich war gerne im Kloster, aber lieber bin ich doch in der Welt.«

»Das verüble ich dir gar nicht, mein Kind. Ich war auch so in jungen Jahren, und drum will ich dich in der Welt versorgt wissen, d. h. warten, bis du einen Gemahl gefunden und Herrin geworden bist auf einer Burg. Aber lieb wär's mir nicht, wenn dich ein Herr suchte aus dem Rheintal oder um den Bodensee herum. O, da ist ewig Fehd' und Streit.«

»Ich bin seit zwanzig Jahren hier im Lande, und immer ist Krieg. Gar oft folgte dein Vater den Heereszügen der Könige, namentlich zog er mit dem König Adolf weit ins deutsche Land hinab und, heimgekehrt, mußte er immer wieder von dannen reiten. Bald hatten seine Vettern zu Bregenz, bald die zu Tettnang Fehden, bald lagen die Montforter mit ihren eigenen Sippen, mit denen von Werdenberg, im

---

20 Hermann der Lahme, Graf von Beringen, Mönch zu Reichenau am Bodensee, gestorben 1054, ist bekanntlich der Dichter des genannten Hymnus auf die Muttergottes.

Kampf, bald dienten sie alle dem Abt von St. Gallen, bald dem Bischof von Konstanz im Felde.«

»Und so war es von jeher im Rheintal – Streit und Blut und Kampf. Deines Großvaters Bruder, Bischof Friedrich von Chur, geriet in solch einem Streit in Gefangenschaft der Werdenberger, saß zwei Jahre auf ihrem Schloß gefangen, wollte flüchten und ließ sich am Seile von der Feste herab. Das Seil brach, und er fiel zu tot. Ein anderer Bruder, Wilhelm, führte als Abt von St. Gallen ununterbrochen Krieg und Fehden, selbst mit dem Kaiser Rudolf, und alle Montforter waren in dieselben verwickelt.«

»Da ist drüben im Schwabenland doch noch etwas mehr Ruhe, und mir wär's lieb, wenn du einst dort deinen Gemahl fändest.«

»Gehört der Schwarzwald auch zum Schwabenland, liebe Mutter?« fragte jetzt Jung-Anna.

»Der Schwarzwald gehört nicht zum Schwabenland, Kind, aber auch dort wohnen edle Geschlechter, friedlicheren Sinnes als die von Montfort und von Werdenberg und als die Äbte von St. Gallen und die Bischöfe von Konstanz. Und in des Schwarzwalds Tälern ist es vielfach schöner, milder und fruchtbarer als im Schwabenland, ja so schön fast als im Rheintal. Ich bin einmal als Jungfrau mit meinem seligen Vater und dem Grafen von Nellenburg nach Straßburg geritten und habe einen Teil des Schwarzwalds gesehen.«

»Im Tal der Kinzichen sind wir beim Grafen Egino von Fürstenberg abgestiegen, der in einem Städtchen Hasela seinen Sitz hat, und wo es mir gar gut gefiel.«

Jung-Anna trat bei diesen Worten das Blut mit Macht vom Herzen aufwärts und färbte ihre Wangen rot.

»So, in Hasela seid ihr schon gewesen, Mutter, und bei denen von Fürstenberg?« fragte sie, erstaunt von ihrer Stickerei aufsehend. Sie hatte eben den Kopf des griechischen Helden Paris mit der Nadel vollendet.

»Aber was frägst du so hastig, Kind? Weißt du auch was von jener Gegend und von jenem edlen Hause?«

»Ja, Mutter, ich weiß etwas und hätte es euch schon längst gesagt, aber es paßt nicht in die Trauerzeit.«

»Wenn's kein Unglück ist, mein Kind, nichts, was mir weitern Kummer macht, so paßt's auch in die Trauerzeit, und dann erzähle es.«

»Ein Unglück ist es nicht, Mutter, es paßt aber doch nicht, daß ich von so was rede, ehe das Trauerjahr für den Vater vorüber ist. Aber es ist mir jetzt lebhaft in den Sinn gekommen, als ihr davon sprachet, mich versorgt zu wissen.«

»Ei, ei, Kind, jetzt ahn' ich was«, sprach die Mutter lächelnd, zur Tochter hinübersehend. »Doch nun heraus damit. Es handelt sich um Minne. Aber wie kommst du ins Haus Fürstenberg, das hat ja seine Burgen weit, weit weg von hier.«

»Ihr habt's erraten, Mutter«, sprach sanft errötend Jung-Anna, »und ich will euch jetzt erzählen, was ich seit Wochen auf dem Herzen habe.«

»Ihr wißt, ich ließ euch mit eurer Erlaubnis über die Ostertage allein und ritt mit unserm Burgvogt und zwei Knechten hinab gen Bregenz, die Base Irmengard zu besuchen. Ihr selbst habt mir zugesprochen, es zu tun, da sie kinderlos und allein in ihrer Burg sitzt, weil Graf Hugo, ihr Gemahl, in Italien weilt mit dem König.«

»Daß der Vetter heimgekommen ist aus dem Welschland in der Woche nach Ostern, hab' ich euch ja erzählt, aber nicht, daß er einen jungen Ritter bei sich hatte vom Hause Fürstenberg. Und dieser Fürstenberger, Mutter, – Götz ist sein Name – hat mir's angetan.«

»Ich habe am Hof des Herzogs Otto in München manch' jungen, schönen Ritter und Knappen gesehen, aber alle ließen mich gleichgültig, nur der Graf von Fürstenberg nicht, den ich in Bregenz gesprochen und gehört habe.«

»Er ist blond, mit wallenden Haaren und blauen Augen, kann singen und spielen wie ein Minnesänger und ist im höfischen Wesen erfahren, wie ich noch keinen Ritter kennen gelernt.«

»Aber, wie Vetter Hugo sagte, sei das nicht zu verwundern, denn er habe als Knappe gedient am Hofe des Herzogs von Lothringen, wo die höfischen Sitten von Frankreich Mode sind.«

»Von welcher Linie der Fürstenberger stammt er?« fragte die Mutter, befriedigt über das, was sie bisher gehört. Es sitzen Fürstenberger in der Baar und solche im Tale der Kinzichen.«

»Er nennt sich Graf Götz von Fürstenberg-Hasela.«

»Da kenn' ich seinen Vater, den Grafen Egino, und hab' den jungen Herrn sicher als Knaben gesehen, als ich auf dem Ritt nach Straßburg mit deinem Großvater in der Burg zu Hasela nächtigte.«

Das Gespräch ward unterbrochen, da der Burgvogt hereintrat und der Gräfin meldete, es ritten von Klausen herauf Reisige der Burg zu.

So melde der Wächter, und er, der Vogt, frage an, ob die Ankömmlinge einzulassen wären.

»Ich wüßte nicht, wer mich besuchen wollte«, sprach die Burgfrau. »Doch erfragt zuerst der Kommenden Namen, und dann macht ihr mir wieder Meldung. Es können wohl nur Verwandte sein, der Weg fremder Reisiger führt nicht über das einsame Alt-Montfort.«

Jung-Anna war bei der Meldung des Vogts alsbald in sichtliche Verlegenheit gekommen. Die Mutter merkte es und fragte lächelnd: »Hast du vielleicht deinen Ritter Götz hierher eingeladen, Anna?«

»Was fällt euch ein, Mutter!« rief die Tochter, »das wäre ja gegen alle höfische Sitte, wenn ich ohne euer Wissen einen Ritter einladen würde. Das wißt ihr so gut als ich. Aber das will ich euch gestehen, daß Herr Götz von Fürstenberg mich beim Abschied bat, ob er in den Wochen, welche er in Bregenz zu verweilen gedenke, uns einmal seine Aufwartung machen dürfte.«

»Ich hab' ihm gesagt, ich wollt' es der Mutter erst mitteilen, ob fremder Besuch ihr genehm, und es dann melden nach Bregenz. Aber bis heute hab' ich den Mut nicht gefunden, euch was zu sagen.«

»Als ich gestern noch im Buchwald gegen St. Arbogast hin Maiblumen suchte, ging ich in die Kapelle, brachte dem Heiligen einen Strauß von diesen Blumen und bat ihn um Mut, meinem Herzen einmal vor euch, Mutter, Luft zu machen. Und heute hat's sich so schön gefügt, daß ihr selber von dem anfinget, was mich beunruhigte.«

»Aber ich glaub' nicht, daß der Graf Götz kommt, ohne zu wissen, ob mir's lieb ist; dazu ist er zu höfisch erzogen.«

Der Burgvogt erschien wieder bei den Frauen und meldete, die Ankömmlinge seien der Graf Berthold von Montfort und zwei Knappen.

»Ah, der Vetter,[21] der kommt ja von Bregenz«, rief jetzt Jung-Anna. »Er war auch mit in Italien und hat sich seither beim Vetter Hugo aufgehalten. Er hat mir ja – es fällt mir eben ein – gesagt, er reite bald einmal in das Laternsertal, das ihm gehört, und dann werde er uns besuchen.«

»Heißt meinen Schwager willkommen, und führt ihn in den Rittersaal«, befahl die Gräfin. »Wir zwei wollen nur unsere Hauskleider ab-

---

21 Vetter heißt in der Zeit, in welcher unsere Erzählung spielt, stets der Bruder des Vaters oder ein fernerer Blutsverwandter, während der Bruder der Mutter Oheim genannt wird.

legen, und dann kommen wir hinab. Hätten wir's eher gewußt, dann wären wir ihm entgegen gegangen vors innere Burgtor, wie es Sitte ist.«

»Dazu ist's noch Zeit, gnädige Frau«, entgegnete der Burgvogt. »Der Herr Graf ist noch nicht an der Burg. Ich hab' ihn vom Turm aus erkannt an seinem weißen spanischen Hengst, und im Fähnlein des einen Knappen sah ich unser Wappen.«

»Um so besser, dann gehen wir ihm entgegen«, gab die Gräfin zurück. »Sorgt, daß ein Bad gerichtet werde, der Schwager wird warm bekommen haben in der sonnigen Maienluft draußen.«

»Ich habe also doch recht gehabt, Mutter, daß der Graf von Fürstenberg nicht komme«, meinte Jung-Anna, während sie den Gürtel um ein besseres Kleid legte.

»Es wird dir leid genug sein, daß er den Vetter Berthold nicht begleitet hat«, entgegnete die Mutter lächelnd.

»Nein, Mutter, Es war' mir nicht einmal recht gewesen, wenn er gekommen wäre, ohne von mir eingeladen zu sein. So eigenmächtige und unhöfische Herren mag ich nicht. Graf Götz hat dadurch gewonnen bei mir.«

Indes war der Graf Berthold von Montfort, ein stattlicher Ritter in den besten Jahren,[22] den Berg heraufgeritten und im äußern Burghof abgestiegen.

Unter dem innern Burgtor erschienen die Damen und riefen ihm ihr »Willkommen« zu, während der Ritter auf sie zueilte, beide küßte und sprach: »Gott grüß euch! Ich will das Laternsertal mit Bauern von Rankweil bevölkern. Das hat mich zunächst in eure Nähe gebracht, und dann hab' ich noch einen Auftrag bekommen, der mich heute zuerst zu euch führt. Doch bringt mich erst in meine Kemenate, wo ich mir's bequem mache, und nachdem ich noch ein Bad genommen, treffen wir uns in der Ritterstube.«

»Ich will wo möglich heute abend noch nach Rankweil reiten.«

»Vom Fortreiten heute schon wieder darf nicht die Rede sein«, riefen beide Frauen zugleich, »um so weniger«, sprach allein die Gräfin-Mutter, »wenn ihr was Gutes bringt. Ihr redet von einem Auftrag.«

»Meine Botschaft ist gut, Frau Schwägerin, so glauben wenigstens alle Montforter, die zur Zeit in Bregenz liegen. Mein Bruder Rudolf,

---

22 Er ertrank 1314 im Rhein.

der Dompropst,[23] ist seit einigen Tagen auch dort. Er kam von Konstanz her in Geschäften für das Domkapitel in Chur. Er will auf der Heimreise euch auch besuchen und gratulieren.«

»Zu was, Schwager?« – fragte die Gräfin hastig, während in Jung-Anna eine Ahnung aufstieg, die ihr den Atem kostete für den Augenblick. »Ihr macht mich neugierig.«

»Eure Neugierde müßt ihr behalten, Frau Schwägerin, bis ich aus dem Bade komme und in der Ritterstube einen Humpen Rheintaler vor mir habe«, entgegnete Graf Berthold mit heiterer und wichtigtuender Miene.

»Und ihr, Vetter, müßt bei uns über Nacht bleiben. Ihr waret noch nie hier seit des Vaters Tod und, glaubt mir, da oben ist's nicht so lustig wie in Bregenz, und ich bin froh, wenn Besuch kommt«, sprach mit bittenden Blicken Jung-Anna.

»Deinetwegen, lieb Ännchen, will ich bleiben und morgen in aller Frühe abreiten. Aber dann will ich gegen Abend noch nach Fraxern hinüber zum alten Leut-Priester, der mich lesen und schreiben lehrte, da ich noch ein Knabe auf Alt-Montfort war. Du kannst mich dann begleiten, und ich erzähle dir von Bregenz und vom – Grafen Götz.«

Anna fand auf diesen Schuß in ihr Herz keine Antwort. Die Mutter erlöste sie. »Hab' erst heute von dem Grafen Götz gehört«, erwiderte die Gräfin.

»Ihr werdet nachher noch mehr hören, Schwägerin.«

»Doch jetzt geht, und erwartet mich im Rittersaal.«

»Also ihr bleibt, Vetter – und wir gehen zusammen nach Fraxern«, sprach noch Jung-Anna, der es immer enger und doch wohl ums Herz ward.

Diese Reden waren im innern Burghof gewechselt worden. Der Ritter und die Damen kamen jetzt an den Eingang des Palas, wo der Burgvogt den Grafen empfing und in seine Kemenate geleitete, während die Damen den Rittersaal aufsuchten, um eine Erfrischung zuzurichten.

»Ich bin gewohnt«, begann Graf Berthold, als er eine halbe Stunde später den ersten Trunk aus dem silbernen Humpen, der vor ihm stand, getan hatte, Aufträge gleich, kurz und gut auszurichten. Also frisch heraus: ›Der Graf Götz von Fürstenberg-Hasela schickt mich heute zu

---

23 Rudolf von Montfort, Dompropst von Chur, später Bischof von Konstanz, gestorben 1333.

Mutter und Tochter, damit ich bei der ersteren um die letztere anhalte. Jung-Anna, so meint er, würde ihm wohl nicht absagen, drum sollt' ich besonders die Mutter um ihre Einwilligung angehen.‹«

»Das ist, kurz und bündig, mein Auftrag, und nun laßt hören, Frau Base, was ihr dazu sagt.«

»Ihr fallt mit einer wichtigen Frage in die Burg herein, Herr Schwager«, antwortete die Gräfin, während Jung-Anna, bald blaß, bald rot werdend, züchtig und verschämt auf die steinernen Fliese des Rittersaales schaute.

»Ich kenne den jungen Herrn gar nicht und weiß nur, was mir Anna heute von ihm gebeichtet hat. Aber das Haus Fürstenberg hat guten Klang. Die Familie ist mir recht, doch, wie gesagt, der Sprößling mir unbekannt.«

»Ich kenne ihn um so besser«, nahm Graf Berthold das Wort, »und ich will euch sagen, daß Graf Götz seinem Geschlechte alle Ehre macht. Er ist zweifellos der erste Ritter zwischen dem Bregenzerwald und den Wasgauer Bergen. Und wie einst ein Montforter eines Königs Tochter aus Portugal heimführte,[24] so würde jede Prinzessin der Welt, die den Grafen Götz kennen lernte, nach ihm verlangen. Solch ein herrlicher Ritter ist er.«

»Als unser König[25] vor zwei Jahren in Hasela weilte, wo die Stammburg Götzens liegt, hat er ihn, so jung er auch war, selber zum Ritter geschlagen, nachdem er ihn im Waffenspiel gesehen, und ihn zum Zug nach Italien besonders eingeladen.«

»Auf diesem Zug lernt' ich ihn kennen – Vetter Hugo in Bregenz steht seiner Familie schon länger nahe und ist seines Vaters Freund,[26] – und wie lernt'ich ihn kennen!«

---

24   Ein Graf Albert von Montfort-Werdenberg soll von einr Fahrt in die Fremde eine Prinzessin Elisa aus Portugal heimgebracht haben. »Und er kam in große wirdigkeit, ehre und gut, denn er vernunfftig war, frumm und keck«, sagt ein Chronist von ihm.

25   Heinrich VII., der im November 1309 das Kinzigtal hinunterzog. (Böhmer, Regesten.)

26   1298 erneuerte König Adolf von Nassau »im Lager bei Hasela an der Kinzichen« dem Grafen Hugo von Montfort-Bregenz die Pfandschaft vom Reiche, den Bregenzer Wald.

»Wir Montforter, Hugo, Rudolf und ich, sind wahrlich auch keine Schneider im Harnisch, aber der Götz ist doch noch ein anderer Degen, als jeder von uns.«

»Als wir im Oktober vorigen Jahres mit dem König 5000 Mann stark über die Alpen kamen und in Susa einzogen und ein Turnier abhielten, war kein Ritter auf dem Platz, den der Götz nicht im Waffenspiel in den Sand gesetzt, aber auch keiner, der im Singen und Trinken ihn übertroffen hätte.«

»Und als nach der Krönung des Königs mit der eisernen Krone in der Kirche des hl. Ambrosius zu Mailand – im Januar dieses Jahres – wieder Waffenspiele stattfanden, da hat unser Götz den Welschen gezeigt, was ein Deutscher kann.«

»Unsere Dienstzeit war in Mailand zu Ende, und welsche Ritter mit ihren Reisigen geleiteten den König.«

»Wir zogen heim und mit uns der Fürstenberger. Der König hätt' ihn gerne weiter mitgenommen, aber er fürchtete, die Welschen könnten ihm Gift geben, weil ihm keiner im Waffenspiel gewachsen war.«

»Als wir in Bregenz ankamen, wollten wir noch zusammen lustig sein und hielten den Götz so lange als möglich zurück. In der Burg zu Bregenz sah er unser Ännchen, und seitdem ist er liebeskrank und will nicht über den Bodensee fahren ohne euer beiderseitiges Jawort; auch will er noch dem Grafen Hugo die Fehde gegen den Thumb von Neuburg austragen helfen.«

»Wir drei Montforter haben es mit Jubel begrüßt, als er uns gestand, Anna sei sein Leben, und nie, weder diesseits noch jenseits der Alpen, hab' eine Maid auf ihn solchen Eindruck gemacht. Anna müsse sein werden und wenn er Alt-Montfort stürmen und sich seine Dame stehlen müßte. Also, liebe Schwägerin, erlöst ihn und euch und Jung-Anna!«

»Gestern abend noch sang er zur Laute ein Lied vom alten Schenken Ulrich von Winterstetten und darin die Strophe:

Minne, heile meine Wunde,
Die in rasch entschwund'ner Stunde
Mir dein Pfeil hat zugefügt!
Mich hat über lichten Wangen
Eines Auges Blick gefangen,

Ach, und was darunter liegt:
Lippen, als brennt Feuer drinnen!
All' das brachte mich von Sinnen,
Daß ich sie muß immer minnen,
So hat sie mein Herz besiegt.

Wer viel dienet lange Zeit
Edler Fraue,
Der vertraue,
Daß sie Lohn ihm noch verleiht.«

»Seht – ich kann auch noch Minnelieder«, schloß Graf Berthold, der mit Wärme die Verse vorgetragen hatte.

Anna weinte Freudentränen, und die Mutter sprach: »Wenn ihr, meine Schwäger und Vettern, die ihr den jungen Grafen kennt, mir zuredet und Graf Götz der Mann ist, wie ihr ihn schildert, so werde ich mich nicht lange besinnen. Anna gibt schon ihr Jawort in den wonnigen Tränen, die sie eben aus ihren Augen trocknet.«

»Aber warum ist Graf Götz nicht gleich mit euch heraufgeritten und hat sich mir vorgestellt?«

»Er hat«, entgegnete Graf Berthold, »jeden Tag auf Botschaft gewartet von Anna. Er wurde immer ungeduldiger und unruhiger. Ohne Einladung wollt' er nicht kommen – was sich für einen Ritter, wie er ist, von selbst versteht. Drum hat er mich gebeten und dazu gemeint: ›Du Berthold, kannst am besten sagen, was ich für ein Kerl bin. Ich kann mich nicht selbst loben. Es ist ja ohnedies Sitte, durch einen Boten um eine Maget anzuhalten.‹«

»Aber«, begann die Gräfin, »als besorgte Mutter muß ich auch fragen, wie es mit dem Wittum ihrer Tochter steht, und wo diese mit ihrem Gemahl wohnen soll. Ich denk' mir, der alte Graf von Fürstenberg, den ich kenne, lebt wohl noch.«

»Auch darüber hat mir der Graf Götz Mitteilung für euch gemacht«, erwiderte der Schwager. »Sein Vater, der Graf Egino, lebt noch; der älteste Sohn Heinrich starb vor einem Jahr, der zweite, Egino, ist bei den Johannitern, und der dritte, Johans, ist ledig und soll nach des Vaters Tod die Herrschaft gemeinschaftlich übernehmen mit Götz, welcher der jüngste ist, wie ja auch alle euere Söhne an den Besitzungen ihres Vaters teilhaben werden, wenn sie volljährig sind.«

»Der alte Graf wird, dafür hat Götz sein Wort, der Schwiegertochter ein Wittum verschreiben, das so hoch ist als die Ausstattung, die sie mitbringt, und zum Wohnsitz gibt er dem jungen Paar die Burg Warenberg, hart vor der Stadt Villingen, die den Fürstenbergern von Hasela gehörte und mehr wert und größer ist als unser Feldkirch. Oder er räumt ihm auch die Hälfte der großen Burg in Hasela ein.«

»Seid also beruhigt, Schwägerin, Anna wird's gut gehen auch in dieser Hinsicht. Wir Männer sind nicht so ängstlich, wie ihr Frauen. Graf Götz hat noch mit keiner Silbe wissen wollen, was Anna hat oder bekommt.«

»Herr Schwager«, so nahm die Gräfin wieder das Wort, »ihr habt so großes Vertrauen in den jungen Fürstenberger, und ich kenne euch als einen Mann, der nicht jedem Vertrauen schenkt, so daß ich nicht mehr länger fragen und zagen will. Graf Götz soll mein Kind haben, und Anna soll ihm nicht bloß ihre Jugend und ihre Tugend bringen. Ihre Mitgift sind 2000 Mark Silber, die beim Domkapitel in Chur stehen, und wenn ich ins Kloster Habstal eintrete, wovon ihr bereits wißt, so soll sie die Hälfte meiner Eigengüter bekommen im Schwabenland, die andere Hälfte das Kloster. So wär' also alles abgemacht. Gott geb' dazu seinen Segen.«

»Aber, du bist so schweigsam, mein Kind«, fuhr sie, Anna anschauend, fort, »du mußt doch auch dein Jawort ausdrücklich geben!«

Jung-Anna erhob sich ungestüm von ihrem Sitze, umarmte und küßte die Mutter unter Tränen und sprach: »Ich danke euch viel tausendmal, daß ihr mir den Grafen Götz geben wollt. Ich lieb' und will ja keinen andern als ihn.« Auch den Vetter küßte sie und dankte ihm für seine warme Fürsprache.

Graf Berthold hatte indes aus seinem seidenen Wams, das er unter dem Waffenrock trug, ein kleines Schächtelein hervorgezogen, dem er einen kostbaren Damenring entnahm und Anna überreichte mit den Worten:

»Ich hab' dem Grafen Götz gesagt, ich würde für ihn heute siegen auf Alt-Montfort, er möge mir nur gleich den Verlobungsring mitgeben. Diesen Ring hier hat er in Meielan (Mailand) für seine Mutter gekauft, so eine Gräfin von Hachberg ist, und den will er nun dir geben zur Verlobung. Für seine Mutter hat er noch eine güldene Kette.«

»Anna zog den Ring an, küßte den Vetter nochmals und bat ihn, dem Grafen Götz zu sagen, wie glücklich sie sei.«

Die Mutter holte nun einen prächtigen Siegelring ihres Gemahls und gab ihn Anna, damit sie ihn dem Vetter mitgebe für den Bräutigam.

»Aber ehe das Trauerjahr vorüber ist, wird nicht Hochzeit gehalten«, mahnte jetzt die Gräfin noch. »Doch das versteht sich ja von selbst und wird es auch Graf Götz zu würdigen wissen.«

»Ich denk' mir, in der Pfingsten-Maienzeit des kommenden Jahres kann die Hochzeit sein, hier oder in Hasela auf des Grafen Stammburg. Soll es hoch hergehen, wird Hasela besser sein, denn auf Alt-Montfort kommen die Gäste nicht so leicht wie in die Tiefburg Hasela.«

»Doch das zu bestimmen überlaß' ich den jungen Leuten. Der Graf wird nun bald einmal heraufreiten, und ich bin recht begierig, ihn zu sehen und kennen zu lernen.« »So ungefähr könnt' ich dir zeigen, wie er aussieht«, meinte die freudestrahlende Anna. »Ich habe auf meinem Wandteppich, an dem ich eben arbeite, den Paris als Ritter dargestellt und dabei stets an meinen jetzigen Bräutigam gedacht. Der griechische Held sieht ihm drum ziemlich ähnlich.«

»Aber du bist eine, Anna«, sprach scherzend die Mutter. »Drum warst du so still in den Tagen, da du am Paris sticktest!«

»Komm', laß sehen!« rief Graf Berthold. »Ich will entscheiden, ob er getroffen ist. Und dann spazieren wir alle drei durch den Maienabend gen Fraxern zum alten Leutpriester.«

8.

Jahre kamen und Jahre gingen, manche Jahre. Anna von Beringen, die Witwe Hugos von Montfort, lebte längst weltentsagend in einer Zelle des Klosters Habstal, und ihre Tochter waltete auf der Burg zu Hasela als Mutter und Hausfrau.

Graf Egino hatte 1324 das Zeitliche gesegnet und seinen Söhnen Johans und Götz die Herrschaft unteilbar hinterlassen.

Johans, der ältere, war noch immer ledig und blieb es, drum hatte er wohl Platz in der Burg zu Hasela neben der Familie seines Bruders.

Es ist ein warmer Maientag des Jahres 1326. Die Gräfin befindet sich mit ihren zwei jüngsten Kindern im Burggarten. Ringsum der stille Frieden eines Sommertags in einem Landstädtchen.

Selbst in der Burg regte sich nichts. Die beiden Grafen waren mit den Knechten auf die Jagd gezogen in die umliegenden Wälder.

Die Kinder spielten auf dem Rasen vor der Laube, in welcher die Mutter sich in eifrigem Gespräche mit einem älteren Manne befand. Dieser, eine ritterliche, ernste Gestalt, war vor einer Stunde in der Burg angeritten gekommen und von der Burgfrau hocherfreut aufgenommen worden. War doch der Ankömmling kein anderer als des Grafen Götz von Fürstenberg-Hasela Vetter, Graf Gebhard, der Domherr von Konstanz und Pfarrherr von Villingen, und der Bruder des verstorbenen Grafen Egino.

Nichts verriet aber in seinem Äußern die geistliche Würde; er sah ganz einem Ritter gleich und war auch, wie üblich, in voller Wehr mit zwei reisigen Knechten angekommen.

Im leichten, seidenen Wappenrock, der mehrfach den fürstenbergischen Adler eingestickt zeigte, saß er bei der Frau seines Neffen.

»Aber ich muß es nochmals sagen, Vetter«, begann die Gräfin, »wie sehr es mich freut, daß ihr nach Jahr und Tag wieder einmal zu uns herabgeritten seid. Kommt ihr direkt von Villingen oder von Konstanz?«

»Von Villingen, meine Liebe, wo ich seit drei Wochen mich aufhielt. Es ist also noch nicht lange her, daß ich von Konstanz fort bin.«

»Was macht mein Vetter, der Herr Bischof?«[27]

»Unser gnädiger Herr«, entgegnete Graf Gebhard, »ist seit Jahr und Tag nicht mehr guter Laune. Seitdem er vor drei Jahren im Engadin gegen Donat von Batz so viele Leute verloren hat, ist er etwas schwermütig. Er will, was er früher so gerne mitmachte, nichts mehr von Krieg und Fehde wissen. Auch ist er jetzt päpstlicher als ich und läßt von allen Kanzeln die Exkommunikation verlesen, welche der Papst über den deutschen König Ludwig verhängt hat.«

»Das hör' ich gerne, Vetter, daß der Bischof auf des Papstes Seite steht. Das gehört sich«, meinte die Gräfin und fügte halb ernst, halb lächelnd hinzu: »Ihr Domherren tätet gut, es auch so zu machen, statt auf des exkommunizierten Königs Seite zu stehen.«

»Das versteht ihr Weiber nicht«, erwiderte etwas beleidigt der ritterliche Domherr. »Ihr seid's gewohnt, es allzeit mit euern Burgkaplanen und Leutpriestern zu halten, und diese stehen eben immer auf Seite des Papstes, auch wenn der im Unrecht wäre.«

---

27 Graf Rudolf von Montfort, der Bruder von Annas Vater, war seit 1319 Bischof in Konstanz.

»Wir Frauen wissen eben allerdings manches nicht«, antwortete die Gräfin; »aber wir fühlen, was recht oder nicht recht ist, was sich schickt oder nicht. Doch deshalb keine Feindschaft, lieber Vetter, und sagt ja meinem Herrn, dem Grafen Götz, nichts, wenn er heimkommt, sonst zankt er mich.«

»Er kann euch nicht zanken, denn von ihm habt ihr zweifellos schon oft gehört, daß ein Teil des Domkapitels in Konstanz päpstlich, der andere kaiserlich, der eine guelfisch, der andere ghibellinisch ist. Doch wir Anhänger unseres wackeren Königs Ludwig bleiben uns immer gleich. Meine Herren Neffen in Hasela aber waren bald österreichisch, bald bayerisch gesinnt, je nachdem der eine der zwei Könige oben oder unten, näher oder ferner war.«

»Doch jetzt politisiere ich schon wieder vor euch und hab' doch eben gesagt, ihr Frauen verständet nichts davon. Nur das will ich noch sagen, daß ich aus einem politischen Grunde heute gekommen bin, nämlich des Streites wegen mit meinen Villingern.«

»O, lieber Vetter«, fiel die Gräfin ein, »macht doch, daß es Frieden wird! In unserer Burg ist seit Jahr und Tag ein förmliches Kriegslager: da geht's aus und ein mit Rittern und Reisigen, und mein Gemahl und der Schwager sind mehr auswärts als daheim, meist wegen der Villinger, denen sie und ihre Dienstmannen keine Ruhe lassen.«

»So lange der Vater Egino noch lebte, war es besser. Der verweilte in seinen letzten Lebensjahren im Sommer regelmäßig in Villingen und vermittelte so zwischen den Bürgern und der Herrschaft.«

»Seitdem er vor zwei Jahren dort gestorben ist, herrscht ewiger Hader. Die Mutter meines Ehegemahls, auf die er noch am meisten hörte, ist seit vier Jahren tot, und ich richte bei ihm gar nichts aus in solchen Dingen.«

»Ich wär' euch drum zeitlebens dankbar, Vetter, wenn ihr diesen ewigen Streit zur Ruhe brächtet.«

»Ich hab' einen Ausweg gefunden«, nahm der Domherr das Wort, »und deshalb komm' ich, und wenn meine zwei Neffen da sind, werdet ihr hören, was ich vorschlage. Doch erzählt mir jetzt, wie es sonst geht und was die Kinder machen.«

»Ich bin, seitdem wir meine Schwägerin, die Frau Verene, in die Pfarrkirche hinüber getragen und beerdigt haben, nicht mehr hier gewesen. Die beiden Kleinen, die mich eben begrüßt, sind prächtig gediehen und namentlich der blonde Lockenkopf, das Mädchen. Dieses war noch fast ein Wickelkind, als ich hier war.«

»Wie heißt es denn, ich entsinne mich nicht, seinen Namen gehört zu haben.«

»Ach, ihr wißt, Vetter, wie mein Gemahl für allen Minnesang schwärmt und besonders für den Sang vom Ritter Parzival, den er fast ganz auswendig kann. Drum, als dies Mägdlein, das einzige bis jetzt, uns geboren ward, gab er ihm den Namen der Mutter Parzivals und hieß es Herzeleide.«

»Ich wollt' es nicht so haben und fürchte immer, es könnte der Name prophetisch sein und das Kind später entweder uns und andern zum Herzeleid werden oder selbst viel Herzeleid erfahren.«

»Mir zu liebe und weil mein Gemahl im Welschland wohl daheim ist und auch die welsche Dichtung vom Parzival kennt, gibt er der Kleinen zur Abwechslung auch den französischen Namen der Mutter des Ritters und ruft sie Loveline. So hat sie zwei Namen. Ich nenn' sie lieber Loveline, weil mir der Name Herzeleide jedesmal einen Stich ins Herz gibt.«

»Das sieht unserm Götz ganz gleich«, bemerkte Graf Gebhard. »Er ist von jeher in Minne und Sang aufgegegangen, und wenn er so viel geistige Kraft in seinem Kopf wie leibliche in seinem Schwert und seiner Lanze hätte, er wäre der erste Minnesänger geworden, wie er jetzt der ersten Ritter einer ist.«

»Doch es ehrt ihn, den rauhen Rittersmann, daß er sich den Helden Parzival so zu Herzen genommen hat, dieses Vorbild des sündigen, aber in Demut zu Gott zurückkehrenden Menschen.«

»Es gibt keinen Minnesänger, den er nicht kennt und nicht liebt«, meinte die Gräfin weiter. »Und wenn ihm fahrende Sänger neue Lieder bringen und singen, das gilt ihm so viel, als wenn er bei einem Tjost oder bei einem Turnier siegt.«

»Minnesang, Waffenspiel und Jagd sind ihm nur allzu lieb. Nach Geld und Gut fragt er wenig, und wenn er von ersterem keines hat, so nimmt er, wo er es findet. Drüben im Turm liegen eben wieder einige Züricher Kaufleute, die er niedergeworfen hat, als sie aus dem Welschland durchs Kinzigtal zogen der Heimat zu.«[28]

»So ist's eben Brauch, meine Liebe, heutzutage«, entschuldigte der Domherr. »Zu allen Zeiten der Weltgeschichte ging Gewalt über Recht. Und wir Fürstenberger sind in den zwei letzten Jahrzehnten ziemlich heruntergekommen in unserem Besitz. Die Kämpfe im Reich, die Unbotmäßigkeit der Städte und die vielen Söhne und Töchter, die teilen oder was haben wollten, sind schuld daran. Drum müssen der Götz und der Johans, wie ihr Vetter in Freiburg, bisweilen auf der Straße was holen.«

»Und ein rechter Dichter und ein echter Ritter kann sich nicht so ums Irdische kümmern und rechnen wie ein Krämer. Drum will's dem Götz nie recht reichen. Aber ich will ihm jetzt helfen.«

»Doch wo sind denn euere älteren Buben?«

»Den Heinrich und den Hug meint ihr, Vetter. Der erstere ist jetzt 14 Jahre alt und am Hofe des Markgrafen von Baden. Seine Großmutter Verena wollte es so und hat vor vier Jahren, kurz vor ihrem Tod, ihn selbst nach Baden gebracht. Er ist ein braver, lieber Knabe.«

»Hug, der zweite, hat heute zum ersten Male mitdürfen auf die große Jagd mit der Armbrust. Bis jetzt hat er nur mit dem Blasrohr nach Vögeln geschossen und bisweilen zugeschaut, wenn ich mit dem Vater auf die Reiherbeize ritt an der Kinzichen hin.«

»Er trägt den Namen meinem Vater zu Ehren, denn Hug ist kein fürstenbergischer Heiliger. Der Bube ist aber auch kein echter Montforter. Er will nichts lernen, nur raufen, reiten und jagen.«

»Höfisches Wesen ist ihm gar nicht beizubringen. Mein Gemahl sagt oft, den Hug schicke er seinem Schwager[29] auf Burg Hohengeroldseck, dort könne er Jäger werden, und später setze man ihn auf den Zindelstein.«

»Doch hört, Vetter, die Hifthörner ertönen vom Bertor her. Die Jäger kommen. Die Jagd muß gut ausgefallen sein, weil die Herren mit Hörnerschall heimkehren. Laßt uns ihnen entgegen gehen vors äußere

---

28 Rat und Bürger von Zürich bitten noch 1327 den edlen Grafen Götzlin von Fürstenberg, ihre Mitbürger, deren »lip und guot er gehetet«, freizulassen. (Fürstenbergisches Urkundenbuch.)

29 Anna, die Schwester Götzens, war mit dem freien Herrn Walther von Geroldseck verheiratet.

Tor und schauen. Beide werden eine große Freude haben, euch hier zu sehen.«

Graf Gebhard und die Burgfrau von Hasela waren kaum vor das Tor getreten, als der Jagdzug daherkam, die Meute der Hunde voraus. Hinter ihnen die Jäger, zwei, und zwei reitend, zwischen den Herren und den Knechten ein Bauer aus dem Dorfe Mühlenbach mit einem Karren, den sein Pferd zieht. Auf dem Karren liegt die Beute: zwei Hirsche, ein Eberschwein und drei Füchse.

Die Hirsche sind ausgenommen und mit Laubwerk verziert.

Kaum hatten die beiden Grafen Johans und Götz den Vetter Gebhard erblickt, als sie rasch heransprengten, vom Pferde sprangen und den lieben Sippen umarmten und küßten.

»Flugs hergeritten und den Vetter Gebhard begrüßt!« rief Graf Götz dem Junker Hug zu, der staunend und langsamer seinem Vater nachgeritten kam. »Er war noch ein Knabe, als ihr das letztemal hier waret, drum staunt er so, er kennt euch nimmer.«

»Aber unser Hug hat heute sich tapfer gehalten«, sprach Graf Götz, zur Gräfin gewendet, weiter, während der junge Jäger dem Vetter sich präsentierte und die Hand küßte. »Er bekommt jetzt das elfenbeinerne Jagdhorn vom Großvater als Preis, denn er hat den ersten Hirsch mit dem Wurfspeer erlegt und ausgeweidet. Wie ein alter Jägermeister, so gut hat er seine Sache gemacht.«

»Doch, Anna, laß gleich die Hirschleber rösten und in der Ritterstube auftragen, wir sind hungrig und durstig. Kommt, Vetter, ich will nur mein Schwert ablegen, dann setzen wir uns zusammen, und ihr erzählt, was euch so unverhofft nach Hasela geführt!«

»Kann mir's zwar schon denken. Die Villinger werden ihren Pfarrherrn geschickt haben, damit er als Vetter mit Johans und mir verhandle.«

»Könntest recht haben, Bruderssohn«, gab Graf Gebhard zurück, »ich werde euch offen beichten, wenn wir droben im Saal sitzen. Ich will nur noch nach meinem Hengst sehen im Stall, während ihr eure Jagdwaffen ablegt.«

»Soll ich nicht Trunk und Imbiß in die Laube bringen lassen?« fragte jetzt die Gräfin ihren Gemahl. »Es ist so schön im Freien heute. Vetter Gebhard und ich sind bisher auch dort gewesen.«

»Einverstanden!« riefen alle drei Herren.

»Nun, Vetter«, begann Graf Götz, nachdem er eine Viertelstunde später dem Domherrn in der Laube einen tüchtigen Schluck zugetrunken hatte, »nun laßt eure Beichte los. Aber bedenkt dabei, daß ihr nicht bloß Pfarrherr von Villingen, sondern auch Graf von Fürstenberg und mit euern Brudersöhnen näher verwandt seid als mit den hochmütigen Krämern und Zünftlern eurer Pfarrei.«

»Zuerst will ich eine kurze Generalbeichte über die Sünden unseres Geschlechts halten und dann erst das sagen, um dessentwillen ich heute hierher gekommen bin«, begann Graf Gebhard.

»Seit dem Tod eures Großvaters und meines Vaters liegt ein Unstern über unserem Hause. Immer Streit und Fehde und damit Geldnot. Erst hat der junge Heinrich, kaum war sein Vater, mein Bruder, tot[30], hitzig und unklug, wie er damals war, mit den Herzogen von Österreich angebunden, verkennend seine kleine Macht der großen der Habsburger gegenüber. Der König Albrecht selbst belagerte ihn vor Fürstenberg. Heinrich unterlag und verlor die Stadt Bräunlingen.«

»Die Kriegskosten fraßen die Besitzungen im Renchtal, die er verpfänden und schließlich verkaufen mußte.«

»Dann kam die Fehde, welche Heinrich mit eurem Vater anfing wegen des Weges durch die Urach. Den Nutzen davon hatten die Villinger, denen ihr Graf wichtige Rechte verschreiben mußte, um ihre Hilfe zu bekommen.«

»Und vor kurzem seit ihr zwei abermals mit dem Grafen Heinrich in Streit geraten. Vermögen und Ansehen haben darunter gleichmäßig gelitten. Denn es schadet einem Geschlechte nichts mehr als Zwiespalt in der eigenen Familie.«

»Und jetzt liegt ihr beide wieder in heller Fehde mit der Stadt Villingen. Um diese beizulegen und dem ewigen Hader ein Ende zu machen, bin ich heute hierhergeritten.«

»Seit mehr denn zwanzig Jahren dauert nun der Streit mit der Stadt. Wiederholt hat euer Vater mit den Bürgern Fehde gehabt wegen Einschränkung seiner Rechte oder wegen Schmälerung seiner Forderungen.«

»Es liegt mir ferne, die Städter, deren Pfarrer ich bin, zu verteidigen. Ihr wißt, daß auch ich mit dem stolzen Krämervolk, welches das Regiment in Villingen führt, einen Span hatte, und daß sie mich eines Tages

---

30 Graf Friedrich von Fürstenberg starb um 1305.

auf der Burg Zindelstein überfallen haben. Ich habe ihnen das bis heute noch nicht vergessen. Aber ich glaube im Interesse unseres Hauses zu handeln, wenn ich zum Frieden rate.«

»Was ist euere Meinung vom Frieden, Bruderssöhne?«

»Frieden mit dem hochmütigen Bürgerpack von Villingen gibt's nur, wenn wir uns von ihm alles gefallen lassen«, nahm Graf Götz das Wort.

»Der Schultheiß von Villingen und die Ratsherren haben mehr zu sagen als ich und mein Bruder, die doch rechtlich die Herren der Stadt sind.«

»Mehr und mehr drängt die Bürgerschaft uns in unseren Rechten zurück, und wenn das so fortgeht, so sind wir nur noch eine Art Pfründnießer der paar Mark Silbers, welche die Stadt uns jährlich gibt.«

»Aber unsere Könige sind schuld. König Rudolf hat die Städte begünstigt, und unter Ludwig dem Bayern sind allerorts die Bürger von oben herunter noch mehr gehätschelt worden.«

»Selbst die kleinern Städte des Reichs haben jetzt Edelknechte und Ritter rings um ihr Gebiet in ihre Dienste genommen gegen ihre Herren. So Freiburg, so Villingen.«

»Kerle, die unser Haus und unsere Vettern in Freiburg zu Edelknechten gemacht und mit Burgen belehnt haben, lassen sich jetzt bezahlen von den Städtern gegen den alten Adel.«

»Den Wernher von Dettingen, der kürzlich in den Dienst der Villinger getreten ist, hab' ich's büßen lassen. Im Bregtal hab' ich ihn niedergeworfen, und jetzt sitzt er drüben im großen Turm bei meinen Züricher Goldvögeln.«

»Hab' schon gehört«, warf Graf Gebhard ein, »daß du Kaufleute aus Zürich im Verließ liegen hast. Aber paß auf, Zürich ist eine mächtige Stadt. Der kommt's nicht drauf an, einmal über den Randen einige Hundert Kriegsknechte zu schicken und sich im Fürstenbergischen schadlos zu halten.«

»Da müßten die Züricher viele Rachezüge machen, denn zwischen Straßburg, Basel und Konstanz ist kein Kaufmann seines Weges sicher«, meinte Graf Johans. »Und unser Vetter Konrad in Freiburg hat schon mehr denn einen Züricher gerupft, wenn er das Höllental passierte.«

Übrigens haben Rat und Bürger von Zürich mir schon geschrieben«, sprach Graf Götz, »ich sollte ihre Leute losgeben samt dem Gut, dann versprächen sie mir Urfehde. Sie müssen also den Gedanken, mit mir abzurechnen, ganz hinten im Kopf haben. Doch ich laß' meine Beute nicht fahren, es sei denn, daß die Kaufleute sich loskaufen mit 200 Mark Silber. Einer, Johans Wakenbolt, ist bereits entlassen, um das Geld zu holen. Kommen dann Kriegsknechte mit ihm, so schließe ich die Tore, und auf den Mauern zeige ich den Zürichern die abgeschlagenen Köpfe meiner Gefangenen.«

»Ich hab', wie viele vom Adel, allen Städtern Rache geschworen, weil sie uns als adelige Herren nichts mehr wollen gelten lassen.«

»Aber«, nahm Graf Gebhard das Wort wieder, »so kann's doch nicht fortgehen mit euch und den Villingern. Diese wachsen euch mehr und mehr über den Kopf, auch wenn ihr sie außerhalb der Stadt noch so sehr schädigt. Und gegen diese Schädigungen werden sie sich auch nach Hilfe umsehen. Und da sie mehr Geld haben, werdet ihr auch in den offenen Fehden den kürzern ziehen. Die Herzoge von Österreich lauern längst auf die wichtige Stadt, und schließlich bekommt ihr's noch mit denen zu tun.«

»Ja, ich glaube, daß die vom Rat schon mit den Österreichern allerlei abgeredet haben. Es wurde mir unter der Hand manches mitgeteilt in den wenigen Tagen, da ich in Villingen mich aufhielt.«

»Vetter, ihr könntet recht haben«, fiel Graf Götz ein. »Schon im vorigen Jahre, da ich dem Herzog Leopold bei seinem Vergleich mit dem Grafen von Württemberg in Rottenburg Bürge war, da hat der Herzog so was merken lassen. Ich sprach ihm von den Mißhelligkeiten mit Villingen, die mit auch daher kämen, daß Bruder Johans und ich uns nicht schlüssig machen könnten, wer Herr von Villingen sein solle, da keiner von uns Lust dazu habe. Da meinte er halb ernst halb im Spaß: ›Vetter Götz, ich will dir das Regiment abnehmen und gut bezahlen.‹ Darauf sagte ich: ›So weit sind wir noch nicht, aber wenn wir die Stadt verkaufen, sollst du sie haben.‹«

»Nun ist seitdem ein Jahr vorüber«, erwiderte Graf Gebhard, »und ihr sollt euch heuer noch, wie ihr versprochen, entscheiden, wer von euch Herr sein solle über die Stadt, welche nicht zwei Herren duldet. Nun liegt ihr beide aber heute schon in Fehde mit den Villingern und schädigt sie, wo ihr es könnt. Wer weiß, was die Bürger tun, wenn die Zeit um ist und ihr noch ihre Feinde seid.«

»Auf den König könnt ihr euch nicht verlassen. Er weiß noch zu gut, daß ihr vor der Schlacht bei Mühldorf-Ampfing bei den Habsburgern stundet und damals schon unterwegs waret mit dem Herzog Leopold, um gegen ihn zu ziehen. Er weiß auch, daß ihr, kurze Zeit nach seinem Siege auf seiner Seite stehend, jetzt wieder habsburgisch seid. Du, Götz, warst ja im Frühjahr des vergangenen Jahres auf der Burg Trausnit einer der Bürgen des gefangenen Friedrich.«

»Der König, jetzt mit den Habsburgern ausgesöhnt, wird deshalb vonseite des Reichs, dessen Lehensträger ihr ja in Villingen und Hasela seid, sich nicht besonders erwärmen für euch.«

»Aber die Judensteuer in Villingen, die er uns verliehen, weil wir nach der Schlacht von Mühldorf auf seine Seite getreten sind, hat er bis heute uns belassen«, äußerte Graf Johans. »Er scheint also nicht schlecht gegen uns gestimmt zu sein.«

»Juden hin, Juden her«, entgegnete rasch der Domherr. »So wie der König heute mit dem Hause Habsburg steht, läßt er euch jederzeit fallen, wenn Österreich gegen euch im Spiele steht in Villingen. Drum – und deshalb komme ich – ist mein Rat der folgende: Verkauft die Herrschaft, die für euch eigentlich keine ist und euch nur Verdruß bringt. Ihr reibt euch auf im Kampfe mit einer Stadt, die mehr Mittel hat und es länger aushält als ihr.«

»Es wissen aber die Bürger von Villingen wohl, daß auch ihr sie schädigen könnt und schon geschädigt habt. Drum sind sie bereit, den Frieden und die Befreiung von eurer Herrschaft zu erkaufen um hohen Preis.«

»Ich bin gewiß für unseres Hauses Macht und Ehre mehr, als für die Freiheit der Bürger jener Stadt, und ich bedauere, daß unserer Familie eine so wichtige Besitzung verloren geht, aber ich sehe keinen andern Ausweg aus den Wirrnissen und Kämpfen. Die Bürger haben Brief und Siegel von euerem Vater und von euch für Freiheiten, die euch zu Dienern der Stadt herabdrücken und die jene zu ihren eigenen Herren machen, Freiheiten, die ihr gegenüber einer reichen, mächtigen Bürgerschaft nicht mehr zurückzunehmen imstande seid.«

»Nur stärkere und mächtigere Herren werden ihr gewachsen sein, und die Stadt selbst wird ihrerseits sich ihren Schutz nur bei solchen suchen. Und diese Herren sind und bleiben die Herzoge von Österreich, jetzt nach Leopolds Tod Herzog Albrecht und seine Brüder.«

»Ich bin ein alter Mann, folgt meinem Rat, ich meine euer Bestes, so wehe es mir tut, daß unser Geschlecht eine so aufblühende Stadt nicht halten kann.«

»Und nun sag' ich euch noch was zum Schluß, offen und ehrlich: Ich bin von den Bürgern gebeten worden, mit euch zu unterhandeln.

Sie sehen ein, daß es so nimmer geht, und sind des ewigen Haders müde, der auch sie schädigt. Keiner von ihnen ist ja außerhalb der Stadt seines Lebens mehr sicher.«

»Was sie an Freiheiten von euch verbrieft haben, geben sie nimmer preis. Das Bürgertum strebt in unseren Tagen mächtig aufwärts, und keiner vom Adel kann ihm widerstehen. Schaut nur hinüber nach Freiburg, wo unsere Vettern so wenig mehr Herren sind, als ihr zwei in Villingen. Über kurz oder lang werden dort auch die Habsburger Herren sein.«[31]

»Ich schließe und frage: Was wollt ihr für die Herrschaft Villingen? Du, Johans, bist der ältere, sag' deine Meinung zuerst.«

»Ich bin, Vetter«, antwortete Graf Johans, »auf euere Rede hin ganz eurer Anschauung geworden, und wenn Götz denkt wie ich, wird's zum Verkauf kommen. Lieber einen Sack voll Geld, als einen Sack voll Händel. Ich bin der ewigen Fehden satt. Jagen und, wenn man Durst hat, eins trinken, ist mir viel lieber. Was ist deine Ansicht, Götz?«

»Die will ich kurz sagen«, sprach dieser. »Die Villinger sollen uns innerhalb vier Wochen 5.000 Mark Silber[32], alles in kleiner Villinger Münze – ich will die Kerle noch ärgern – auf einem vierspännigen Wagen, mit sechs gleichen Schimmeln bespannt, begleitet vom Schultheißen und sechs Ratsherren, hierher nach Hasela in die Burg liefern, dann sollen sie von uns frei und ledig sein und können unsertwegen den Teufel oder die Herzoge von Österreich zu Herren nehmen. Aber anders tu' ich's nicht. Drum schlagt zu, Vetter, oder ich schlag auf!«

»Ich schlag' zu, Bruderssöhne, vorbehaltlich der Zustimmung des Rates von Villingen. Ich reite heute abend noch ab, besuche den Grafen Heinrich in Wolfa und predige ihm den Frieden mit euch, und morgen nachmittag bin ich in Villingen. Übermorgen habt ihr Nachricht.«

»Aber eines solltest du nicht verlangen, Götz, die Überbringung der Summe in kleiner Münze Villinger Gewäges. Das ist boshaft.«

»Das soll es auch sein«, lachte der Graf von Hasela, »und drum gehe ich nicht ab davon.«

»So muß ich denn auch dies Verlangen mitnehmen«, meinte der Unterhändler. »Ich weiß, daß du doch nicht nachgibst.«

---

31   1368 verjagten die Freiburger ihren Grafen Egino und übergaben sich den Herzogen von Österreich.

32   Nach heutigem Geldwert etwa 500.000 Mark.

Kaum war der Domherr, welcher sich nimmer länger halten ließ, abgeritten, als der Edelknecht Wirich von Schnellingen von der Kinzig her in der Burg eintraf und seinen Herren, den Grafen, eine Meldung machte. Es seien, so habe ihm sein Schwager Albrecht von Gippichen durch einen Knecht sagen lassen, Villinger Bürger beim Abt von Alpirsbach zu Besuch. Die könnte man aufheben, wenn sie heimreiten. Zehn reisige Knechte würden genügen.«

»Wirich«, sprach Graf Götz, »zu jeder andern Zeit hätte ich deine Kunde mit Lust vernommen. Aber eben ist unser Vetter Gebhard mit einer Friedensbotschaft nach Villingen geritten. Ich darf diese nicht stören. Laß dem Albrecht sagen, ich dank' ihm, aber für diesmal müßten wir die Philister ziehen lassen. Doch es ist in meinem Kopf ein Plan ziemlich fertig; sie werden mir bald selbst in die Falle laufen, und dann will ich sie schon rupfen.«

»Du kannst deine Sporen später noch verdienen, Wirich. Nimm einen Trunk, dann hebe dich wieder weg, damit der von Gippichen bald weiß, woran er ist.«

9.

Auf dem Platze vor dem Münster, das eben seiner Vollendung entgegenging, standen wenige Wochen später einige Bürger der Stadt Villingen und besprachen die neuesten Vorgänge.

»Es ist eine Schande für die Stadt«, begann Bertschi Neugart, der Bau- und Steinmetzmeister am Münster, »daß sie sich mit den Grafen nicht vertragen hat und wir ihnen jetzt ihre Herrschaft abkaufen müssen.«

»Das Münster stünde nicht hier ohne den guten Willen und die Beihilfe der Fürstenberger. Der Großvater der beiden Grafen Johans und Götz hat den Grundstein gelegt und den Bau begonnen aus eigenen Mitteln.«

»Und wer hat das Heilig-Geistspital gestiftet? Der Vater der jetzigen Grafen. Aber das ist jetzt alles vergessen!«

»Auf der Ratsstube steht noch der goldene Becher, den Graf Heinrich, der Münsterstifter, und seine Gemahlin Agnes der Stadt geschenkt haben, damit daraus Friede und Freundschaft getrunken werde. Unsere Ratsherren müssen sich für ewige Zeiten schämen, wenn sie aus diesem

Becher trinken und denken, wie sie es den Enkelkindern des Schenkgebers gemacht haben.«

»Bertschi, sprich nit so laut«, fuhr Klaus Nidhart, der Zimmermeister, dazwischen, »sonst fahen dich die Stadtknechte, und der Rat läßt dich in den Turm setzen. Weißt du nicht, daß alles rennt und schafft, um das Lösegeld zusammenzubringen, und die meisten Bürger, groß und klein, nichts mehr wissen wollen von den Fürstenbergern?«

»Rat hin, Rat her, ich sag's, wie ich's denk'.« Die Wahrheit darf man sagen, und wahr ist, daß die Villinger undankbar sind gegen das Haus Fürstenberg.«

»Seid vorsichtig, Meister Neugart«, nahm der Leutpriester Martin Hug, Kaplan am Münster, der eben zu den Bürgern getreten war, das Wort. »Es sind schon viel mehr Leut' um der Wahrheit willen eingesperrt worden, als weil sie gelogen haben. Die allgemeine Stimmung ist gegen euch, obwohl man, unter uns gesagt, euch nicht unrecht geben kann. Doch hat selbst unser Kirchherr, Graf Gebhard, es wohl eingesehen, daß es nimmer so fortgehen kann, und die Loskaufung selbst vermittelt.«

»Sie sollen mich einsperren, aber den Mund halt' ich nit«, erwiderte aufgeregt der Steinmetzmeister. »Ewig können sie mich nit eintürmen und, frei geworden, verlaß' ich die Stadt, dann soll ihnen ein anderer das Münster fertig machen, wenn sie einen finden. In Freiburg bauen sie eben am Hochschiff des Münsters, und da sind Steinmetzen meiner Sorte gesucht.«

»Aber das freut mich, daß die Grafen von Hasela die Bedingung stellten, das Geld müsse ihnen in lauter kleiner Villinger Münze geliefert werden. Diese Bedingung hat den Villinger Herren warm gemacht die letzten drei Wochen.«

»Und mir auch«, meinte Thes Kälblin, ein Kupferschmied. »Der städtische Münzmeister hat alle Schlosser und Schmiede angestellt zum Prägen. Ich bin Tag und Nacht an der Arbeit gewesen und hab' gestern 200 Pfund Heller abgeliefert.«

»Und in den meisten Bürgershäusern gibt es keinen Gold- und Silberschmuck mehr«, sprach jetzt Henslin Gir, ein Bäcker. »Die Weiber haben, als gelte es sich von der Hölle loszukaufen, all' ihren Schmuck – Gürtel, Ketten, Ohr- und Fingerringe – in die Münze getragen.«

»Aber meine hat's nicht getan. Sie weiß, warum«, rief Bertschi, der Steinmetz.

»Doch glaubt mein Nachbar, Kunrat der Hainbürge, der Ratsherr, das Geld bekäme man wieder bei Heller und Pfennig, da die Herzoge von Österreich die Herrschaft kaufen wollten. Und österreichisch ist doch eine andere Nummer als fürstenbergisch«, – fuhr der Bäckermeister zu reden fort.

»Das Haus Habsburg in Ehren«, fiel ihm der Meister Steinmetz dazwischen, »aber wozu einen neuen Herrn, wenn man dem alten absagt? Unters Reich sich stellen, hätte Sinn, aber statt fürstenbergisch österreichisch werden, heißt nur von einem schwachen Herrn zu einem stärkeren kommen, der sich nicht so viel gefallen läßt wie die Fürstenberger!«

»Der aber auch uns in der Not besser schützen kann«, meinte der Kaplan.

»Und der kein Raubritter ist, wie die zwei Fürstenberger in Hasela«, sprach Klaus Nidhart, der Zimmermeister. »Es ist ja kein Mensch, der mehr als ein Wams trägt, sicher vor dem Grafen Götz.«

»Hat denn die Stadt nicht auch Edelknechte geworben, die draußen vor unsern Toren sitzen, wie die von Dettingen, von Kürnegg und Almeshofen und andere, welche nach den Leuten der zwei Grafen greifen, wie diese nach uns und den unsrigen?« erwiderte Bertschi.

»Doch da kommt der Hainbürge eben aus dem Rat. Wir wollen hören, wann das Geld abgeht nach Hasela und wer von den Zwölfern dabei ist«, sprach der Kaplan, und fügte hinzu:

»Aber Bertschi, seid g'scheit und laßt vor dem nichts merken, sonst könnt's spuken.«

»Nun, Herr Kunrat, was gibt's neues auf der Ratsstube?« fragte der Kaplan. »Geht's bald hinunter ins Kinzigtal?«

»Übermorgen«, gab der Gefragte zurück, bei den Bürgern stehen bleibend. »Es ist jetzt alles Geld beisammen und kommt morgen in zwei schöne Fässer, die mit dem Stadtwappen geziert sind.«

»Wer geht denn mit von unseren Herren?« fragte Henslin Gir.

»Hug Stähelin, der Schultheiß, und vom Rat: Walther der Lecheler, Otto der Vetter, Berthold von Thannheim, Heinrich der Buzzer, Berthold Jahn und meine Wenigkeit«, antwortete der Hainbürge.

»Und die sechs gleichen Schimmel, sind die auch schon parat?« fragte etwas höhnisch der Baumeister am Münster.

»Auch die sind da. Es war keine kleine Mühe, sie zu bekommen. Auf allen Burgen und in allen Klöstern hinüber bis Schaffhausen und hinauf bis Konstanz wurde gesucht, bis sechs Schimmelhengste auf dem Platze waren.«

»Und nun wünsch' ich euch Herren glückliche Reise«, meinte Meister Bertschi, »und daß ihr gut heimkommt, 's ist ein gewagtes Spiel, dem Löwen Götz in seine Höhle zu gehen.«

»O, da ist nichts zu fürchten«, erwiderte der Ratsherr, »Graf Gebhard hat uns über alles beruhigt. Wir werden gut aufgenommen werden. Und für unterwegs haben wir als Bedeckung des Wagens zwölf reisige Knechte bei uns.«

»Wenn ich Graf von Fürstenberg wär' und die Villinger hätten es mir so gekocht, ich würd' ihnen schlecht aufwarten in meiner Burg«, nahm das Wort abermals der Steinmetz.

»Man sieht aus eurer Rede, Meister Bertschi, daß ihr kein alter Villinger, sondern erst eingewandert seid in der letzten Zeit des Münsterbaus, sonst könntet ihr nicht so reden«, – entgegnete etwas bitter der Hainbürge und fuhr dann fort: »Doch ihr Künstler habt zu allen Zeiten eigene Köpfe gehabt, und man läßt sich von euch auch mehr sagen als von anderen. Drum nehm' ich euch nichts übel.«

»Ich bin fürstenbergisch und bleib' fürstenbergisch in meinen Sinnen, und es tut mir weh, daß dies Geschlecht um Villingen kommt«, sprach erregt der Baumeister. »Aber das freut mich, Ratsherr, daß ihr einem Künstlerwort Freiheit gewährt. Und drum sag' ich noch eines: ›Möge das Haus Fürstenberg blühen, so lange mein Werk, das Münster, hier steht. Und nun nochmals gute Reise! Ich muß an die Arbeit, wir wollen heute den Schlußstein am Chorgewölbe einsetzen. Merkwürdig, der Bau des Chors endigt mit der Herrschaft der Fürstenberger, die den Anfang veranlaßten.‹«

Die Bürger gingen auseinander, und bald war es still auf dem Münsterplatz: nur oben auf dem Gerüste des Chores redete Meister Bertschi mit seinen Gesellen weiter; aber die Schallwellen ihrer Worte verhallten unverständlich auf dem Platze.

In gleicher Zeit, da die Villinger Bürger auf dem Münsterplatz sich über die Tagesfragen unterhielten, zog zehn Stunden weiter unten der Büttel des Rats von Hasela durch die engen Straßen des Städtchens, stieß in sein Horn und verkündigte: »Schultheiß und Rat tun männlich in der Bürgerschaft kund, daß übermorgen gegen Abend die Villinger hier ankommen mit dem Geldwagen für unsere gnädigen Herren, die Grafen Johans und Götz von Fürstenberg. Auf deren Wunsch hat der

Rat beschlossen, die Villinger allhier festlich zu empfangen. Jeder Bürger soll vor sein Haus Maien stecken, und die Frauen sollen Blumen streuen. Die Grafen werden sich dafür der Bürgerschaft auch wieder gerne erkenntlich zeigen.«

In der »Wîtaberne« zum Bären am untern Tor saßen einige Bürger und tranken Herrenberger. Unter ihnen war auch Rudi, der Oberjäger der Grafen. Als der Büttel nun vor der Taberne seinen Spruch gesagt hatte, meinte ein Bürger zu dem gräflichen Beamten: »Weiß nit, wie's kommt, daß wir Bürger von Hasela auf einmal die Villinger empfangen sollen wie Fürsten. Unsere Herren sind seit Jahren mit ihnen in Krieg und Fehde und jetzt, da sie mit dem Geldwagen kommen, der eigentlich das Ende der Herrschaft in Villingen bedeutet, sollen wir Maien stecken und Blumen streuen. Da werd' klug, wer's fassen kann.«

»Ich will euch das Rätsel etwas lösen, aber wer die Lösung weiter trägt, dem renne ich den Speer durch den Leib, mit dem ich gestern im Bächlewald einen Eber erlegt«, nahm der etwas weinselige Jäger das Wort.

»Wenn ich den Krammetsvögeln im Herbst Fallnetze oder im Winter den Meisen einen Vogelherd stelle, und wenn ich den Wölfen und Bären Fallgruben mache, verziere ich auch alles mit grünem Reis.«

»Wenn ihr jetzt was merkt, ihr Bürger, dann haltet's Maul.«

»Ich merk' was«, rief Henni Iselin, ein Harnascher und Waffenschmied. »Hab's gestern schon gemerkt, als mir die Edelknechte Klein Kunrat von Bärenbach und Crispin und Wirich von Schnellingen ihre Schwerter schickten zum Schleifen. Wenn die drei was schleifen lassen, ist irgendwo was los.«

»Ich fragte die Knechte, welche die Waffen brachten, wo ein Fang in Aussicht stünde, aber sie wollten nichts wissen.«

»Sie wissen auch nichts«, schmunzelte der Rudi. »Ich möchte es den Edelknechten und Rittern, so auf morgen in unsere Burg geladen sind, nicht raten, vor einem ihrer Knechte nur über die Sache zu husten. Ich selbst wüßt' nichts, aber Henslin, der Wächter im Hauptturm, hat mir gestern abend anvertraut, Graf Götz habe ihm befohlen, eine Anzahl Halseisen und Handschellen bereit zu halten, es käme bald Besuch in den Turm. Und da glaub' ich, es sei auf ganz besondere Vögel abgesehen. Aber ich will nichts gesagt haben, und wer mir davon schnauft, ist ein Kind des Todes.«

»Soviel Geld auf einmal, wie die Villinger morgen bringen, ist noch nie nach Hasela gekommen«, begann jetzt der Tabernenwirt Dietmar Lösly. »Ich glaub', 's ist unseren Grafen ernst, sie deswegen gut zu empfangen. Ich selbst hab' eine Freude, so was zu erleben, daß einmal ein ganzer Wagen voll Geld zu unserm obern Tor hereinfährt. Und weil die Villinger so viel Geld in unsern Ort bringen, gehören sie empfangen, wie der Rat es angeordnet hat. Bei meiner Taberne geht der Zug nicht vorbei, aber ich stell' doch Maien hinaus, um die Villinger zu ehren.«

»Glaub', was du willst, Dietmar«, erwiderte der Jäger, »und die Villinger mögen auch glauben, was du glaubst. Doch jetzt kein Wort mehr darüber, sonst, wenn der Graf Götz was von dem erfährt, was ich da gepiepst habe, bekomme ich das erste Halseisen vom Henslin.«

»Aber, wo wollen unsere Herren auch mit dem vielen Geld hin, das sie jetzt bekommen?« – fragte nun Lenz Becherer, ein Bürger und Strumpfwirker.

»Wo ihr Bürger auch hingeht, wenn ihr zu viel Geld habt«, antwortete lachend Rudi, »zum Gläubiger, um Schulden zu zahlen. Ihr kennt ja alle den Juden Baruch Sämele von Strasburg mit seinem gelben Spitzhut und den gelben Streifen am Rock. Der kommt nicht auf die Jahrmärkte von Hasela, wie manche seiner Stammesgenossen, aber um so öfter zu unseren Grafen und zu allen adeligen Herren, Rittern und Edelknechten weithin. Er borgt Geld, bringt Seidenstoffe und selbst Schlachtrosse. Und dem Grafen Götz besorgt er außerdem noch die Handschriften von den Liedern der Minnesänger, für die der Graf ein Heidengeld ausgibt.«

»Seidenstoffe braucht er nun die nächsten zehn Jahre keine. Die hat er nach Auswahl den Züricher Kaufleuten abgenommen, welche wirklich drüben beim Henslin im Quartier liegen.«

»Diese Gefangenen verdankt er dem Edelknecht Wirich von Schnellingen: der hat die Vögel ausgekundschaftet und fangen helfen. Der Wirich ist noch zu jung, sonst hätt' ihn Graf Götz schon langst zum Ritter geschlagen und ihm die goldenen Sporen geschenkt. Den kann er brauchen: er ist noch findiger und wilder als der Bärenbacher oder der Gebur auf der Heidburg.«

»Der gab' einen sonderbaren Ritter ab, der Wirich«, warf Iselin, der Waffenschmied, ein. »Ich hab' in der Fremde, als ich in Treves (Trotzes) im Welschland, wo die besten Brünnen und Halsberge gemacht werden, bei einem Harnascher arbeitete, oft gehört, was die Ritter für Gelübde ablegen sollen. Zu denen paßt aber der wilde Wirich so wenig als ein Wolf in einen Schafpferch.«

»Erzähl', Henni, was sind das für Gelübde?« bat jetzt neugierig Lenz Becherer, der Strumpfwirker.

»Ein Ritter«, also begann der Harnascher, »soll schwören und geloben: ›Täglich in die Mess‹ zu gehen, für den katholischen Glauben sein Leben zu lassen, Witwen und Waisen zu schützen, ungerechte Fehde zu meiden, Unschuldige im Zweikampf zu vertreten, dem Kaiser mit Ehrfurcht zu dienen und vor Gott und den Menschen ein ehrbares Leben zu führen.‹«

»Das alles hält der Wirich, Henni«, fuhr lachend der Jäger auf. »Es steht ja nichts davon in den Rittergelübden, daß man keine Kaufleute rupfen, keinem Bauern das Vieh wegtreiben und keine Pumpen leeren soll. Und ein ehrbares Leben führt er auch, und wer ihm das bestreiten sollte, dem fährt er mit seinem Schwert über's Maul.«

»Wenn stehlen und Leute schinden ehrbar ist, dann braucht man die zehn Gebote nimmer«, meinte bitter der Waffenschmied.

»Henni, halt's Maul«, rief der Rudi, »sonst blühen dir die Halseisen beim Henslin. Du bist zu lang' im Welschland gewesen, dort sind die Ritter frömmer als hierzuland, wo der Stärkste Meister und die Gewalt Recht ist. Mach deine Harnasche und Schwerter für die Ritter und Edelknechte, laß dich dafür gut bezahlen, aber im übrigen laß der Welt ihren Lauf, wir machen sie doch nicht anders.«

»Hast recht, Jäger«, antwortete der Harnascher. »Ich zahl' dir noch eine Kanne für diese Wahrheit. Hab' schon oft gedacht, ich sollt's Maul halten; aber ich mein' als, recht sollt' recht und schlecht schlecht sein und heißen, und kann's nit immer verbeißen, daß das Umgekehrte gilt in der Welt.«

»Laß sie schnell auffahren, die Kanne, Henni, denn ich muß wieder hinüber in die Burg, muß den Köchen den Rehbock zerlegen, welchen ich heute noch fürs morgige Festmahl erjagt habe.«

»Ja, gibt's auch ein Festessen morgen für die Villinger?« fragte Dietmar Lösly, der Wirt.

»Versteht sich«, erwiderte Rudi, »Es würde schlecht passen, wenn die Bürger die Straßen zieren und in der Burg gewöhnlicher Tisch wäre.«

»Es gibt ein groß' Essen mit Schaf-, Kalb-, Rind-, Schweinefleisch und allerlei Wildbret und Geflügel nebst Süßigkeiten und zu Trinken genug. Und der Rittersaal wird geschmückt mit Lavendel, Ilgen und Bejentlen. Die Villinger werden Ihre Freude haben.«

»Die aber nicht lange dauern wird«, fiel der Waffenschmied ein.

»Schweig, Iselin!« herrschte der Jäger ihn an.

»Ich will nur sehen, wo das hinaus will«, meinte, den Kopf schüttelnd, der Strumpfstricker.

»Stricker, dummer Teufel!« gab Rudi zurück, »hinaus werden sie wollen, aber drinnen müssen sie bleiben. Aber jetzt kein Wort mehr. Ich trink' aus und gehe.«

Er entfernte sich aus der Taberne, und nach allerlei stillem Gerede folgten ihm die Bürger bald nach, jeder seinem Hause zu.

10.

In der Burg zu Hasela ging es am Abend vor der Ankunft der Villinger lebhaft her. Überall sah man Vorbereitungen zum Empfang derselben.

In der Küche unter dem Rittersaal hantierte der gräfliche Koch mit seinen Küchenjungen, als ob morgen eine Hochzeit stattfände.

Der Jäger kam, zerlegte den Rehbock und fragte, ob Wildbret genug da sei.

»Ich weiß nit«, schimpfte der Oberkoch Clevi, »was unsere Herren für einen Narren gefressen haben an den Villingern, weil sie Geld bringen für die verkaufte Herrschaft, die man besser behalten hätte. Ich muß zurichten, wie wenn der König käme.«

»Ich war Küchenjunge, als die Könige Rudolf und Adolf in der Burg Gäste waren, aber so was an Überfluß hat man nicht aufgetragen.«

Nach diesen Worten stieß er einen Feuerhaken, der ihm im Weg lag, mit dem Fuß weit in die Küche hinaus und befahl einem Jungen, Feuerstein, Stahl und Zunder zu holen und Feuer zu machen unter dem Herd, es müßten Hühner gebrüht werden.

»Nicht so brummelig, Clevi«, beschwichtigte Rudi, der Jäger, »du bekommst sicher ein gut Trinkgeld morgen, wenn die Herren von Villingen bei uns speisen; du weißt ja, daß die besseren Bürger in der Beziehung lieber was fliegen lassen als die Ritter und die Edelknechte.«

»Und dann mußt wissen, daß von den letztern auch noch einige kommen, und denen kann man doch nicht nur Kuhfleisch und Rüben vorsetzen. Die wissen, daß du die besten Kapaunen in Nägelebrüh machst, und spitzen den Mund sicher jetzt schon darnach. So was wird ihnen nicht zu teil auf ihren alten Burgställen.«

»Es muß sein, Jäger«, erwiderte geschmeichelt Clevi, »daß noch mehr Leute erwartet werden als nur die Villinger, denn die Gräfin hat mir befohlen, ein Essen zu richten für etwa 30 Herren, ohne den Troß. Aber was tun denn die Ritter und Edelknechte dabei? Sie werden doch nit helfen müssen das Geld zählen, so die Villinger bringen!«

»Sie müssen helfen«, meinte verschmitzt lächelnd der Jäger, »aber nicht Geld zählen. Ich könnt' dir was verraten, Koch, aber es sind zuviel Ohren in der Kuchen. Ich will dir drum nur das sagen, daß du mir morgen vom Reh- und Hirschbraten auch was aufhebst. Ich hab' die Viecher erlegt, ich will sie auch verkosten.«

»Doch, horch, da kommt jemand die Wendeltreppe herunter. Du wirst Befehl erhalten von oben.«

Eine jugendlich schlanke Gestalt mit schwarzem Lockenkopf erschien alsbald an der Mündung der Treppe. Es war Rumo, der Leibknappe des Grafen Götz, noch ein Knabe von kaum 15 Jahren.

»Clevi«, sprach er rasch und freundlich, »ihr sollt unseren zwei Herren einen Hirschbraten mit Speck und Pastetchen richten auf den Abend. Sie speisen heute im kleinen Saal, da die gnädige Frau mit den Mägden im Rittersaal beschäftigt ist, ihn auszuschmücken, für morgen.«

»Wer ist denn alles geladen, Rumo?« fragte der Jäger. »Du weißt es noch besser als ich, der nur die Ritter und Edelknechte diesseits der Kinzig geladen hat.«

»Das kann ich euch sagen«, entgegnete der Knabe. »Von hier Hartwig Vasant, der Schultheiß, und die zwei ältesten Räte, ferner die zwei Edelknechte von Schnellingen, Krispin und Wirich, der Ritter Hug von Waldstein und seine zwei Nachbarn, Thamme und Kunrat von Ramstein, Friedrich und Künlin von Büchorn, Walter von Sneit genannt von Grebern, Töbelin von Vischerbach, der Jung, Fritschi und Johans von Sulzbach, Ottli und Künlin von Bärenbach und Alber von Gippichen. Sieben Herren kommen von Villingen und dazu unsere zwei Grafen – wird einige zwanzig Personen ausmachen.«

»Dann kannst du noch einen Rehbock schießen heute nacht bei Mondschein, Jäger!« nahm der Koch das Wort, »denn wenn die hungrigen Edelknechte unserer Nachbarschaft, welche Rumo eben genannt hat, alle kommen, so langt's mir nit, denn von denen ißt, ich kenn' sie, jeder für drei.«

»Fällt mir nit im Schlaf ein, Clevi«, gab der Rudi zurück, »aber ich stehe dir dafür ein, daß es reicht, das Essen wird nit so lange dauern.«

Einer der Küchenjungen, welcher indes Wasser vom Ziehbrunnen im äußern Burghof geholt, kam in die Küche zurück und meldete, eben sei der Edelknecht Wirich von Schnellingen eingeritten. »Der reitet schon einige Tage hier ein und aus, er muß was Besonderes haben«, meinte der Koch.

»Ja«, gab Rumo kindlich zurück, »er ist bei den Herren der Nachbarschaft gewesen und hat sie nochmals besonders geladen. Graf Götz wollt' es so haben. Unser Herr hat den Wirich dieser Tage lange in seiner Kemenate gehabt.«

»Aber jetzt, Clevi, könnt ihr für drei Herren Hirschbraten richten, denn der von Schnellingen ißt jedenfalls mit unsern Grafen. In einer Stunde komm' ich und hole die Platten.«

Nach diesen Worten eilte Rumo wieder die Wendeltreppe hinauf.

»Ist ein lieber Bub, dieser Rumo«, begann der Koch. »Er kommt jeden Tag ein paarmal in die Küche und ist immer so bescheiden und freundlich. Ich steck' ihm manche Süßigkeit zuerst zu, weil ich ihn so mag.«

»Und ein netter Bub mit seinen schwarzen Locken und seinen Augen, die leuchten wie feurige Kohlen. Unseres Grafen Söhne sind Bauernkinder gegen den Rumo. Und wenn er als mit dem jungen Grafen Hug Ball spielt, meint man, er sei des Grafen Kind.«

»Er hat eben welsches Blut in sich«, sprach der Jäger.

»Sein Vater, der Harnascher am Bach drunten, hat sein Weib mitgebracht aus dem Welschland, aus Treves, wo er als Waffenschmied lange in Arbeit stand und wohin ja alle Harnascher in die Fremde gehen.«

»Und bei unsern Herrn, vorab beim Grafen Götz, da gilt der Rumo mehr als die eigenen Buben, weil er viele Minnelieder, auch welsche, von seiner Mutter her, kann und zur Harfe singt wie eine Nachtigall. Wenn der Graf von übler Laune oder von Langeweile geplagt ist, so muß der Rumo zu ihm in den Saal, und beide singen wie zwei Kameraden.«

»Du wirst sehen, Clevi, der Rumo wird nicht zwanzig Jahr' alt, so schlägt Graf Götz ihn zum Ritter und gibt ihm ein Lehen und eine Burg. Der alte Hug von Waldstein hat keine Kinder; und wenn der stirbt, was keine zehn Jahre mehr geht, bekommt der Rumo seine Sach', wenn nicht noch was Besseres frei wird.«

»Graf Götz ist überhaupt für die Welschen sehr eingenommen«, schloß der Oberkoch. »Drum gilt der Rumo wohl auch seiner schönen, welschen Mutter wegen. Auch ich soll manches nach welscher Art präparieren, und welsche Lieder werden dann dazu gesungen. Doch jetzt geh', Jäger, ich muß den Braten richten, du kannst später wieder kommen, dann gibt's was für dich.«

»Willkommen Wirich«, rief im kleinen Rittersaal Graf Götz dem dort eben eintretenden Edelknecht entgegen. »Hast alles besorgt, kommen sie?«

»Alles in Ordnung, Herr«, entgegnete der Angeredete, ein junger, rothaariger Mann mit unheimlich leuchtenden kleinen Augen und einem bartlosen Gesicht. »Eben komme ich noch vom alten Hug von Waldstein. Der war guter Dinge. Er hat diesen Morgen mit seinem Nachbar im Tal draußen, mit dem Töbelin, an der Kinzig einige Kaufleute von Rottweil gerupft, die von der Straßburger Messe kamen. Er meinte, er habe heute schon Blut gerochen und mache morgen um so lieber mit.«

»Ich bin nun bei allen nochmals gewesen; alle, vom Bärenbacher bis hinab zu dem von Grebern, werden rechtzeitig zur Stelle sein und alle kennen die Parole.«

»Gut, Wirich«, sprach der Graf, der stehend den Bericht angehört, »setze dich jetzt zu uns und iß mit uns zu Nacht. Wirst Hunger und Durst haben.«

»Durst hab' ich immer, Herr, doch den Hunger hab ich beim Ritter Hug gestillt. Sein Weib, die Brigitta, hatte einen Gansbraten am Spieß zu Ehren des Fanges vom Morgen.«

»Den Durst sollst du stillen, Wirich, und auch dein Bruder, der Krispin. Du weißt, daß, die meisten Reben über eurer Burg uns gehören, aber, wenn die Sache morgen gut ausfällt, geb' ich euch zwei Schnellingern das große Stück über eurer Burg zu Lehen. Bin euch so wie so verbunden für die guten Meldungen, die ihr bringt, wenn Vögel jenseits der Kinzig einfallen.«

»Vergelt's Gott, Herr Graf, für diese Worte. Für arme Edelknechte, die zu viert[33] ein Bürglein haben, ist das eine goldene Rede. Unser Vater, der Ritter Rudolf, hat zu wenig Burgen und zu viel Buben hinterlassen.«

Der Wächter auf dem Kirchturm stieß elf Mal ins Horn, als der Wirich, ziemlich angeheitert und mit sich selbst laut redend, über die Kinzigbrücke ritt, seiner malerisch gelegenen Burg zu.

Am andern Morgen begann ein Feiertag in Hasela. Niemand wollte arbeiten an dem noch nie erlebten Tage, da durch das obere Stadttor ein ganzer Wagen voll Geld kommen sollte.

Die Bürger standen gruppenweise vor den Häusern und besprachen das Ereignis. Auch Bauersleute, die davon gehört, kamen scharenweise zu den Toren herein.

»Ein denkwürdiger Tag heute«, begann in einer solchen Gruppe am obern Tor Rudi Maier, ein Metzger, »denn mit ihm wird Hasela die eigentliche Hauptstadt unseres Grafenhauses. Seither war es Villingen, und die Villinger haben uns immer über die Achsel angeguckt, wenn einer oder der andere hier durchkam. Und Geld müssen sie auch tüchtig schwitzen und es noch selber bringen, das freut mich. Drum stecke ich gerne Maien vor mein Haus.«

»So viel Geld, wie heute zum Tor hereinkommt, sehen wir nie mehr«, meinte Ulin Bock, ein Sattler. »Ich hab' meinem Weib, meinen Buben und Maidlen diesen Morgen schon gesagt: ›Paßt auf heute, daß euch der Geldwagen, nicht ungesehen vor der Nase vorbeifährt, denn das ist eine Merkwürdigkeit für Hasela, wo das Groß- und Kleingeld allzeit rar ist und rar war.‹«

»Ja, aber spenden könnten die Grafen auch was an solch einem Tage«, räsonierte Bertschi Häberle, ein durstiger Nagler. »Es liegt noch Wein genug im Zehntkeller bei der Kirche. Ich war noch ein kleiner Bub, als der Graf Egino hier einzog; aber damals lief der Sebastianibrunnen den ganzen Tag mit Wein, und wir tranken Herrenberger wie Wasser.«

»Das weiß ich auch noch, Bertschi«, nahm der Metzger wieder das Wort. »Mein Vater hat damals alles kurz und klein geschlagen, als er

---

[33] Wirich und Gripping (Krispin) von Schnellingen hatten noch zwei unmündige Brüder, Heinrich und Johans.

heimkam, so voll war er. Mich – es gedenkt mir noch wohl – warf er unter seine Bettlade.«

»Seid versichert, Mitbürger«, meinte der Ulin, »es kommt auf den Geldwagen und auf das Verzieren der Häuser hin ein Trunk. Hab' vorgestern den Turniersattel des Grafen Götz in der Burg abgeliefert, und da sagte mir der Burgvogt, wir müßten nicht umsonst festen, wenn die Villinger kommen, er hab's schon vernommen; aber an dem Tag selbst gehe Wichtiges vor in der Burg, und da könne man die gräflichen Keller nicht öffnen.«

»Ich nehm' den Trunk, wenn er kommt«, rief jetzt der Nagler; »wenn er nur nicht ausbleibt, bin ich schon zufrieden und will heute meine alte Hütte herausputzen, so gut ich kann. Ich will jetzt gleich noch in den Urwald und einige Lärchenbäume holen. Vor vier Uhr nachmittags kommen die Villinger doch nicht, und drum ist's noch Zeit genug, Maien zu stecken und sich ins Sonntagshäs zu kleiden.«

Am Nachmittag herrschte regstes Leben im Städtle. Die Häuser waren geschmückt, die Maien gesteckt, und weil dies alles beendet, machte sich jung und alt auf die Straßen, viele vor das obere Tor hinaus, um den Geldwagen zu erwarten. Eine Anzahl Buben war weit hinauf gezogen bis zum Wald, am »geschwigen Loch«, und sie brachten im Galopp daherspringend kurz vor der vierten Stunde die Nachricht ans Tor: »Die Villinger kommen!«

Bald darauf nahte der Zug, voraus der Schultheiß und die Ratsherren in voller ritterlicher Wehr. Ihre Harnische und Helme funkelten in der Sonne. Dann kam der Wagen mit zwei Fässern Geld, gezogen von sechs weißen Hengsten; auf den dreien zur linken Hand saß jeweils ein geharnischter Knecht, hinter dem Wagen zogen zwölf Stadtknechte einher, mit Armbrusten bewaffnet und in stattlichem Rüstzeug.

Die Villinger Herren staunten nicht wenig, als sie durchs Tor eingeritten waren und überall festlichen Schmuck und staunende Leute in festlichen Gewändern sahen.

Vor der Burg angekommen, erwarteten sie hier die beiden Grafen, die Ratsherren und die Ritter und Edelknechte, alle in friedlicher, höfischer Tracht und nur mit dem Schwert umgürtet.

Unter dem äußern Burgtor fand die Begrüßung der von ihren Pferden gestiegenen Villinger Herren statt. »Gott zum Gruß, ihr Herren von Villingen«, sprach Graf Götz, »das heiß' ich Wort halten!«

»Wir kommen«, entgegnete ziemlich ernst Hug Stähelin, der Schultheiß, »um die Loskaufsumme in der gewünschten Form namens der Stadt Villingen abzuliefern, und bitten die Herren Grafen, sie entgegenzunehmen. Es sind, wohl gewogen, ohne Fässer 5000 Pfund Silber[34] in lauter Pfennig und Hellern Villinger Gewäges und gemünzt. Hier ist die Gewichtsurkunde unseres Münzmeisters.«

Der Schultheiß übergab dem Grafen nach diesen Worten ein Pergamentpapier, das er beim Absteigen aus der Satteltasche genommen hatte.

»Hätt's nicht nötig gehabt, mir Brief und Siegel zu geben, Schultheiß«, antwortete der Graf, »ich glaub's doch, daß ihr uns zum Abschied nicht betrügen werdet. Ich wünsche überhaupt, daß wir als gute Freunde scheiden nach den langen Kämpfen. Hab' drum auch meine Stadt Hasela heute festlich schmücken lassen und, wie ihr seht, Herren vom Rat und meine nächsten Dienstmannen geladen zur Friedensfeier mit euch Villingern.«

»Die Herren kennen sich wohl gegenseitig alle aus guten und bösen Tagen. Wir wollen aber heute verkehren wie in guten Zeiten. Nochmals heiß' ich euch herzlich willkommen!«

Darauf gaben die Grafen den Villinger Herren die Hand, und im äußern Burghof grüßten sich dann ebenso alle Gäste.

»Führt den Wagen in den innern Hof, bringt die Fässer in das kleine Gewölbe im Turm und sorgt für Pferde und Mannschaften!« befahl indes Graf Götz dem Burgvogt Veit Oswald.

»Ihr Herren von Villingen«, fuhr er, zu diesen sich wendend, weiter fort, »werdet froh sein, eure Harnische los zu werden. Es war keine Kleinigkeit, bei der Hitze in voller Wehr von der Baar herabzureiten ins Kinzigtal. Wir haben noch drei Tage bis Sankt Johann zur Sonnenwende, und es wärmt.«

»Wir hätten gerne höfische Kleider angelegt, Herr Graf«, meinte Walther der Lecheler, ein Rats- und Handelsherr, »aber der Teufel weiß, wie es einem heutzutag gehen kann bei einem Geldtransport. Wir Kaufleute sind ohnedies nicht sicher, wenn wir reisen!«

---

34   Pfund und Mark waren in jener Zeit meist gleichwertige Münzeinheiten, und waren 20 Schillinge ein Pfund oder eine Mark Silber, d. i. etwa soviel als heute 100 Mark.

»Wenn wir Rittersleute an den Heerstraßen hin euch Krämer nicht von Zeit zu Zeit leichter machten, würdet ihr zu reich werden. Ihr habt ohnedies das große Geld«, gab lachend Graf Götz zurück und fuhr dann fort: »Ich frage die Herren nochmals, wollt ihr's euch nicht bequemer machen und ein Bad nehmen, ehe es zu Tisch geht? Wir werden ein Festmahl halten heute, euch zu Ehren, und über Nacht seid ihr selbstverständlich auch meine Gäste. Morgen setzen wir dann die Verkaufsurkunden auf und siegeln sie.«

»Wir haben in einem Tröglein auf dem Geldwagen höfische Röcke, die wollen wir jetzt antun«, erwiderte der Schultheiß. »Bei der Rückkehr wird's ohnedies nicht mehr nötig sein, geharnischt zu reiten.«

»Da braucht ihr keine Harnische mehr«, sprach der Graf.

Die Sonne stand noch helle über dem Strickerwald und warf ihre wärmsten Strahlen auf die Burg von Hasela, als man sich im Rittersaal zur Tafel setzte. Neben jeden Villinger hatte der Hausherr zwei seiner Dienstmannen sitzen lassen, der Unterhaltung wegen, wie er vorgab.

Die Villinger hatten, um es sich recht leicht und behaglich zu machen nach den Strapazen, selbst ihre Schwerter abgelegt und ihren Knechten überantwortet.

»Wo ist die gnädige Frau Gräfin, daß sie uns nicht die Ehre ihrer Anwesenheit bei Tisch gibt?« fragte gleich zu Anfang des Mahles Schultheiß Stähelin ihren neben ihm sitzenden Gemahl.

»Meine Hausfrau läßt sich entschuldigen, ich hätt' dies beinahe vergessen«, antwortete Graf Götz. »Unser Mägdlein, die Herzeleide, ist krank seit einigen Tagen, und da will sie nicht von dem Kinde weichen. Es ist unsere einzige. Morgen vor der Abreise wird sie aber die Herren noch begrüßen.«

Noch einige Zeit ward zwischen Mahl und Trunk über einzelne Familienglieder, Freunde und Bekannte gesprochen: denn die Geschlechter von Hasela und Villingen waren sich vielfach verwandt und bekannt. Als aber der Wein seine Wirkung zu zeigen anfing – Graf Götz hatte mächtige Züge getan aus seiner silbernen Kanne, und seine Edelknechte saßen schon ziemlich gerötet auf ihren Stühlen – da begann der Graf:

»He, Herr Schultheiß, habt ihr schon mit den Herzogen von Österreich abgemacht? Was zahlen sie für die Herrschaft, welche ihr heute bei uns abgelöst habt?«

»Es ist noch gar nichts abgemacht, Herr Graf«, entgegnete etwas befangen und unangenehm berührt der Angeredete. »Einen Herrn werden wir wohl wieder suchen müssen, sonst gibt uns der König einen. Reichsfrei zu werden können wir nicht hoffen und wollen es auch nicht sein.«

»Wir haben zur Zeit zwei Könige«, antwortete der Graf, »und der eine davon ist ein Österreicher, der wird euch ohnedies für einen Habsburger Herrn sorgen wollen. Aber tut nit so verschämt, Schultheiß. Schon im vorigen Jahre, da ich auf der Burg Trausnit Bürge war für den gefangenen König Friedrich, hab' ich bei seinen Brüdern gemerkt, daß sie gerne Herren in Villingen wären.«

»Ich gönne es meinen Habsburger Vettern und euch. Sie werden euch Villinger kennen lernen, und ihr werdet Herren bekommen, gegen die nicht so viel auszurichten ist wie gegen die Fürstenberger von Hasela.«

»Es ist zweifellos zwischen euch und dem Herzog Albrecht was im Gange, und er hat euch gewiß auch schon geholfen, die 5000 Mark Silber aufzubringen.«

»Herr Graf, niemand hat uns geholfen«, erwiderte der Schultheiß. »Ich und die anwesenden Ratsherren können es beschwören, daß alles Geld von der Bürgerschaft aufgebracht wurde. Es ging wahrlich schwer genug her; unsere Frauen haben keinen Schmuck mehr, und alle Kleinodien aus den Häusern sind geopfert worden, um die Summe zusammenzubringen, die wir heute abgeliefert haben.« »So ist es, wir können es beschwören!« riefen einstimmig die Ratsherren von Villingen.

»Um so besser«, sprach schon aufgeregter Graf Götz. »Daß ihr das Geld allein aufgebracht habt unter solchen Opfern, zeigt, daß ihr es nicht erwarten konntet, von uns loszukommen. Ich kann mich aber nicht so leicht von euch trennen, und die Herzoge von Österreich sollen euch auch noch was beisteuern zu euerem Lösegeld.«

Jetzt erhob sich der Graf, schlug auf den Tisch und rief mit lauter Stimme: »Von Stund' an seid ihr meine Gefangenen, und die Herzoge von Österreich sollen euch lösen!«

Bei diesen Worten griffen die Edelknechte und Ritter nach ihren erschrockenen und wehrlosen Nachbarn von Villingen, und auf den Schlag, den Götz auf den Tisch getan, kamen die reisigen Knechte des Hauses und solche vom Troß seiner Dienstmannen in den Saal herein gestürzt und halfen die Ratsherren von Villingen überwältigen.

»Ist das Gastrecht bei Fürstenberg?« rief empört der Schultheiß von Villingen. »Schmach und Schande über euch, Graf Götz, und über euere Helfershelfer!«

»Ich bitt' euch, Herr Graf«, fuhr jetzt mannhaft auch Clevi der Zoller, der älteste Ratsherr von Hasela, auf, »zu erklären, daß wir Herren vom Rat euerer Stadt Hasela unwissend und unschuldig sind dieses Angriffs auf unsere Vettern von Villingen.«

»Das kann ich euch bezeugen«, entgegnete Götz, »aber euch auch mahnen, keine Hand zu rühren zur Befreiung dieser Herren. Es haben sonst noch mehr Ratsherren Platz in meinem Hauptturm!«

»Schmach und Schande rufe ich nochmals über euch!« schrie Hug Stähelin, der Schultheiß, dem eben einige Knechte die Hände in Fesseln legten. »Wehrlose Fremdlinge niederwerfen ist Raubritters Art, aber wehrlose Gäste überfallen, das tut kein Wegelagerer!« »Rebellen sind keine Gäste«, antwortete ihm bitter Graf Götz. »Ihr Villinger habt von jeher unser Haus um seine Rechte zu bringen gesucht, unser Haus, dem ihr nur Wohltaten verdankt. Und wenn ich heute Unrecht gegen Unrecht setze, so ist's nur Wiedervergeltung. Ihr habt, ich weiß es, in eurer Ratsversammlung jeweils nur von Bettelgrafen gesprochen, wenn von meinem Bruder und mir die Rede war. Ich will euch nun Gelegenheit geben, diese armen Teufel zu bereichern.«

»Ich verlange als Lösegeld aus eurer Gefangenschaft noch weitere 2500 Mark Silber. Die Habsburger sollen sie euch geben und soviel, als ihr heute gebracht habt, dazu. Dann will ich mit diesen, nicht mit euch, einen Verkauf abschließen.«

»Schickt den jüngsten von euch heute abend noch mit euern Stadtknechten heim. Er mag das in Villingen melden. Die andern aber bleiben in meiner Burg als Gefangene. Ich will euch aus besonderer Gnade nicht ins unterste Verließ bringen, sondern ob der Erde zu den drei Züricher Krämern tun lassen, die auch sitzen bleiben, bis sie sich ausgelöst und ihre Stadt mir Urfehde geschworen hat. Ihr könnt euch mit einander unterhalten über Handel und Wandel. Seid ja alle von dem gleichen Metier. Könnt auch schimpfen über mich, aber bezahlen müßt ihr!«

»Ihr Villinger habt zu viel Freiheiten – alle von uns erpreßt – drum sollt ihr auch einmal erfahren, was Unfreiheit heißt. – Und nun ab mit euch in den Turm! Ihr Dienstmannen aber kommt, wenn die Herren versorgt sind, wieder in den Saal; wir müssen das Festessen zu Ende führen.«

Die Stadtknechte der Villinger im äußern Burghof, schon vorher wehrlos gemacht und überwältigt, ergaben sich willig in ihr Schicksal und tranken den Unmut, der nicht gar groß war, mit den andern Knechten hinunter. Konrad, der Hainbürge, der jüngste vom Rat, kam nur zu frühe, um ihnen zu befehlen, sich alsbald reisefertig zu machen. Es müßte diesen Abend noch aufgebrochen werden.

Still und trüben Sinnes ritt dieser Ratsherr vor Einbruch der Nacht noch zum obern Tor hinaus und talaufwärts. Die sechs weißen Hengste, so den Geldwagen gezogen, hatte der Graf auch noch als Beute erklärt und zurückbehalten.

In ganz Hasela besprach man auf den Gassen und in den Herbergen noch spät und lebhaft den Vorfall mit den Villingern, den uns ein Chronist jener Tage, Johann von Winterthur, hinterlassen hat.

In der Taberne zum Bären waren die uns schon bekannten Bürger wieder beisammen, und Henni Iselin, der Harnascher, meinte: »Jetzt wissen wir, was der Oberjäger gestern verheimlicht hat.«

»Aber unsere Grafen wagen auch alles«, äußerte Dietmar, der Wirt; »es könnte ihnen doch einmal fehlschlagen.«

»Gewalt ist Recht zu allen Zeiten, Dietmar«, gab der Harnascher zurück. »Der Rudi hat mich gestern so belehrt, daß ich nie mehr anders denke und rede.«

»Aber so was ist doch noch nie vorgekommen, daß man einem einen Wagen voll Geld bringt und eingesperrt wird«, redete kleinlaut Lenz Becherer, der Strumpfwirker.

In der Burg drüben aber klangen die Kannen und jauchzten die Dienstmannen bis lange nach Mitternacht.

Am andern Nachmittag schmunzelte auf dem Gerüst am Münster zu Villingen einer vor sich hin: »Denen gönn' ich's von Herzen, daß sie dem Grafen Götz in die Falle gegangen.« Es war Bertschi Neugart, der Steinmetzmeister.

11.

Zwölf Tage später ritt ein Herold des Herzogs Albrecht von Österreich, der zu Ensisheim im Elsaß Hof hielt, mit einem Knecht vor der Burg von Hasela an und begehrte Einlaß im Namen seines Herrn.

»Kann mir schon denken, was der will«, lachte Graf Götz, als ihm der herzogliche Bote gemeldet wurde, »Laßt ihn ein und bringt ihn her!«

Der Reisige trat bald darauf vor den Grafen, bezeichnete sich als den Edelknecht Hug von Niefern und übergab ihm ein Schreiben seines Herrn. In diesem meldet der Herzog »seinen lieben getruwen vettern Johans vnd Götze gebrüder«, daß die Bürger von Villingen sich in ihrer Not und Bedrängnis an ihn gewandt und gebeten hätten, für sie einzustehen bei den Grafen von Hasela.

Er, der Herzog, schlage nun vor, am Samstag »vor sant Bartholomestag« in Offenburg eine Zusammenkunft und ein Mahl zu halten und dabei die Wirrnisse zu schlichten. Es sollten noch dazu als Schiedsrichter geladen werden Bischof Johans von Straßburg, Graf Rudolf von Hohenberg, Herzog Lutzmann von Teck und die freien Herren Otto von Ochsenstein und Walther von Geroldseck.

»Die hacken mir die Augen nicht aus«, murmelte der Graf vor sich hin. »Der Hohenberger, der Geroldsecker und der von Teck sind meine Vettern.«

»Macht's euch bequem in meiner Burg«, sprach er laut zum Herold; »nächtigt hier und morgen reitet ihr zurück mit meiner Antwort.«

»Der Herr Herzog läßt nur mündlich um ja oder nein bitten, und für den ersten Fall hab' ich schon je einen Brief an den Herzog von Teck und an den Grafen von Hohenberg zu bestellen und soll alsbald wieder abreiten«, gab der Reisige zurück.

»Gut, ich sage: Ja – und komme nach Offenburg mit meinem Bruder. Aber jetzt nehmt einen Imbiß und einen Trunk mit, ehe ihr weiter reitet. Nach der Burg Schiltach, wo der Herzog von Teck haust, habt ihr noch vier Stunden. Dort werdet ihr nächtigen.«

»Es ist mir das Kloster Alpirsbach als Nachtquartier angewiesen worden«, antwortete der Edelknecht; »aber ich bin fremd hier in der Gegend und noch nicht lange in des Herzogs Diensten. Mein Herr war bislang der Graf von Pfirt, des Herzogs Schwervater.«

»Ich gebe euch einen Knecht mit bis Schiltach und Alpirsbach. Sollte doch dieser Tage einer ins Kloster reiten. Ich habe den Mönchen Lieder geschickt zum Abschreiben und will fragen lassen, ob die Abschrift fertig ist.«

»Wann waren denn die Villinger in Ensisheim?«

»Vor etwa sechs Tagen, Herr, aber sie mußten drei Tage warten, der Herzog war im Welschland bei einem Turnier. Und ich bin nun den dritten Tag unterwegs – das ganze Elsaß herunter und hatte noch in Straßburg beim Bischof ein Schreiben abzugeben.«

»Ich will«, nahm Graf Götz wieder das Wort, »während ihr und euer Knecht euch erfrischt, auch ein paar Zeilen an meinen Hohenberger Vetter schreiben, damit er euch guten Bescheid gibt und hier einkehrt, wenn er nach Offenburg reitet, und nicht den Weg über den Kniebutz und durchs Renchtal nimmt. Auch an den Herzog von Teck will ich euch was mitgeben.«

»Rumo«, sprach der Graf, nachdem des Herzogs Herold wieder fort war und der Knappe die leeren Kannen vom Tisch trug, »nächste Woche reite ich nach Offenburg: da darfst du mit und deinen ersten Ritt machen in die Welt, nimmst aber deine Harfe mit.«

»Und jetzt geh' hinauf an den Talbach ob der Burg, wo mein Bruder nach Forellen fischt, und sag' ihm, er solle seine Fischerei aufgeben und kommen, ich wisse ihm was neues.«

»Bruder Johans!« rief Götz dem bald darauf Eintretenden lachend entgegen, »eben war ein reitender Bote des Herzogs Albrecht von Ensisheim da. Die Villinger haben uns bei ihm verklagt. Er will am Samstag vor Bartholomä in Offenburg einen Tag halten, und unsere Vettern von Geroldseck, von Teck und von Hohenberg sollen mit Otto von Ochsenstein und dem Bischof von Strasburg Schiedsrichter sein.«

»Das wird recht werden, Johans. Du wirst sehen, wir kommen zu unserem Geld. Es muß darum ein lustiger Tag und nach dem Richterspruch gesungen werden. Ich nehm' deshalb den Rumo mit, und dem Reinbold von Staufenberg, der unweit Offenburg sitzt, schick' ich einen Knecht. Du weißt, der singt noch lieber als ich.«

»Du bist und bleibst halt ein merkwürdiger Mensch, Götz«, erwiderte Johans. »Zu den ernstesten Dingen willst und kannst du singen. Bist ein zartes Dichtergemüt und fürchtest doch keinen Teufel in der Welt. Kannst weinen, wenn Rumo ein welsches Liebeslied singt, und bist in der andern Stunde hart und grimm wie der Ritter Hagen in den Nibelungen.«

»In meiner Brust, mein lieber Johans, sind eben zwei Seelen«, entgegnete heiter Bruder Götz, »eine weiche und eine harte. Die weiche kommt von meinem Herzen, und an der harten ist unsere Zeit schuld, die mich geboren, erzogen und gelehrt hat, daß jeweils der Stärkste und Rücksichtsloseste Meister ist.«

»So hab' ich's gemacht den Villingern gegenüber, die uns brav ausgelacht, wenn wir sie ungestraft hätten laufen lassen; aber diese meine Gewalttat wird ungesühnt bleiben, und wir werden den Prozeß gewinnen, weil die Richter dem gleichen Grundsatz von Recht und Gewalt huldigen und dazu noch in ihrer Mehrheit unsere Vettern sind.«

»Drum wird eins gesungen in Offenburg, und dann reit' ich gleich nach Strasburg und kauf' dem Juden Sämele die Handschrift ab von Tristan und Isolde, die mir bisher zu teuer war. Vielleicht leg' ich mich dann noch einige Tage zum Staufenberger auf seine Burg, an deren Halden der beste Wein wächst oberhalb des Rheingaus und in deren Mauern alte Sagen gehen.«

»Du bist natürlich auch vors Gericht geladen und mußt einmal einen Tag von deiner Fischerei und Jägerei drangeben. Wir wollen die Schimmelhengste der Villinger an jenem Tag probieren, und was ich an reisigen Knechten hab', muß mit und ebenso der Wirich und der Krispin und der Künlin von Bärenbach und alle Dienstmannen um Hasela rum.«

»Ich geh', weil ich muß, aber Vergnügen ist's mir keines«, – gab Graf Johans zurück. »Mit mir hätten die Villinger gut machen gehabt. Wenn ich nur meine Ruhe und meinen Wald und mein Fischwasser habe, bin ich zufrieden.«

»Du bist eben ein kranker, stiller Mann, Johans,[35] hättest sollen ein geistlicher Herr werden wie der Bruder Egino. Wenn ich aber auch so wäre, wie ihr zwei, so könnten wir die Herrschaft Fürstenberg-Hasela dem nächsten besten Kloster schenken und Mönche in demselben werden.«

Ein heller, warmer Sommertag ging am 23. August des Jahres 1326 über das Kinzigtal hin. Eine stattliche Reiterschar zog von Hasela abwärts, als gält' es einen Kriegszug. Denn der Herzog von Teck, Graf

---

35 Graf Johans starb 1332 unvermählt.

Rudolf von Hohenberg und beide Grafen von Fürstenberg Hasela ritten mit zahlreichen Knappen, Edelknechten und Rittern gen Offenburg.

Vom Schönberg her stieß zwei Stunden unter Hasela der freie Herr Walther III. von Geroldseck, Götzens und Johansens Schwager, zu dem reisigen Harst.

»Da kommt der dritte meiner Henker«, sprach lachend Graf Götz, dem Ankömmling die Rechte reichend. »Was macht unsere Schwester Anna?«

»Sie läßt euch grüßen und hat mir aufgetragen, du sollst heute dem Herzog nicht so widerhaarig begegnen, Götz«, – gab der Geroldsecker zurück.

»Wenn ihr drei Blutrichter, wie es Recht und Pflicht ist, mir beisteht gegen die Villinger Krämer, so brauch' ich nicht widerhaarig zu sein, denn dann gibt der Herzog von selbst nach.«

»Wir Herren müssen heutzutage zusammenhalten«, meinte im Weiterreiten der Herzog von Teck. »Unsere Könige helfen den Bürgern ohnedies genug, und es ist diesen darob überall der Kamm gewachsen.«

»So was hör' ich gern, Vetter Lutzmann«, nahm Götz wieder das Wort. »Ich weiß, daß deinem Beispiele auch die andern folgen werden, selbst der Bischof von Straßburg, denn dem machen seine Bürger die Hölle auch heiß.«

»Es wird recht werden, Götz«, sprach Rudolf von Hohenberg, »aber jetzt laßt uns von etwas anderem reden. Du weißt, ein Angeklagter soll die Richter nicht zuvor für sich einnehmen und bestechen.«

»Ich will von was anderem reden«, fing Walther von Geroldseck an, »und euch zwei Schwäger fragen, wo ihr die milchweißen Hengste her habt; die hab' ich in euerem Stall nicht gesehen, als ich vor einigen Monaten in Hasela war.«

»Die sind von den Villingern entlehnt«, antwortete lachend Graf Götz. »Mit sechs solcher haben sie den Geldwagen gebracht, und alle sechs stehen seither in unserem Stall: ich hoff' nicht, daß ihr Herren sie uns abspricht. Wenn ich das wüßte, fiel ich gleich über euch und euere Leute her, denn ich hab' die wildesten Helfer bei mir.«

»Doch der Friede sei mit uns. Dort schauen die Türme von Gengenbach das Tal herauf. Ich schlag' vor, wir besuchen den Abt Walther und nehmen bei ihm ein kleines Frühstück ein. Ich kann auch gleich nach meinem Jüngsten, dem Johans sehen, der seit kurzem in die Klosterschule geht.«

Beifällig nahmen alle den Vorschlag auf und an.

»Aber wir müssen«, fuhr Götz fort, »einen Reiter vorausschicken, sonst läßt der Wächter am Klostertor die Fallbrücke herunter, wenn er sieht, daß ein Kriegsheer naht. Die geistlichen Herren ahnen ohnedies nichts Gutes, wenn unsereiner kommt.«

»Wirich, gib deinem Andalusier die Sporen, reit vor und meld uns an! Der Großkellner soll vom besten Vermersbacher Edelwein und der Koch einen ›Pfeffer‹ dazu richten. Sag auch dem Abt, daß wir gleich wieder weiter reiten und er uns bald wieder los wird.«

»Was führt so lieben Besuch in unser Stift heute?« fragte der Abt, der, weil er bei ihrer Ankunft noch in der Kirche gewesen, die Gäste erst zu begrüßen kam, da sie schon hinter den Kannen im Refektorium saßen.

»Hochwürdiger Herr«, ergriff Graf Götz das Wort, »es soll heute in Offenburg einer – eigentlich zwei, der zweite aber ist unschuldig – gehängt werden. Der Haupt-Delinquent bin ich. Da man aber einem armen Sünder überall gerne vor seinem letzten Stündlein einen guten Tropfen gibt, so hab' ich den Vorschlag gemacht, mit meinen Blutrichtern hier bei Euer Hochwürden und Gnaden zu dem Zweck Einkehr zu halten.«

»Hab' schon gehört, um was es sich handelt in Offenburg«, – antwortete lächelnd der Abt, »Mein Sekretär war vor einigen Tagen in Straßburg beim Bischof, und dieser hat uns einen Besuch zugesagt, wenn er demnächst in unsere Nachbarschaft komme als Schiedsrichter in Sachen Villingens gegen die Grafen Götz und Johans von Hasela.«

»Und doch fragt ihr, Hochwürdiger, was uns zu euch führe? Ihr geistlichen Herren tut gerne, als ob ihr nichts wisset, während ihr meist sehr gut unterrichtet seid«, – gab mit spaßhafter Miene Götz zurück.

»Sind böse Zeiten«, meinte etwas verlegen der Abt, das doppelsinnige Kompliment des Grafen stillschweigend hinnehmend; »die Bürger wollen überall herauf und die bestehende Herrschaft abschütteln. Mir machen meine Gengenbacher und meine Zeller und die Bauern im Harmersbacher Tal trotz ihrer Reichsfreiheit meine wenigen Rechte auch streitig, so gut sie können.«

»Wenn sie den geistlichen Herren nicht folgen«, erwiderte der Graf, »so ist's noch begreiflich. Diese müssen selbst sich schützen lassen von ritterlichen und adeligen Leuten, aber uns verdankt die Bürgerschaft ihre Existenz. Unter dem Schutz unserer Burgen und Waffen sind sie groß geworden. Bürger kommt her von Burg. Und jetzt künden sie uns auf, wo sie können. Das ist der Dank.«

»Wenn gar aus der Teufelsgeschichte von der Pulvererfindung und von den Feuerwaffen etwas wird, dann sind wir Herren des Lebens nimmer sicher. Meine Vettern, die Grafen von Freiburg, glauben fest an die Zukunft dieser verfluchten Schießerei. Die Freiburger Waffenschmiede besteln und bessern immer noch daran herum.«

»Tröstet euch darüber, ihr Herren«, sprach der Abt. »Ob Pulver und Blei oder Speer und Schwert den Ausschlag geben, ohne Herren können die Menschen nicht sein, und im großen und ganzen werden die Bürger und Bauern immer wieder nach Herren verlangen.«

»Ihr seht's heute schon an denen von Villingen, die, wie ich höre, nach den Herzogen von Österreich langen, da sie kaum los sind von den Fürstenbergern.«

»Recht so, mein lieber Abbas«, sprach Götz, »ich trinke einen guten Schluck auf euer Wohl, auf die Zukunft der Herren und auf die Hoffnung, heute in Offenburg nicht gehängt zu werden.«

»Es hackt keine Krähe der andern die Augen aus, heißt ein alt' Sprichwort«, antwortete lächelnd der Abt, »und drum wird euch, Herr Graf, in Offenburg auch nicht wehe getan werden.«

Eben war ein blasser Schüler ins Refektorium geführt worden, der jüngste Sohn des Grafen Götz. Er sprang auf seinen Vater zu und küßte ihn und dann auf des Vaters Geheiß auch die andern Herren der Tafelrunde.

»Ein schöner Knabe, aber etwas zart für Ritterart«, meinte Lutzmann von Teck zum Grafen Götz.

»Hast recht, Vetter! Der Bub' schlägt mir nicht nach. Überhaupt sag' ich mir oft, wenn ich diesen Knaben betrachte: »Der Adler hat eine Taube gezeugt. Er schlägt ganz der Mutter nach und ist ein verg'ratener Montforter.«

»Meine Maid, die Herzeleide, die hat schon mehr Leben. Sie schlägt in meine Art.«

»Und draußen bei meinen Knechten hab' ich einen, ein Knäpplein, der Sohn eines Harnaschers, der stammt von einer welschen Mutter. Der ist zum Ritter geboren. Alle ritterlichen Übungen lernt er spielend, und ein Harfen- und Lautenschläger und Sänger ist er, wie ein alter Barde. Ich hab' ihn mitgenommen heute, und wenn ihr über mich werdet gerichtet haben und ich noch am Leben bin, soll er den Herren aufspielen.«

»Dort auf jenem kleinen Hengstlein sitzt der Knabe, von dem ich dir vorhin sprach, Vetter Lutzmann«, redete Götz den Herzog an, als die Herren später in den Klosterhof traten.

»Richtig, Vetter«, gab dieser zurück. »Das ist ein Prachtskerl von einem Knappen.«

Der Wächter am obern Tor der Reichsstadt Offenburg staunte, wie sein Amtsbruder unten am Straßburger Tor, als so viele reisige Leute gen Mittag des 23. August Einlaß begehrten. Die Wächter waren aber über deren Ankunft von einem Stadtknecht belehrt, denn der Tag war dem Reichsstadtschultheißen angezeigt worden und sollte auf dem Rathause stattfinden.

Vor dem Tor gab Graf Götz dem Wirich von Schnellingen noch den Auftrag: »Reit' schnell hinüber auf die Burg Staufenberg und sag' dem Ritter Reinbold, er soll auf den Nachmittag herüberkommen, ich sei hier. Es gebe lustige Gesellschaft in der Herberge zur alten Pfalz.«

Auf der Stadtkirche läutete es eben zum englischen Gruß des Mittags, als die Reisigen aus dem Kinzigtal vor dem Rathaus abstiegen. Alle, Herren und Knechte, knieten, wie es damals Sitte war, neben ihren Rossen auf die Erde und verrichteten das Gebet, zu dem die Glocke einlud.

Die steinerne Wendeltreppe des Rathauses herab kam der jugendliche Herzog Albrecht, die Herren zu begrüßen; denn er und der Bischof[36] und der freie Herr von Ochsenstein waren etwas früher gekommen, da der Weg von Straßburg näher war.

Auch der Schultheiß der Stadt Offenburg und zwei vom Rat hießen die Herren willkommen.

Der Herzog fragte, als alle in dem Ratssaal versammelt waren, die Ankömmlinge aus dem Kinzigtal, ob sie erst einen Trunk und Imbiß nehmen wollten oder ob die Tagsatzung gleich anheben sollte.

»Erst das Gericht, meine Herren«, nahm Graf Götz das Wort, – »und dann die Gerichte. Erst will ich wissen, woran ich bin, und dann erst mir Essen und Trinken schmecken oder nicht schmecken lassen.«

»Einverstanden!« riefen alle.

---

36 Johann von Dirpheim, vorher Bischof in Eichstädt, seit 1306 Bischof von Straßburg.

Der Bischof von Straßburg übernahm den Vorsitz, der Herzog und die Grafen von Hasela waren die Parteien, die andern schon genannten Herren die Richter.

»Wir können es kurz machen«, fuhr Graf Götz fort; »ich bin geständig, die Villinger, nachdem sie mir 5000 Mark Silber Loskaufgeld gebracht, gefangen genommen zu haben, und willens, sie erst wieder loszulassen, wenn sie mir noch 2500 Mark nachgeliefert haben. Aber dann verhandle ich doch nicht mit ihnen, sondern mit dem Herzog Albrecht und seinen Brüdern Heinrich und Otto. Mit denen will ich einen Verkauf abschließen über die Stadt Villingen und was an Dörfern in deren Weichbild dazu gehört. Mit den Krämern und mit den Gevattern Schneider und Handschuhmacher verhandelt kein Fürstenberger mehr direkt.«

»Kommt der Kauf, so wie ich eben gesagt, zustande, so will ich die Gefangenen loslassen und auch noch einen Sühnevertrag eingehen und ihn ehrlich halten, so lange die Villinger ihn auch halten.«

»Und – damit ich's nicht vergesse, – die sechs Schimmelhengste, mit denen sie das Geld nach Hasela geführt, bleiben selbstverständlich mein.«

»Ich gestehe offen«, entgegnete jetzt der Herzog, »daß meine Brüder und ich einen Kauf abzuschließen gesonnen sind. Unsere Vettern von Fürstenberg wollen ja selbst der Stadt ledig werden, die ihnen und ihrem Vater wenig Freude gemacht hat. Und wenn zwei nimmer auskommen, ist's am besten, sie trennen sich.«

»Nur mein' ich, die 2500 Mark Silber und die Gefangennahme der Villinger in Hasela seien etwas Unbilliges.«

»Werter Vetter und Herzog«, hub Graf Götz dagegen an, »wenn ich ein reicher Mann wäre, wie ihr, der ihr eben erst die schöne Grafschaft Pfirt durch euere Hausfrau ererbt habt, so könnt' ich's billiger tun. So aber muß ich schauen, wie ich zu Geld komme, um meine Schulden bei den Straßburger Juden zahlen zu können. Zu Geld kommt man aber in unserer Zeit am sichersten durch Gewalt, und die hab' ich nach zeitgemäßen Grundsätzen angewandt an Untertanen, die stets gegen ihre Herren rebelliert haben.«

»Ist euch, Herr Herzog, der Kaufpreis zu hoch, so mach' ich einen Vorschlag zur Güte. Ihr kauft mir die Herrschaft ab um 7500 Mark. Die 5000, welche schon bezahlt sind, laßt ihr den Villingern am Hals und schuldet mir bloß die 2500 Mark. So kommt ihr zu einer billigen Herrschaft.«

»Und um euch die Sache noch leichter zu machen, gebe ich noch die Burg Warenberg vor den Toren von Villingen in den Kauf. Die ist den Villingern doch ein Dorn im Fleisch, so lange ich sie habe.«

»Und die Gefangenen gebt ihr auch frei?« fragte der Herzog hastig.

»Sofort, wenn wir zwei einig werden«, – entgegnete Götz.

»Dann brauchen wir kein Schiedgericht. Hier, meine Hand zum Kauf!« sprach rasch der Herzog. Ich unterhandle noch mit Villingen, und hernach erst machen wir den Handel und die Sühne schriftlich auf meiner Burg zu Ensisheim.«

»Seid ihr einverstanden, ihr Herren Richter?« fragte Götz, dem Herzog die Rechte schüttelnd.

»Wenn ihr selbst euch eint, braucht man uns nicht«, – meinten die Schiedsrichter und freuten sich des so schnell gemachten Friedens.

»Wenn alle Angeklagten so gut wegkämen, wie ihr zwei heute«, – sagte ihr Schwager von Geroldseck zu den Grafen, »dann würde nie einer gehängt.«

»Aber die Villinger, und das muß alsbald schriftlich gemacht werden«, wandte der Bischof von Straßburg noch ein, »müssen morgen schon entlassen werden, damit wir Schiedsrichter auch etwas besiegeln können.«

»Recht so, gnädiger Herr«, schloß Graf Götz die Verhandlung, »mein Bruder Johans reitet gegen abend zurück und morgen läßt er die Villinger laufen, – das besiegeln wir alles heute noch, damit der Stadtschreiber von Offenburg auch etwas verdient.«

»Aber jetzt hinüber in die ›alte Pfalz‹ zum Mahl. Ihr Herren Schiedsrichter seid meine und des Herzogs Gäste; in der alten Pfalz, wo schon mancher deutsche König getafelt, ist's nicht schlecht.«

»Eigentlich sollte der Herzog von Österreich die Zeche allein zahlen, als der Einlader, aber ich will mit ihm teilen.«

»Es wird nichts geteilt, Herr Vetter«, meinte Herzog Albrecht. »Ich hab' den Tag und das Mahl bestellt, ich trage die Kosten und damit Punktum. Ihr sagt ja ohnedies, ich sei ein reicher Mann und ihr ein armer.«

»Dann will ich aber für was anderes sorgen, für Tafelmusik und für den Gesang«, – entgegnete Graf Götz voll Heiterkeit. »Mein Knappe und der Ritter von Staufenberg werden das übernehmen.«

Kaum hatte das Mahl, zu dem auch der Schultheiß und die zwei Ratsherren geladen waren, begonnen, als auf einen Wink des Fürstenbergers Rumo mit seiner Harfe eintrat – in höfischem Gewände: langem, faltigem Rock und gegürtet mit goldenem Bande. Sein wallendes, schwarzes Haar und seine schlanke Gestalt, die selbst aus dem langen Gewande noch durchblickte, machten ihn zu einem königlichen Sänger und Harfenspieler.

»So muß der König David als Knabe ausgesehen haben!« rief Herzog Albrecht aus, als er den Rumo sah, der bescheiden sich verneigte vor den Herren und abseits von der Tafel auf einem Stuhle sich niederließ, »Er spielt auch wie ein David«, meinte stolz der Fürstenberger. »Laß deine Saiten los, Rumo, und sing ein welsches Lied. Sing das lustige Lied des Troubadours Marcabrun[37].«

Wie Orgelton und Glockenklang rauschte es jetzt durch die Stube, und dann begann der Knabe zu singen mit seiner frischen, hellen Stimme, daß die Herren alle zu essen aufhörten und lauschten.

Jüngst begegn' ich bei der Linde
Einem muntern, kecken Kinde,
Einer Schäferin Dorinde,
Einer rechten Maid vom Lande,
Wie an Hemd und Latz und Binde,
Grobem Strumpf und Schuh ich finde
Und am, drillichnen Gewande.

Näher tret' ich ihr geschwinde,
»Mädchen«, – sprach ich – »wohl nicht linde
Wird Haar zerzaust vom Winde!«
»Junker«, – spricht die Maid vom Lande
»Gott sei Dank, daß ich empfinde
Wenig von dem rauhen Winde,
Ich bin nicht von Zuckerkande.«

»Mädchen, holde Mirabelle,
Sieh, ich komme hier zur Stelle,
Daß ich werde dein Geselle!

---

37 Lebte von 1140–1185.

Du, o schöne Maid vom Lande,
Nicht darfst du auf alle Fälle
Schafe weiden fern am Quelle
So allein im led'gen Stande.«

»Was bedeute ein Geselle,
So wie ihr, wird mir in Schnelle
Klar und offenbar und helle,
Junker«, – spricht die Maid vom Lande.
»Wer nicht bleibt an seiner Stelle,
Trägt als Narre Kapp' und Schelle;
Nehmt, o Herr, mein Wort zum Pfande!«

»Maid, von einem Kavaliere
Stammst du, der im Dorfreviere
Augen schuf dir von Saphiere,
Du, o holde Maid vom Lande!
Doch, daß dich nur nicht regiere
Falsches Sprödigkeitsgeziere,
Denn das zeugt nicht von Verstande.«

»Nie in städtischem Quartiere
Lebte mein Geschlecht; beim Stiere
Nur und Schaf im Dorfreviere,
Junker«, – spricht die Maid vom Lande.
»Und daß Bauer und Hirt hantiere,
Statt zu gehen zum Turniere,
Dient auch ihnen nicht zur Schande.«

»Eine Fee hat dir gegeben
Schönheit, die mich macht erbeben,
Mädchen, als du tratst ins Leben,
Mehr als sonst'ger Maid' vom Lande.
Doppelt würd' ich dich erheben,
Dürft ich innig dich umweben
Meiner Arme Liebesbande.«

»Dank, Herr, eurem Lobbestreben!
Doch ich sag' euch auch daneben.
Daß es mich gelangweilt eben,
Junker«, – spricht die Maid vom Lande.
»Ei, so muß ich das erleben,
Daß man führt an Hirtenstäben
Junker und am Gängelbande.«

»Mädchen, solch ein Herz von Steine
Trägst du, hoff' ich, nur zum Scheine.
Unterwegs, wie ich vermeine,
Bringt man eine Maid vom Lande
Wohl zu lieblichem Vereine;
Du wirst mein und ich der deine!
Das heißt handeln mit Verstande.«

»Herr, ich seh', ihr sparet keine
Huldigung, so grob als seine,
Um zu lenken an der Leine
Eine solche Maid vom Lande.
Eurer Reden doch nicht eine
Lockt mich, zu verkaufen meine
Reine Mädchenschaft der Schande.«

»Die Geschöpfe allerwegen
Siehst du süße Liebe hegen;
Laß drum uns auch ihrer pflegen,
Mich und dich, du Maid vom Lande!
Sei nicht länger mir entgegen!
Komm, wir sind in Hain's Gehegen
Sicher dort an Baches Rande.«

»Ja, doch komme sich entgegen
Gleich und gleich – das wollt erwägen;
Herr und Dame, das bringt Segen,
Bauer auch und Maid vom Lande.
Hack' und Karst paßt nicht zum Degen,
Heller Himmel nicht zum Regen,

Weizen wächst nicht auf dem Sande.«
»Schöne Maid, nicht zu bewegen
Bist du denn und mir entgegen,
Wie ich's traf in keinem Lande.«
»Herr, lebt wohl! Ihr war't verwegen,
Säumt nicht länger meinetwegen,
Und Gott helf euch zum Verstande!«

Als Rumo geendet, riefen alle stürmischen Beifall, und Graf Rudolf von Hohenberg meinte:

»Den Knappen mußt du mir für einige Zeit geben, Vetter: meine Hausfrau leidet an Schwermut. Der Junge mit seinem Singen, der wird sie heilen.«

»Wenn es sich um die Heilung deines kranken Weibes handelt«, erwiderte Graf Götz, »sollst du ihn haben, Rudolf, sonst wär' er mir nit feil. Du kannst ihn auch noch etwas ausbilden im höfischen Wesen und in ritterlichen Hebungen. Denn der Rumo hat vollauf das Zeug zu einem Edelknecht und später zu einem Ritter. Bei euch Hohenbergern geht's höfischer her als bei uns in Hasela.«

»Aber das bitt' ich mir aus, daß du ihn mir jeder Zeit wieder schickst, wenn ich ihn brauche.«

»Ich dank' dir von Herzen, Vetter, für deine schnelle Zusage und freue mich, meiner Hausfrau ein solches Geschenk von dir bringen zu können. Der Knappe wird gut gehalten und erzogen werden, und du sollst deine Freude an ihm erleben.«

Rumo hatte die Herzen aller bereits erobert, als ein Konkurrent eintrat, Reinbold von Staufenberg, ein stattlicher Herr in den besten Jahren, dem man auf den ersten Blick den ritterlichen Sänger ansah.

»Grüß Gott, Reinbold!« rief Graf Götz ihm zu. »Schön, daß du gekommen bist.«

Er stellte dem Herzog, welchem der Ritter noch unbekannt war, seinen Freund vor als Sänger, Komponist und Haudegen und fügte bei:

»Die andern Elsässer Herren, so hier sind, kennen den Reinbold, und die Straßburger lieben ihn,[38] wie mich die Villinger. Wenn jene

---

38 1329, also drei Jahre nach unserem Tag von Offenburg, brachen die Straßburger dem Ritter Reinbold seine Burg.

ins Rebgeländ' kommen unter dem Staufenberg, um Wein zu kaufen, rupft er sie bisweilen, und auch den Kaufleuten, die von und nach Straßburg ziehen, ist er gefähr.«

»Aber, meine Herren, Freund Reinbold ist nebenbei der liebenswürdigste Sänger und Dichter. Jene wunderbare Geschichte eines seiner Vorfahren, des Ritters Peter von Staufenberg, hat sein Vater Egenolf in zierliche Reime gebracht und er sie ins Lied umgesetzt. Und schon manchen Tag und manche helle Mondnacht bin ich im Gebirg drüben auf seiner Burg gesessen und hab' seinem Sang gelauscht und von seinem herrlichen Rotwein getrunken.«

»Was ist das für eine Geschichte, die vom Ritter Peter?« fragte Herzog Albrecht.

»Ihr kennt die Geschichte nicht vom Ritter Peter und von der Fee, Vetter?« antwortete Götz.

»Wie sollt' ich sie kennen?« Bin in Österreich geboren und erzogen und hab', seitdem ich im Elsaß bin und zu euch Schwaben komme, wenig Zeit gehabt, nach Rittergeschichten zu fahnden«, meinte der Herzog.

»Um so besser«, gab Götz zurück, »dann muß Reinbold sie euch erzählen und zwischen hinein einzelne Partien seiner Dichtung unter der Harfenbegleitung Rumos singen. Wollt ihr so?«

»Ganz gerne«, erwiderte der Herzog.

»Aber erst muß ich eine Kanne trinken«, meinte Ritter Reinbold. »Es sind nur zwei Stunden von meiner Burg hierher, aber es ist verdammt warm heute, und ich habe Durst, schweren Durst.«

Nachdem er diesen fürs erste gestillt und mit Rumo wegen der Begleitung sich verständigt hatte, begann der Ritter von Staufenberg mit seiner gewaltigen Baritonstimme:

> Uns sagt das Abenteuer das,
> Wie ich hiervor geschrieben las,
> Von einem werten Ritter hehr,
> Hieß Petermann von Temringer
> Und war ein Degen userkoren,
> Von Staufenberg war er geboren,
> Das lit in Mortenowe[39],

---

39 Alter Name für Ortenau, die Gegend um Offenburg.

Da mange schöne Frowe
Sich lat in Ehren schowen.

Der Ritter edel und gut
War von echtem Adelsblut.
Er ehrte arm und auch richen
Und ließ von ihm entwichen
Nie einen fahrenden Mann,
Er mußte seine Gabe hân.

Auch dient' er fließiglîche
Gott im Himmelrîche
Und auch der zarten Mutter sin.
Marien, der werten Sühnerin,
Sprach er alle Morgen zu:
Hilf mir, daß ich also getu,
Daß ich din Huld erwerbe.
Ehe denn ich hier ersterbe!

Das entließ er nimmertag,
Daß er sin Gott im Himmel pflag,
Wie er noch viel manches pfligt[40],
Der in Striten wohl gesiegt
Und auch in Turneye,
Der hochgeborne Leue.

Hier schloß der Sänger und erzählte, wie Ritter Peter in der weiten Welt bekannt gewesen, manchen Sattel leer gemacht habe in Turnieren und Fehden in Schwaben, Bayern, Ungarland, in England und Frankreich, in Toscana und Lomparten (Lombardei), und wie er allerorten für den besten Ritter erklärt worden sei.

Zur Pfingstzeit wäre er einmal von langer Fahrt wieder heimgekehrt auf seine Burg und habe am Festtag seinem Knappen befohlen, die Rosse zu rüsten und mit ihm hinabzureiten nach Nußbach[41] zum Gottesdienst:

40   Pflegt.
41   Ein Dorf, eine Stunde von der Burg weg im Renchtal heute noch gelegen.

Da will ich Messe hören,
Daß Gott well zerstören
Meiner großen Sünden Teil,
Weil ich zu allen Ziten feil
Mein Leben trag und meinen Leib
Durch Ehre und durch manchen Streit.

Sie saßent uff und rittent dann,
Da ließ der tugendhafte Mann
Sinen Knaben ritten für,
Weil er nach siner G'wohnheit Kür[42]
Wollt' sprechen sin Gebett,
Wie er stets getan hett.

Der Knabe reitet den Burgweg hinab; da sieht er auf einem Steine eine Frau sitzen, so schön, wie Gott noch nie eine geschaffen, und in wonniglichem Gewande, von Gold und Edelstein durchwoben. Des Knappen Herz ward verwund't, da die Frau ihn zuerst grüßte. Doch, er mußte weiterreiten, weil sein Herr ihm so befohlen.

Nun kam dieser:

Da sie der Ritter angesach,
Verschwunden war sein Ungemach.
Da er die Schöne alleine fand,
Sin Herz durchschoß der Minne Brand.
Von Herzen ward er sunder froh.
Viel züchtiglich sprach er also:

Gott grüß euch, Frau, durch alle Zucht,
Gott grüß euch, wunderbare Frucht!
Ich grüß euch, allerschönstes Wîb,
Das je gewonnen Seel und Lîb,
Das mir auf Erden je ward kund.
Ich grüß euch, Fraue, tausend Stund.

42 Wahl

Sie dankt ihm diesen Gruß tugendlich und wunniglich, worauf er vom Pferde springt und sich zu ihr ins Gras setzt. Hier erzählt sie ihm, daß sie sein schützender Genius sei, der ihn begleitet habe von dem Tage an, da er »ein Pferd überschritten.« Auf Wegen und Stegen, in Stürmen und Streiten habe sie ihn beschützt und sei in alle Lande mit ihm gezogen als eine gütige Fee, obwohl er sie nie gesehen bis zur Stund.

Der Ritter bat sie, immer, aber sichtbar bei ihm zu bleiben bis an seinen Tod. Sie versprach ihm, auf seinen Wunsch stets zu ihm zu kommen, so oft er allein sei und wo immer er sein möge. Aber nie dürfe er ein ehlich Weib nehmen.

> Aber nimmst du ein ehlich Wîb,
> So stirbet bin viel stolzer Lîb
> Darnach am dritten Tage,
> Für wahr ich dir das sage!

Ritter Peter versprach ihr Treue bis in den Tod und wollt' also gleich bei ihr bleiben, ohne zur Kirche zu reiten. Sie aber befahl es ihm; er sei auf Gottes Fährte und, ihn davon abwendig zu machen, sei Sünde. Sie gab ihm aber einen Fingerring, darin ein Edelstein lag, so die Sonne überschien, und versprach, zu ihm zu kommen, wenn er wieder in die Burg heimgekehrt wäre.

Peter bestieg sein Pferd und war bald wieder bei seinem Knappen, der sein gewartet hatte.

> Sie ritten in der Weile
> Wohl auf eine halbe Meile,
> Da das Dorf gelegen ist.
> Es läuten schon zur selben Frist
> Mit ein' gemeinen Schalle
> Die Glocken all' und alle;
> Deshalb er desto schneller reit.
> Nach alter Gewohneheit
> Mit dem Krüz man umging,
> Ehe man die Messe angefing.

> Da tut der tugendhafte Mann
> Betend hin für den Altar stan

> Und ließ sich nieder auf die Knie,
> Dieweile man das Amt beging.
> Da ruft der tugendliche Mann
> Den werten Gott vom Himmel an
> Und auch die zarte Mutter sin,
> Maria, Himmelskönigin:
> Ich befiehl dir immer mehre
> Lîb, Seel, Gut und Ehre.
> Und da der Segen geben ward,
> Er hub sich balde uf die Fahrt
> Und reit' mit Freuden wieder heim,
> Sein Hochgemute war nicht klein.

Kaum auf seiner Feste angelangt, so hatte er ein heißes Begehren, die schöne Frau zu sehen, und sie erscheint auf seinen Wunsch jetzt und immerdar, auch auf seinen Fahrten in ferne Lande.

Überall aber sprach man dem ritterlichen Helden zu, ein Weib zu nehmen; doch umsonst.

Da ritt nach Jahr und Tag der Herr von Staufenberg nach Frankfurt zu einer Königswahl. Hier hörte der erwählte König ihn preisen als den ersten Ritter in allen Landen, und nachdem er seine Turnierkunst gesehen, trug er ihm seine Base zur Ehe an.

Trotz des Zuspruchs aller seiner Freunde und der Herren vom Hof wehrt Ritter Peter sich dessen mit der Behauptung, er habe ein Weib, das er nit verlassen dürfe, und welches das schönste sei, das je ein Menschenauge sah.

Da sprach ein Bischof: »Herr, laßt die Frau mich sehen.« Der Ritter antwortete: »Sie laßt sich vor niemanden sehen als vor mir allein.«

> Sie sprachen allgemeine.
> So ist sie nicht ein rechtes Wîb
> Ihr verlieret Seel' und Lîb,
> Sprach ein alter Kapelan,
> Und seid ihr doch ein Christenmann;
> Wie seid ihr so besinnet.
> Daß ihr den Teufel minnet
> Statt einer reinen Frauen zart?
> Was Gutes je auf Erden ward

> Gesprochen oder gesungen,
> Davon seid ihr verdrungen
> Von Laien und von Pfaffen;
> Der Teufel sich geschaffen
> Hat zu einem Wîbe;
> Die Seel in euerem Lîbe
> Muß ewiglich sin verloren,
> Weil ihr dem Teufel euch verschworen.
> Der Teufel in der Hölle
> Ist euer Schlafgeselle.

Jetzt geht dem Peter von Temringer ein Licht auf, seine Fee könnte der Teufel sein, und er willigt in die Heirat der Königsbase; man soll sie ihm aber in die Mortenau senden; dort, auf seiner Burg, wolle er Hochzeit halten.

In der kommenden Nacht wünscht er seine bisherige Frau nochmal zu sehen; sie kommt und sagt ihm betrübten Angesichtes, was er vorhabe. Es werde aber sein Tod sein. Am dritten Tage nach der Hochzeit müsse er sterben. Sie werde am Hochzeitsmahl von der Saaldecke herab ihren Fuß sehen lassen. Dann solle er nicht länger säumen und den Priester holen lassen zum Beichten und zur letzten Ölung, denn es gehe mit ihm zu Ende.

Der Ritter Peter hört diese Drohung, glaubt sie aber nicht, weil er sie für Teufelslüge hält.

Er kehrt heim, die Braut kommt ihm nach, die Hochzeit findet statt.

> Da man an dem Tische saß
> Und an dem ersten Essen waz[43]
> In einem wunniglichen Saal,
> Da sah männiglich überall.
> Daß etwas durch die Bühne[44] stieß
> Eines Menschen Fuß sich sehen ließ.
> Der Fuß in dem Saal erschein
> Weißer denn als Elfenbein.

43 War.

44 Speicher, Plafond

Da schrie der Staufenberger und sprach: »O weh mir armen Mann, jetzt muß ich sterben!« Pfeifen, Tanzen und Singen ward eingestellt und nach einem Priester geschickt. Der Ritter erzählt, was ihm geschehen und wie es sich erfüllt, und Frauen und Mannen weinten über sein Geschick.

Die junge Frau jammerte am meisten, daß ihr Gemahl ihretwegen sterben sollte, und sie sprach:

>Du hast verloren um mich dein Leben,
>So will auch ich durch dich begeben,
>Daß ich will in ein Kloster fahren.
>Mich selber will ich so bewahren,
>Daß mich nimmer mehr kein Mann
>Mit Augen soll gesehen hân.
>So will ich bitten Gott für dich
>Und auch sin Mutter lobelich,
>Die den werten Gott gebar;
>Sie nehme deiner Seele wahr.

>Er aber sprach: Maria, Königin,
>Laß dir min Seel' befohlen sin!
>Das Wort er klägliche sprach,
>Hiemit der Tod sin Herze brach.

>Was soll ich sagen mehre?
>Der edle Ritter hehre
>Ward beklagt in allen Landen,
>Weil er sich vor Schanden
>Behütet hat alle sine Jahr'.
>Man sprach still und offenbar,
>Da war der teuerste Ritter tot,
>Der je ein Pferd beschritten hot.
>Also hat es ein Ende,
>Gott uns sin Gnade sende. Amen.

Gerührt von Spiel, Gesang, Geschichte und Dichtung stand der Herzog vom Tische auf und dankte dem Ritter Reinbold und dem Harfenspieler

Rumo. Auch der Bischof und die anderen Herren ließen es nicht an Lobsprüchen fehlen.

»Ob die Geschichte auch wahr sein mag?« bemerkte der Bischof noch.

»Wahr?« fragte Reinbold erstaunt. »Vor zweihundert Jahren ist's erst passiert, und mein seliger Vater hat's geschrieben gelesen von der Hand eines Mönchs im Kloster Allerheiligen, dem unserer Ahnen einer es erzählt. Und in unseres Hauses Wappen und über unserer Burg Tor kann man einen Frauenfuß sehen, des zum Bezeugnis.«

»Ob wahr oder nicht«, meinte Graf Götz, »schön ist das Lied, schön war die Fee, und schön singen kann unser Reinbold.«

»Jetzt will ich euch noch ein lustiges Lied singen«, nahm dieser das Wort, »und der Harfenist soll mich begleiten. Es ist eine Lust zu singen, wenn der Knabe spielt. Das Lied ist vom alten Schenken von Limburg, der's vor hundert Jahren hat gesungen:«

> Seid willkommen, Frau Sommerzeit,
> Seid willkommen, Herr Maie,
> Der manchem frohen Mut verleiht.
> Daß er in Lieb' sich zweie!
> Mir geht mein Lieb vor Blumenschein,
> Mein Lieb vor Vögelsingen,
> Mein Lieb muß die Vielliebe sein.
> Mein Lieb, das kann wohl zwingen,
> Und, o weh, Lieb, sollt' ich um Liebe ringen?

> Gar vielerlei der Farben hat
> In seinem Kram der Maie,
> Die Haide prangt in vollem Staat
> Mit Blumen mancherleie.
> Gelb sind sie, rot, blau, braun und weiß.

> Sind wonniglich entsprungen:
> Die Vög'lein singen voller Fleiß,
> Mich kann die Liebe jungen,
> Hei, wird sie mein, so hab' ich wohl gesungen!

Mein Lieb trägt hoher Schönheit Kleid,
Von dem ich heuer singe;
Mein Lieb ist lieb, es ist nicht leid.
Mein Lieb ist guter Dinge!
Mein Lieb ist froh, so soll es sein;
Mein Lieb ist voller Güte;
Mein Lieb ist aller Wonnen Schrein,
Daß Gott sie immer hüte!
Wie dann mein Herz voll Freude blühte!«

»Habt Dank, lieber Ritter«, sprach Herzog Albrecht. »So schön singen und spielen hab' ich noch nie gehört, auch das herrliche Lied vom Schenken von Limburg war mir neu.«

»Noch jetzt müssen wir ans Aufbrechen denken, die Sonne geht dem Rheine zu. Wenn aber die Grafen von Hasela nach Ensisheim kommen, um die Verträge zu siegeln, kommt ihr mit, Herr von Staufenberg, und dann wollen wir auch einmal in meiner Burg singen. Meine Hausfrau wird aufhorchen, wenn sie euch hört.«

»Ich reite jetzt mit dem Herrn von Ochsenstein nach Straßburg und nächtige dort.«

»Und ich reite mit euch, ihr Herren«, nahm Götz das Wort. »Ich will meinem Leibjuden Sämele eine Handschrift von Tristan und Isolde abkaufen und ihm sagen, er könne sein altes Guthaben, auf das er schon lange wartet, holen in Hasela.«

»Wir sind auch mit dabei – nach Straßburg. Da wir so nahe der schönen Stadt sind, wollen wir auch einen Tag dort zubringen«, sprachen Lutzmann von Teck und Rudolf von Hohenberg.

»Dann reitest du, Johans, allein talauf mit den Knechten«, redete Graf Götz weiter, »und wenn du heimkommst, lassest die Villinger gleich springen. Du bist ja viel lieber dabei, einen loszulassen, als einen zu fangen.«

»Ich begleite den Grafen Johansen bis Gengenbach«, schloß der Bischof. »Hab' mich dort schon angesagt, sonst würd' ich gerne mit den Herren in Straßburg einreiten und sie in meiner Pfalz gastieren.«

Um die fünfte Stunde des Nachmittags ritten die Reisigen wieder zu den Toren von Offenburg hinaus, die eine Kavalkade durchs obere, die andere durchs Straßburger Tor.

Einsam trabte nur Reinbold von Staufenberg dem Gebirge und seiner Feste zu. Er hatte aber des Grafen Götz Versprechen, daß er ihn auf dem Rückweg besuche und wahrscheinlich auch die zwei anderen Herren mitbringe, damit sie dem guten Wein in Reinbolds Kellern Ehre antäten.

Die Verhandlungen mit Villingen zogen sich hin und her, und erst am 30. November 1326 siegelten zu Ensisheim Johans und Götz von Fürstenberg, Herzog Ludwig von Teck, Rudolf von Hohenberg und Otto von Ochsenstein die Verkaufsurkunde, und am 1. Dezember errichtete Herzog Albrecht eine rechte, geschworene Sühne zwischen »den Grafen Johansen und Götzen und allen denen, die dobi woren, do sie ze Hasela gevongen wurden.«

12.

Es ist ein schöner Maientag des Jahres 1332. Die Menschen jener Tage, die noch nicht so behaglich wohnten wie wir heute, freuten sich weit mehr über die Frühlings- und Sommerszeit als wir, vorab aber im »holden Maien«. Drum hatte Markgraf Rudolf von Baden seine Nachbarn geladen, eine Maienfahrt zu machen auf seine Burg nach Pforzheim. Diese Nachbarn waren sein Vetter, der Markgraf Hermann auf der Burg zu Baden, Ruprecht, der Pfalzgraf zu Heidelberg, und Graf Ulrich von Württemberg zu Stuttgart.

Die Gäste kamen, und im Garten der Burg, an welcher das Wasser der Ragold vorbeirauschte, hielten sie unter dem ersten Laub des Frühlings und zwischen seinen ersten Blumen ein fröhlich Mahl.

Die Gemahlin des Gastgebers, Maria, Gräfin von Öttingen, saß mit den Herren zu Tische. Diese besprachen während des Mahles allerlei Angelegenheiten.

In Gegenwart aller bedankte sich Graf Ulrich bei seinem Freunde, dem Grafen Rudolf, daß er ihn im vergangenen März von dem Juden Jeckelin in Straßburg und seiner Gesellschaft mit 1200 Pfund Heller gelöst habe.

Einstimmig waren die Grafen der Meinung, daß selten ein adeliger Herr am Oberrhein sitze, der nicht den Juden in Straßburg und Basel schuldig sei.

»Das Geld ist in unseren Tagen schrecklich rar auf den Burgen«, meinte Graf Ulrich. »Es findet sich mehr und mehr in den Städten und hier meist bei den Juden.«

»Und denen wird es am wenigsten abgenommen«, nahm Markgraf Hermann das Wort. »Sie reisen wenig und ohne Geld. Sie machen ihre Geschäfte in den Städten ab, wo sie sicher sind. Und wer von Rittern und Herren Geld von ihnen leihen will, muß in der Regel nach Straßburg oder Basel reiten. Ich hab' schon manch' einen Reisenden niedergeworfen im Oostale, aber noch nie einen Juden erwischt.«

»Da ihr gerade vom Niederwerfen redet«, begann abermals Graf Ulrich, »so möcht' ich bei euch allen heute doch auch anfragen, wie ihr mit dem Grafen Götz von Fürstenberg zu Hasela steht. Dieser läßt mir keinen Stuttgarter Bürger ungerupft von der Straßburger Messe heimziehen. Und wenn sich die Leute auf mich berufen, lacht er sie und mich aus und höhnt noch dazu.«

»Schon oft haben Schultheiß und Rat meiner Stadt mich ersucht, ihnen gegen diesen Grafen beizustehen.«

»Fällt Graf Götz nicht selbst über sie her, so besorgen es seine Dienstmannen im Kinzigtal, und wenn die nicht auf der Lauer liegen, tut's sein Vetter Heinrich, wenn er gelegentlich einmal auf der Burg zu Wolfa haust.«

»Die gleiche Klage gegen die Fürstenberger habe auch ich«, bemerkte Markgraf Hermann. »Und auch mein Nachbar, der Graf Heinrich von Eberstein, hat sich dieser Tage ähnlich über sie ausgelassen.«

»Und bei mir«, sprach der Pfalzgraf, »hat sich erst vor kurzem ein Heidelberger Kaufmann beschwert, der auf die Ledermesse nach Zurzach ziehen wollte und, seiner Barschaft im Kinzigtal beraubt, wieder, weil mittellos, unverrichteter Sache heimkehren mußte.«

»Wegen des gefährlichen Weges zur Zurzacher Messe sind auch mir schon oft Beschwerden zugekommen«, nahm jetzt auch Markgraf Rudolf das Wort. »Ich mein', wir wollen den Fürstenbergern einmal den Meister zeigen. Der Graf Götz will ohnedies von uns, seinen Standesgenossen, nicht viel wissen. Mit dem Geroldsecker verkehrt er wegen Verwandtschaft noch und mit dem armen Herzog von Teck in Schiltach, weil auch der ein ganzer Schnapphahn ist. Sonst sitzt er am liebsten bei seinen Edelknechten und bei fahrendem Volk, das mit ihm musiziert und singt.«

»Doch, das muß man ihm lassen, gefürchtet ist er überall, namentlich bei den Bürgern und bei den Juden; von seinen Dienstleuten aber ist er geliebt, denn unter die läßt er einen großen Teil des Geldes kommen, das er andern nimmt.«

»Die Juden in Straßburg geben dem Götz von Hasela den letzten Heller, wenn er Geld will, denn sie meinen, er könnte die Welt aus den Angeln heben und die Kinder Israels mitten in der Stadt überfallen.«

Jetzt ergriff auch die Gräfin, die den Herren bisher stille zugehört hatte, das Wort und sprach: »Was ihr Herren oder euere Bürger gegen den Grafen von Hasela habt, berührt mich nicht weiter. Ich mische mich als Frau nicht in euere Fehden. Doch eines muß ich sagen: Ich bin schon auf vielen Burgen gewesen, aber auf keiner so fein und höfisch aufgenommen und gastiert worden, als auf der von Hasela, wo ich jedesmal ankehre, so oft ich in meine Heimat reite und wieder zurück.«

»Das glaub' ich dir, Marie«, fiel der Markgraf von Pforzheim lachend dazwischen. »Ihr Weiber wollt geschmeichelt sein, hört gerne Minnesang und Saitenspiel, und in all' diesen Dingen ist der Götz ein Meister; aber gegen andere Sterbliche, die keine Frauen und Jungfrauen sind, ist er hart und gewalttätig.«

»Drum müssen wir ihm einmal zeigen, daß es auch noch Gewaltigere gibt als er«, setzte Markgraf Hermann hinzu.

»Und wenn er euch Herren dann ein bißchen auf die Finger klopft«, erwiderte spöttelnd die Gräfin, »so gönn' ich's euch, denn der Götz ist und bleibt in meinen Augen ein ritterlicher Mann, und was das Gewalttätigsein betrifft, so hab' ich unter allen Rittern, Grafen und Herzogen, die ich kennen gelernt, noch keinen gefunden, der sehr zart mit den Bürgern, Bauern und Juden umgegangen wäre. Ich mein' fast, euch Herren beißt der Neid, weil er glücklicher ist im Fang als ihr.«

Die Herren lachten alle von Herzen über der Gräfin Worte, und der Markgraf Hermann sprach: »Wenn ihr, Base, den Grafen Götz gegen uns ausspielt, so wollen wir gegen euch Frauen auch eine von Fürstenberg-Hasela ausspielen. Da hat die Gemahlin Walthers von Geroldseck, Götzens Schwester[45], in diesen Tagen ein Heldenstück geleistet, das euch Burgfrauen alle beschämt.«

---

45 Anna von Fürstenberg, Gemahlin Walthers III. von Geroldseck, † 1345.

»Ich kenne die Tat«, antwortete die Gräfin, »und sie spricht nur dafür, daß die Fürstenberger in Hasela ritterliche Menschen sind, und die Schwester zeugt hier auch für den Bruder.«

»Aber ich kenne die Sache nicht, ich möchte sie auch wissen«, nahm der Württemberger das Wort.

»Es hat sich erst zugetragen, und du kannst noch nichts davon gehört haben«, erwiderte ihm Markgraf Hermann, »Ich will dir's kurz erzählen: Die Städte Basel, Bern, Luzern und Straßburg haben in diesen Jahren einen langwierigen Krieg geführt mit dem freien Herrn Walther von Geroldseck und ihn auf seiner Burg Schwanau beim Städtchen Erstein im Elsaß lange belagert. Walther widerstand, bis ihm der Proviant ausging. Jetzt mußte er sich auf Gnad' und Ungnad' mit all' seinen Leuten und seiner Habe ergeben; ausgenommen ward nur die Frau von Geroldseck.«

»Außerdem sollte alles, was zu ihrem Leib gehöre und sie über die Fallbrücke trage, gesichert sein. Da nahm die Frau ihren Herrn Gemahl auf den Rücken, den kleinen Sohn auf den Arm und trug sie über die Brücke, denn, so sagte sie, die zwei gehörten zu ihrem Leib.«

»Die Städte wollten deß nicht recht haben und meinten, sie hätten nur Geld, Kleinodien und Geschmeide gemeint. Doch da der Adel das Regiment in den Städten, vorab in Basel und Straßburg, führt, und adelige Herren jenes Versprechen der Frau von Geroldseck gemacht hatten, traten sie auf Seiten der Frau Anna und gaben ihr, ihrem Mann und ihrem Sohn das Geleite über den Rhein bis auf die Burg Geroldseck. Vier andere Herren von Geroldseck und fünfzig vom Adel wurden aber im Schloß ergriffen und enthauptet.«

»So erzählte mir vor Wochen Hans von Pappenheim, ein Domherr von Straßburg, der in Baden-Baden die Kur gebrauchte.«

»Das ist nichts Neues«, meinte Graf Ulrich, »das haben 1140 in meinen Landen die Bürgersweiber von Weinsberg auch getan. Also beruhigt euch, Frau Gräfin, der Trumpf ist, gegen euch ausgespielt, nicht allzu viel wert. Aber dem Grafen Götz müssen wir doch mehr Respekt einflößen.«

»Das müssen wir!« riefen die anderen.

»Aber wie?« fuhr der Württemberger fort. »Wir können uns nicht selbst engagieren. Es wäre eine Schande, wenn wir, lauter Leute von altem Adel, die an Macht denen von Fürstenberg meist weit überlegen sind, ihnen den Krieg ansagten. Und dann dürfen wir nicht selbst für unsere Untertanen zum Schwert und zur Lanze greifen; es könnte ihnen zu wohl werden.«

»Ich will euch aber sagen, wie wir's machen. Jeder von uns hat unter seinen Dienstleuten Ritter und Edelknechte, die gerne eine Fehde tun, welche Hoffnung auf Beute gibt. Drum schickt jeder einen reisigen Knecht zu seinen Ministerialen, von denen er weiß, daß sie gerne auf derartige Abenteuer ausreiten, und lädt sie ein, im Verein mit den Dienstmannen der andern Herren eine Fahrt ins Kinzigtal zu machen. Für Schaden stehen wir ein, die Beute aber soll ihnen sein.«

»Vortrefflich«, meinten die andern, »so soll's geschehen.« »Die Fäden und Meldungen müssen alle in der Burg zu Baden einlaufen, und dort soll Tag und Stunde des Abmarsches bestimmt werden«, setzte Graf Ulrich hinzu.

So gingen die Herren am andern Tage auseinander, im Herzen den festen Entschluß, dem Grafen Götz in Bälde die Hölle heiß zu machen.

Zwei Wochen später kam der rote David, ein jüdischer Roßhändler von Strasburg, in die Burg nach Hasela, und es entspann sich zwischen ihm und dem Grafen Götz das folgende Gespräch:

»Nun, David«, begann der Graf, nachdem er dem Juden für seinen Gruß gedankt hatte, »was führt dich nach Hasela bei der Hitze?«

»Gnädiger Herr, ich wollt' anfragen, ob ihr keine Hengste braucht. Hab' schöne Ware erst in der letzten Zeit aus dem Welschland gebracht. Und Kredit geb' ich auch, so lange der Herr von Hasela es wünscht.«

»Ich brauch' keine Hengste, David«, entgegnete kurz der Graf, »und keinen Kredit. Ich bin euch Straßburger Juden lange genug schuldig gewesen – doch, ich muß euch loben, ihr habt mich nie gedrängt – aber seit Jahr und Tag hab' ich Geld genug. Das weißt du wohl, David, und auch deine Glaubensgenossen wissen es. Ihr wißt überall, wo Geld ist und wo keins.«

»Mit Verlaub, gnädiger Herr, wenn ihr wüßtet, was ich weiß, würdet ihr vielleicht doch einige Hengste kaufen.«

»Was weißt du denn, David?« fragte überrascht Graf Götz, »Deiner Sorte Leute haben oft bessere Ohren als unsereiner, also laß hören!«

»Gnädiger Herr, nur euch zu lieb breche ich das Versprechen, zu schweigen. Denn ihr habt uns Juden schon so viel zu verdienen gegeben, daß ich euch was verraten will.«

»Du machst mich neugierig. Es soll dein Schaden nicht sein, wenn du mir beichtest, David.«

»Letzte Woche«, so begann der Jude, »waren zwei Edelknechte aus dem Murgtal bei mir in Straßburg, Siegfried von Michelbach und Otto von Selbach, Dienstleute des Grafen Heinrich von Eberstein. Sie kauften Hengste auf Borgs, hatten aber einen Brief von ihrem Grafen, worin er sich für sie verbürgt. Ich gab ihnen die Rosse, und da ich keine schlechten Geschäfte gemacht hatte, ging ich mit ihnen in die Taberne zum Storchen und ließ guten Elsässer auffahren, so viel sie wollten.«

»Es werden wohl noch mehr Edelknechte und Ritter kommen und Hengste holen«, fing während des Trinkens der von Michelbach an. »Merkeli von Bühl und Konrad von Bache, die am Fuß der Iburg sitzen, brauchen auch noch Rosse. Sie wollten gleich mit uns reiten, haben aber noch keinen Kreditbrief vom Markgrafen zu Baden.«

»Wie kommt es«, fragte ich neugierig, »daß die Herren auf einmal so viel Rosse brauchen? Ist was los, gibt's Krieg oder Fehde? Wär' den Herren dankbar, wenn ich was erfahren könnte, denn unsereiner muß sich darnach richten, ob weit weg oder in der Nähe das Land unsicher ist.«

»Los ist was, David«, meinte nun der Edelknecht von Michelbach, »los im ganzen Unterland. Die Herren von Baden, Pforzheim, Heidelberg und Stuttgart machen auch mit. Und nicht weit von hier wird's losgehen; aber ich habe keinen Auftrag, euch zu beichten, Roßhändler.«

»Du wirst schweigen, Siegfried«, rief ihm der Edelknecht Otto von Selbach zu, »sonst schlägt dir unser Graf seinen Streitkolben auf den Schädel, wenn er's erfährt.«

Der Michelbacher schwieg und ich auch. Ich ließ aber noch einige Kannen vom besten Kaysersberger auffahren, und nachdem dieser seine Wirkung getan, fing ich wieder an:

»Es nimmt mich halt doch wunder, wo die Herren diesmal hinreiten. Hab' ich weit oder nahe, um die Beute an Rossen und Rüstungen zu kaufen?«

»Weit habt ihr nicht, David«, lallte der Siegfried, »und ich seh' nicht ein, Selbacher, warum wir dem Juden nicht beichten sollten; der kann schweigen, wenn dabei ein Profit für ihn herausschaut. Und wenn er noch einige Kannen Wein bezahlt und zu schweigen verspricht, so soll er's wissen. Es kann nichts schaden, wenn er um den Weg ist, so wir droben an der Kinzichen die Beute verteilen.«

»Aha«, rief ich, »jetzt weiß ich, wo der Zug hingeht; an die Kinzichen, nach Hasela gegen den Grafen Götz von Fürstenberg, der nicht besonders beliebt ist bei den andern adeligen Herren!«

»Erraten, David«, lallte mit schwerer Zunge der Siegfried. »Siehst du, Selbacher, ich hab's ihm nit verraten, er ist von selbst daraufgekommen.«

»Aber jetzt wird er nichts bezahlen wollen, weil er's selbst erraten hat«, meinte Otto von Selbach, dem der Wein auch den gesunden Sinn zu umnebeln anfing.

»Doch, ihr Herren«, gab ich zurück, »ich bezahle gerne und ihr seid meine Gäste, bis ihr morgen abreitet. Aber sagt mir, was ist denn los gegen den Fürstenberger, den ich, wie seinen seit einiger Zeit kranken Bruder Johans, gut kenne. Beide haben mir schon manchen Hengst abgekauft.«

»Was los ist?« nahm der Edelknecht von Michelbach wieder das Wort, »die zwei Markgrafen von Baden, der Pfalzgraf am Rhein, der Graf Ulrich von Württemberg und unser Herr, der von Eberstein, wollen dem Grafen Götz von Fürstenberg einmal den Meister zeigen durch ihre Ritter und Edelknechte, weil er ihre Bürger niederwirft und nichts nach ihnen selbst fragt.«

»So, jetzt weißt alles, David, aber nun bezahle morgen unsere Zeche, laß uns in Ruh und halt dein Maul.«

»Am andern Morgen ritten die Edelknechte ab; ich aber eilte als alter Geschäftsmann der gnädigen Herren von Hasela, sobald ich Zeit fand, hierher, um das zu berichten, was ich eben gesagt habe.«

Mit Spannung hatte Graf Götz dem Juden zugehört und, als er zu Ende war, seine Hand ergriffen mit den Worten:

»David, das hast du gut gemacht. Es soll dir lohnen. Und Hengste brauch' ich jetzt auch, du kannst gleich Geschäfte machen. Aber du mußt mir erst noch einige Gänge tun, die nur du ausführen kannst. Ihr Juden kommt in alle Burgen, ohne daß es jemanden auffällt; reisige Knechte als Boten machen mehr Aufsehen als ihr. Und die Herren in Baden, Heidelberg, Stuttgart und Pforzheim sollen nicht erfahren, daß ich ihre Leute erwarte und weiß, daß sie kommen.«

»Schade, daß die Herren nicht selbst gegen mich ziehen«, fuhr Graf Götz weiter fort. »Aber es soll wahrscheinlich nicht aussehen, als ob sie dahinter steckten, drum schicken sie ihre Dienstleute.«

»Aber du, David, mußt jetzt mit einem Brief, der dich beglaubigt, alle meine guten Freunde einladen, daß sie sich rüsten und mir zuziehen, sobald ich merk', daß sie sich regen zwischen der Acher und dem Neckar. Ich sende heute noch den Wirich von Schnellingen zum Ritter Reinbold von Staufenberg. Von dessen Burg aus muß er spionieren, bis er weiß, wann die braven Leute drunten im Land aufbrechen, mich zu besuchen.«

»Du mußt mir zunächst zu meinem Vetter Heinrich von Fürstenberg, der eben in Wolfa sitzt, von da zum Herzog Lutzmann auf der Burg Schiltach, dann zu den Grafen von Hohenberg und Nellenburg. Denen erzählst du, was du gehört, und bittest sie, für mich Reisige bereit zu halten.«

»Aber paß auf, wenn du einmal übers Kinzigtal hinauskommst. Drüben über dem Kniebutz wohnen Dienstleute des Grafen Ulrich von Württemberg, damit der keinen Wind bekommt. Die Herren müssen in dem Wahn bleiben, mich wehrlos zu überfallen.«

»Bis du zurückkommst, weiß ich, ob ein oder der andere meiner Dienstleute in der Nähe einen Hengst braucht; den kauf' ich dir dann ab, David, und du schlägst mir deine Reisekosten drauf.«

»Ich werd's besorgen, euer Gnaden«, entgegnete der Hebräer: »ich bin überall da bekannt, wo ich hin soll, nur beim Herrn Grafen von Nellenburg[46] nicht; aber 's ist mir gerade recht, daß ich einmal dort hinauf komme, 's gibt vielleicht auch ein Geschäftchen.«

»Du bleibst heute hier, David, in der Burg, kannst bei meinen Leuten im äußern Hof schlafen, und morgen in aller Frühe machst dich auf die Beine!«

Als die Grafen Götz und Johans, wie's jedem Ritter damals geziemte, am andern Morgen zur Messe gingen hinüber zur Pfarrkirche, fragte Götz, da er den äußern Burghof durchschritt, ob der Jude fort sei.

»Schon ehe der Wächter vom Turm die vierte Morgenstunde rief, ist er zum Tor hinaus«, antwortete der Bertschi, ein alter, reisiger Knecht des Hauses.

Da die zwei Grafen durchs Gartentörle der Kirche zuschritten, sprach Götz zum Bruder Johans: »Du kannst nach der Messe allein heim, ich will ins Pfarrhaus und den Pater Johannes sprechen.«

---

46   Die Nellenburg lag im Hegau unweit der heutigen Stadt Stockach.

Johannes ab Hasela, eines Bürgers Sohn aus dem Städtle, war Dominikanervater in Freiburg und unter diesem Namen in seinem Orden berühmt ob seiner Gottesgelahrtheit und seiner Schriften, deren Originale die Stadt Freiburg heute noch besitzt.

Graf Konrad von Fürstenberg-Fürstenberg, Domherr zu Straßburg, war Pfarrer von Hasela, ließ aber als seine Vikare Dominikaner von Freiburg pastorieren.

Gerne kam Johannes ab Hasela selbst oft in seine Heimat, wo er gar angesehen war wegen seiner Gelehrsamkeit, seiner Freimütigkeit und seiner Predigergabe. Er schonte selbst die regierenden Grafen nicht in seinen Predigten.

Still und eifrig saß er an jenem Morgen über einem Folianten in seiner Stube, als Graf Götz zu ihm eintrat mit den Worten: »Gott zum Gruß, Pater, ich muß euch stören an eurer frommen Arbeit!«

»Es ist keine Störung, gnädiger Herr, sondern eine Ehre, wenn der Graf von Hasela zu einem armen Dominikanerbruder kommt«, antwortete, sich rasch erhebend, demütigen Sinnes Pater Johannes, geleitete den Besuch zu einer Sitzbank und fuhr dann fort: »Was verschafft mir die Ehre, Herr Graf, womit kann ich dienen?«

»Ja, dienen könnt ihr mir diesmal, Bruder«, nahm der Graf das Wort, sein Schwert zwischen die Füße stellend. »Ihr habt mir mit eueren Predigten schon manchen Stein in den Garten geworfen. Aber Respekt davor, das Wort Gottes muß frei sein. Ich kann die Wahrheit vertragen, wenn ich sie auch nicht immer befolge.«

»Die Zeit ist hart und wild, und nur der Stärkste wird Meister; zu den Schwachen aber will Graf Götz von Hasela nicht zählen.«

»Doch setzt euch neben mich und hört, Pater, was ich von euch will. Ihr nehmt euch ja immer der Unschuldigen an und schimpft auf der Kanzel über die Gewalttätigen. Diesmal bin aber ich der Unschuldige, und ihr müßt auf meiner Seite stehen. Nicht mehr und nicht weniger als fünf Herren vom Adel, die zwei von Baden, der Württemberger, der Pfälzer und der Ebersteiner haben einen Anschlag vor auf mich und damit auch auf meine gute Stadt Hasela.«

»Ihr wißt nun, daß die, so das Wort führen im Rat der Stadt, die Geschlechter, nit ganz gut auf mich zu sprechen sind. Teils sind sie selbst Kaufleute, teils ihre Söhne und Verwandten, und alle werden, wenn sie auf Geschäftsreisen sind, nicht mit seidenen Handschuhen angegriffen von den freien Herren und Grafen und ihren Edelknechten und Rittern landab und landauf. Es heißt, ich, der Graf Götz, sei schuld, weil ich bisweilen auch einen fremden Krämer rupfe oder von meinen Edelknechten und Dienstmannen niederwerfen lasse.«

»Hören nun die Herren vom Rat in Hasela von dem Anschlag gegen mich, so werden sie sagen: Es geschieht ihm recht, er soll andere auch in Ruhe lassen, und man wird mir nicht so helfen wollen, wie ich's brauche.«

»Drum geht meine Bitte an euch, Bruder, und die besteht darin: Ihr seid bei der Bürgerschaft beliebt, vorab bei den Zünften, weil ihr allzeit um den gemeinen, arbeitsamen Mann euch annehmt und namentlich, weil ihr den Herren offen die Wahrheit sagt. Auch die Bauern mögen euch, sie stürmen ja förmlich die Kirche, wenn ihr predigt, und ihre Weiber bringen die beste Butter ins Pfarrhaus.«

»Aus alle dem geht hervor, daß ihr Einfluß habt auf die Kleinbürger und Bauern, die mir jetzt helfen sollen, nicht aus Zwang, den ich ausüben könnte, sondern aus Lust und Liebe, weil's auch um ihre Sache geht. Denn die Feinde werden, wenn sie kommen, damit beginnen, die Felder zu verwüsten und die Ernte in Brand zu stecken.«

»Ich möchte aber die Gesellschaft, wenn sie anrückt, mit blutigen Köpfen heimschicken und so den Stiel umkehren. Mein Plan ist gemacht, meine Freunde sind auch bestellt, und ihr, Pater, sollt mir, was man so heißt, Stimmung machen bei Bauern und Bürgern, die mir in letzter Zeit nicht mehr recht hold sind, vorab, wie gesagt, die Geschlechter und die im Rat.«

»Das ist mein Begehr, Pater Johannes ab Hasela, und nun will ich hören, wie ihr gesinnt seid.«

»Gut bin ich gesinnt, Herr Graf«, erwiderte der Dominikaner; »denn wenn das Vaterland in Gefahr ist, muß jeder abwehren helfen, auch der Prediger auf der Kanzel.«

»Ihr wißt, Herr, daß Bürger und Bauern es büßen, wenn die Herren Krieg führen. So ginge es auch, wenn die von euch genannten Herren kommen. Feld und Flur würden, wie ihr schon selbst erwähnt habt, verwüstet, dem Bauer, der unbeschützt von Mauern auf dem Lande wohnt, dazu noch der rote Hahn aufs Dach gesetzt und er selbst geschunden und geplagt werden.«

»Drum helf' ich euch um der Bauern willen und den Kleinbürgern zu lieb, die rings um Hasela auch ihr Feld bauen. Wie ich's mache, ob auf der Kanzel oder von Haus zu Haus, das könnt ihr mir überlassen. Ich besorg's, Herr Graf, hier meine Hand darauf.«

»Das will ich euch nie vergessen«, rief dieser, lachend dem Pater die Hand schüttelnd. »Ein Fuder Wein soll nach Freiburg in euer Kloster geführt werden, wenn ich die Kerle geklopft habe. Und wenn ihr was braucht, so bin ich stets zu Händen.«

»Ein armer Bettelmönch muß alles nehmen, was man ihm schenkt um Gottes willen«, meinte dankend der Dominikaner. »Aber lieber, als ein Fuder Wein für mein Kloster, wäre es mir, wenn ihr, Herr Graf, keine Kaufleute mehr niederwerfen, plündern und einsperren wolltet, damit Handel und Wandel ihren Weg gingen. Ihr wißt, das Gebot: ›Du sollst nicht stehlen‹, gilt allen Menschen, und die Grafen, Ritter und Edelleute sind nicht ausgenommen davon.«

»Ha, ha«, lachte der Graf, sich erhebend und auf sein Schwert stützend, »fangt ihr wieder das Predigen an, Pater? Wenn wir Leute vom Adel und unsere Dienstmannen nicht bisweilen einen Krämer rupften, würden die besseren Bürger gar zu üppig. Sie zwacken uns Herren so wie so schon ein altes Recht um das andere weg, wozu der jetzige König Ludwig noch hilft.«

»Und ihr Klosterherren solltet gar nicht gegen das Raubrittertum predigen, denn dem verdankt ihr vielfach euere Klöster und Stifte. Alt geworden, reut's manchen, daß er so viel weggeschnappt hat in seinen jungen Jahren, und dann erstattet er das sogenannte ungerechte Gut dreifach, indem er Mönchen ein Asyl baut.«

»Die Grafen Egino und Konrad zu Freiburg, die euch dort das schöne Kloster gebaut, die taten's nur zur Sühne für ihre vielen Raubrittereien im Höllental droben, wo noch eine viel bessere Mausfalle ist, um Kaufleute zu fangen, als bei uns an der Kinzig.«

»Also gebt euch zufrieden, geistlicher Herr, nehmt das Fuder Wein und bearbeitet mir meine Untertanen, daß sie freudig zu Schild und Speer greifen, das Schwert umgürten und losgehen, wenn ich dazu Befehl gebe.«

»Ihr seid nicht zu bekehren, Herr Graf«, gab Pater Johannes zurück, »und auch mit Ausreden nicht verlegen. Aber Unrecht bleibt Unrecht, und daß es ein Unrecht ist, andern ihr Eigentum wegzunehmen, zeigt gerade die Reue, so euch Herren im Alter manchmal überkommt.«

»Lieber Johannes ab Hasela!« antwortete spöttisch Graf Götz, »heut' und morgen reut's mich noch nicht; wenn's mich aber einmal reut, so bau' ich euch Predigermönchen ein Klösterlein innerhalb der Mauern von Hasela, Also lassen wir's einstweilen beim alten und verderbt mir den guten Humor nicht, den ihr mir gemacht.«

»Ich will euch zum Abschied ein Liedlein singen, das ein welscher Troubadour, Arnaut von Monteuc, vor mehr als hundert Jahren gesungen, und das soll jetzt mein Kriegslied sein.«

Der Graf schritt nun in der Stube auf, und ab und sang:

> Roß in Panzerwehr,
> Lanze, hochgetragen,
> Harnisch, Schwert und Speer,
> Kämpfen, streiten, schlagen.
> Traun, das heiße mehr »
> Ich als Jagd willkommen
> Oder Friedenspracht,
> Wo man brustbeklommen
> Mürb' und matt mich macht!

»Und nun, Gott befohlen, Pater Johannes. Besorgt mir die Sache und betet für den Sieg des Grafen Götz von Hasela!«

»Ja, beten will ich«, sprach mit heiterem Ernst der Pater, »daß Gott euch erleuchte, Herr, und euch Reue sende und dann erst den Sieg.«

»Damit ihr Prediger bald das Klösterlein bekommt zu Hasela«, lachte Graf Götz.

»Wenn wir Prediger-Mönche lauter so unbekehrbare Zuhörer hätten, wie euch, Herr Graf, könnten wir unser Amt aufgeben«, erwiderte Pater Johannes. »Und doch wünsch' ich euch diesmal den Sieg um eurer armen Untertanen willen.«

»Das ist vernünftig gedacht, Dominikaner«, schloß der Graf, reichte dem Mönch die Hand und verließ, von diesem bis zum Ausgang geleitet, das Pfarrhäuschen am Bertor zu Hasela.

13.

Der Sommer lag im Lande. Die Reben blühten an den Halden im Kinzigtal, die Halme auf den Feldern am Flusse hin begannen zu gelben, und heiß und gewitterschwül lag die Junisonne über Berg und Tal.

In diesen Tagen sollte sich auch das Gewitter über den Häuptern der Grafen von Hasela zusammenziehen. Es traf sie nicht unvorbereitet. Wirich von Schnellingen und der Jude von Straßburg hatten ihre Aufträge gut besorgt.

Am Montag vor Barnabas (11. Juni) war der Wirich, so schnell er auf seinem alten Hengste es konnte, das Tal herauf geritten gekommen.

In Schweiß gebadet war er im Burghof von Hasela vom Pferd gestiegen, hatte Wehr und Waffen abgelegt und dem Grafen Götz, der in der großen Laube hinter dem »Palas« saß, also berichtet:

»Gnädiger Herr, ich bring' ernste Botschaft. Sie kommen! Auf den Tag nach Sankt Johans zur Sungichten sind sie zusammenbestellt auf die Ebene unter der Burg von Windeck, bei der Kapelle unter den Linden. Dorthin kommen auch die Pfälzer und die Württemberger. Es sollen gegen 300 Ritter und Edelknechte sein.«

»Wirich, jetzt hast du einen neuen Hengst verdient!« rief Graf Götz aus. »Aber sag mir, du Teufelskerl, wie hast du das alles erfahren?«

»Das war nicht leicht, Herr, ich will's euch künden:

»Ihr wißt, daß ich die Staufenburg zu meinem Standquartier gemacht habe, wo mich auf euere Empfehlung hin Reinbold, der Burgherr, gerne aufnahm, und wo sein junger Bruder, der Humbele von Staufenberg, mein Freund ist.«

»Der Humbele und ich ritten nun fast jeden Tag auswärts auf benachbarte Burgen, wo Ritter und Edelknechte sitzen, die dem Markgrafen Hermann oder dem Grafen von Eberstein dienstbar sind.«

»Überall ließ ich durchblicken, daß ich mit meinen Herren von Hasela nicht auf bestem Fuße stände, daß wir uns entzweit hätten über einen Fang, den ich getan, da ich einen Krämer aus Horb am Neckar, der von Straßburg kam, niederschlug und meinen Grafen nichts von der Beute gab.«

»So ritten wir zu den Edelknechten Arbogast und Johans die Röder auf Hohenrod, zu Rüdiger von Achern, zu Konrad von Großwir, zu Stöckelin von Kappel, Konrad von Bache und Reinold von Windeck.«

»Überall fanden wir willigen Einlaß und große Humpen; überall konnte man hören, daß Graf Götz von Hasela als Gewaltmensch verschrieen ist, aber nirgends in den ersten zwei Wochen was Greifbares erfahren.«

»In der dritten Woche war Jahrmarkt in Bühl; da meinte Freund Humbele, auf den müßten wir reiten. Dahin zögen alle Edelknechte der Umgegend, tanzten und tränken sich voll. In diesem Stadium müßten wir einen oder den anderen anlassen und kämen dann sicher zum Ziel.«

»Und er hatte recht, der Humbele. In Bühl ging's toll her; Buren und Edelknechte tranken, als ob sie einen Durst von zehn Jahren her mit auf den Jahrmarkt gebracht hätten.«

»In der Herberge zum Raben hatten die Edelknechte ihre Niederlage, und dort suchten wir sie auf und fanden sie – es war am Nachmittag – schon ziemlich voll des guten Weines, den man Affentaler heißt und der in riesigen Kannen auf den Tischen stund.«

»Ha, da kommt der Wirich von Schnellingen!« rief, den Humpen mir entgegenhaltend, Berthold von Großwir, der Bruder des Konrad, uns entgegen. »Trink, Wirich, von unserem Gewächs«, fuhr er fort, »bald kommen wir zu euch hinauf und dann wollen wir sehen, was für ein Tropfen über deiner Burg wächst.«

»Ich tat ihm aus seinem Humpen Bescheid und sprach dann: ›Berthold, wenn du meinen Roten versuchen willst, mußt du bald kommen. Mein bestes Faß ist bereits leer.‹«

»Das tun wir auch, bald kommen. Wenn Sankt Johans die Sonn wend't, kannst deine Humpen richten«, – gab der Edelknecht von Großwir zurück.«

»Und du darfst froh sein, daß wir kommen, Wirich«, nahm jetzt Reinold von Windeck, der neben dem Berthold saß, das Wort. »Wir machen einmal deinen wilden Grafen klein, mit dem du ja auch nicht grün stehst, wie du auf meiner Burg vorletzte Woche selbst erzählt hast.«

»Hab' nichts dagegen, wenn ihr ihn recht zähmt«, erwiderte ich. »Aber mich und meine Schnellinger Bauern werdet ihr hoffentlich verschonen, wenn ihr die Gegend um Hasela herum unsicher macht.«

»Das versteht sich«, – entgegnete lachend der Windecker, »aber dein Faß vom Besten leeren wir.«

»Das will ich gerne opfern«, gab ich zur Antwort. »Möcht' aber wissen, wann ihr kommt, damit ich auch daheim bin.«

»An Sankt Johanstag, hab's ja schon gesagt«, bekannte nun nochmals Berthold von Großwir, »treffen wir uns beim Tagesgrauen an der Kapelle unserer lieben Frau unter den Linden. Dort liest uns der Leutpriester von Otterswir eine Messe, und dann geht's landauf.«

»Beim Abt in Gengenbach wollen wir nächtigen und am andern Morgen zeitig vor Hasela erscheinen und deinem Grafen Respekt einflößen.«

»Wenn du aber unser Kommen verrätst, so reißen wir deine Burg zu Boden, hängen dich an den nächsten besten Baum und deinen Bauern brennen wir ihre Hütten über dem Kopf zusammen.«

»Was denkst du. Berthold, ich euch verraten!« gab ich zurück. »Der Wirich von Schnellingen ist ja froh, daß ihr kommt. Verschont nur mich und meine Bauern; was ihr sonst mit denen in und um Hasela macht, geht mich nichts an.«

»Und daß ich's ehrlich mit euch meine, darauf hin wollen wir jetzt eins trinken. Wirt, füllt die Humpen vom besten Affentaler!«

»Und ich setzte mich zu ihnen und trank mit ihnen, bis sie heimritten, auf ihren Hengsten schwankend und wankend. Der Humbele und ich aber zogen als die letzten spät in der Nacht noch hinauf auf die Staufenburg.«

»Heute hab' ich in aller Frühe satteln lassen und bin scharf Hasela zu geritten, um zu berichten, was mein gnädiger Herr eben gehört.«

»Hast deine Sache brav gemacht, Wirich«, sprach der Graf, dem Erzähler freudig die Hand schüttelnd. »Und wenn wir den Feinden, die im Anzug sind, keinen schönen Hengst abjagen, so schenk' ich dir einen aus meinem eigenen Stall. Dazu sollst du noch die fünf Höfe in Welschbollenbach ganz in deiner Nachbarschaft als Lehen erhalten. Ihr Schnellinger seid eurer viele, und du kannst es wohl brauchen.«

»Aber jetzt erfrische dich, nimm ein Bad, trink einen Humpen und iß was. Dann gehst du hinüber nach deiner Burg und lassest deinen Bruder Krispin abreiten mit der Botschaft, die ich jetzt schreibe, während du dich erholst, und die hinaufgebracht werden muß nach Wolfa zu meinem Vetter, nach Schiltach zum Herzog von Teck und zu den Grafen von Hohenberg und Nellenburg.«

»Nimmst einen von meinen Hengsten mit. Den soll der Krispin reiten. Und du setzest die Ritter und Edelknechte meiner Herrschaft in den nächsten Tagen in Kenntnis. Am Vorabend von Sankt Johans zur Sungichten müssen alle hier einreiten. Mein Plan ist schon gemacht; die Herren vom Unterland sollen in eine rechte Mausfalle geraten und ihnen die Lust fortan vergehen, den Grafen Götz von Hasela heimzusuchen.«

»Ehrliche Ritterart ist's, einem erst abzusagen; aber diese Herren wollen mich heimlich überfallen, drum sollen sie nach Gebühr empfangen werden.«

Am Tage vor Sankt Johans ging reges Leben durchs obere Kinzigtal. In Zwischenräumen ritten größere und kleinere Fähnlein Reisiger talab Hasela zu.

Der erste, welcher zum obern Tor des Städtchens mit seinen Leuten einritt, war der Herzog Lutzmann von Teck, des Grafen Götz bewährter Freund, der letzte Rumo, des Harnaschers Sohn, den der Graf von Hohenberg seinen Vettern nebst 25 reisigen Knechten zusandte.

Als diese vor der Burg anhielten, Rumo abstieg und vor den Burgherrn trat in voller Rüstung, aber mit offenem Visier, und ihm einen Brief übergab vom Grafen Hohenberg, seinem gnädigen Herrn, da schaute ihn Graf Götz erst fest an und sprach dann: »Bist du nicht unser Rumo?«

»Der bin ich, Herr!«

»Donner und Blitz, du hast dich gemacht auf Hohenberg, bist ja ein vollendeter Ritter geworden, groß und stark und kriegerisch dreinschauend. Sei mir willkommen! In der Burg wird alles staunen, wenn sie dich sehen.«

»Und was ich da lese, ist auch nicht schlecht. Mein Vetter schreibt, er sende mir keine Ritter, aber seinen Waffenträger und den edelsten und tapfersten seiner Knechte mit einer Anzahl diesem ergebener Reisigen. Das ist ein großes Kompliment für dich.«

»Jetzt laß deine Leute absteigen. Schau, wo du Unterkunft für sie findest bei den dir bekannten Bürgern – in meiner Burg ist längst alles besetzt – und dann komm wieder. Für dich wird die Gräfin schon noch ein Spannbett haben, wenn du nicht lieber bei deinen Eltern wohnst.«

»Und was du im Waffenhandwerk gelernt hast, kannst nun bald erproben.«

»Wie steht's mit dem Singen? Singst du noch immer viel? Daß du meiner Base die Schwermut weggesungen, weiß ich schon längst. Und ich hab' dich auch drum Jahr und Tag auf Hohenberg gelassen, weil sie dich so gerne haben dort.«

»Aber jetzt, nachdem ich dich wieder gesehen, werd' ich dich bald einheimsen. Solch' stattliche Reisige kann ich auch brauchen. Und wenn wir die Vasallen der Herren vom Unterland heimgeschickt haben, wollen wir zwei auch hier wieder singen.«

»Ich singe immer noch gerne, Herr Graf«, erwiderte bescheiden Rumo, »und mein gnädiger Herr von Hohenberg meint, meine Stimme werde immer kräftiger.«

Hasela glich an jenem Abend einem Kriegslager. Gegen dreihundert Reisige lagen in seinen Mauern. Überall sah man geharnischte Rosse und geharnischte Reiter.

Auch die Bürger rüsteten vor ihren Häusern ihre Wehr und ihre Waffen zu, denn Pater Johannes, der Prediger, hatte sie leicht gewonnen für des Grafen Plan, den sie jetzt alle kannten so gut wie die Bauern ringsum, welche ihre Hellebarden, Morgensterne, Streitäxte und Streitkolben schon parat hielten.

Kriegerische Gesänge ertönten in den Straßen; die reisigen Knechte halfen scherzend den Mägden an den Ziehbrunnen Wasser schöpfen; in den Trinkstuben und Herbergen saßen Bürger und Reisige beisammen, und in der Burg pokulierten die Ritter und Herren und machten daneben Pläne zum Empfang der Feinde.

Der Wächter vom Turm der Pfarrkirche hatte längst die erste Stunde des anbrechenden Tages gerufen, als es endlich stille wurde über Burg und Stadt.

In der Frühe des kommenden Morgens und bis Mittag schien das mittlere Kinzigtal ausgestorben. Wer von oben her gegen Hasela zog, wurde eingelassen, aber er mußte bleiben und durfte nicht talab. Das untere Tor war und blieb verschlossen. Nur zum Bertor, das in die südlichen Seitentäler führte, ritt bisweilen noch einer der benachbarten Edelknechte hinaus mit Botschaft und Befehlen an die Bauern.

Unterhalb des Städtchens, auf dem alten Burgbühl, der weite Fernsicht gestattet, talauf und talab, stand am Nachmittag spähend Rumo, des Harnaschers Sohn von Hasela und Edelknecht des Grafen von Hohenberg.

Er war aber nicht in kriegerischer, sondern in höfischer Tracht, in kurzem, farbigem Wappenrock und engen Beinkleidern. Den Kopf deckte die Schaprunkappe, und um die Lenden trug er ein kurzes Schwert.

Er machte so noch eine viel elegantere und vornehmere Figur als in Harnisch und Helm, obwohl auch die ihm, wie wir aus des Grafen Götz Mund gehört, gar trefflich anstunden.

Während er so spähte, kam ein armes Weib aus dem Gebüsch. Es hatte Erdbeeren gesucht am Burgberg herauf. Rumo kannte dasselbe alsbald und sprach:

»Was treibst du da oben, Gunde? Weißt du nicht, daß niemand um den Weg sein soll heute, sondern alles hinter den Mauern der Stadt?«

»Ei, wer ist der Herr, der mich beim Namen nennt? Ihr seid mir fremd, ich aber euch scheint's nicht«, meinte höhnisch die Kunigunde, eine in Hasela und Umgegend als Hexe verschrieene Bettlerin.

»Ich brauch' keine Mauern und kein Haus; im Sommer ist der Wald meine Herberge. Da ist's schöner als in einer finsteren Kammer, und da loben alle guten Geister Gott den Herrn.«

»Kennt ihr mich nicht mehr, Gunde?« nahm Rumo wieder das Wort. »Ich hab' euch manchmal ›Hexe‹ nachgerufen, da ich noch ein Knabe war. Ich bin der Sohn des Harnaschers am Bach und heiße Rumo.«

»So, so, ihr seid's?« antwortete die Alte langsam und mit ihren grellen Augen den jungen, schönen Mann von oben bis unten betrachtend.

»Ein Junker geworden des Harnaschers Sohn?« fuhr sie fort. »Ei, ei, die Buben der Handwerker bringen es weit!«

»Aber ihr dauert mich, junger Herr, obwohl ihr als Knabe mich beschimpft habt. Ihr dauert mich«, wiederholte ernst die Gunde.

»Warum?« fragte Rumo hastig und durch die feierlichen Mienen der Bettlerin etwas erschreckt.

»Es ist besser, ich sag's euch nit. In die eigene Zukunft schauen ist selten gut.«

»Ich will's aber wissen, Gunde. Ihr scheint doch eine Hexe zu sein, daß ihr in meine Zukunft schauen könnt!«

»Ja, ich kann's, und wär's eine gute, in die ich schaue, ich wollt' sie gern euch künden.«

»Ich glaub' nicht an euere Hexerei, Gunde, drum sagt's nur keck«, meinte lachend Rumo, der jetzt, obwohl innerlich erregt, den starken Geist spielen wollte. »Ich laß' euch nicht weiter ziehen, eh' ich's weiß.«

Er schaute bei den letzten Worten das Tal hinunter und sah Staubwolken in der Ferne und blinkende Helme.

»Sputet euch, Gunde«, rief er jetzt, »mir wahrzusagen, ich muß fort, und ihr müßt mit; denn ich laß' euch nimmer da oben, ihr möchtet sonst unsere Stadt und Herrschaft an den Feind verraten, der dort unten heraufkommt und keine menschliche Seele treffen darf, die ihm Kundschaft geben könnte.«

»Ich weiß zwar, was drunten im Städtle vorgeht, und hab' mich zeitig noch aus dem Tor geschlichen, aber Verrat übt die Gunde nimmermehr«, sprach ernst die Alte. »Viele Leute spotten meiner zwar dort, aber viele sind auch gut gegen mich. Und um der Guten willen werd' ich nichts verraten. Es wird mich auch kein fremder Reiter sehen, denn ich gehe jetzt da den Wald hinauf, wo ich nur Füchse und bisweilen einen Wolf treffe, aber keinen Menschen.«

»Aber sagt mir, was ihr von meiner Zukunft wißt«, forderte aufgeregt Rumo. »Ich hab' Eile, muß Botschaft bringen ins Städtle, ehe die Reiter dort drunten angerückt sind. Redet, sonst ziehe ich euch den Berg hinab und ihr müßt mit hinter die Mauern!« Bei diesen Worten faßte Rumo die Alte am Arme.

»So wisset denn«, sprach die Gunde, »ihr seid jetzt ein Edelknecht und überall gerne gesehen und gehört und werdet noch höher steigen – aber – denkt an mich – ihr müßt als ruheloser – Bettler sterben!«

»Und wenn die Stunde kommt, dann denkt an die Gunde und an diese Stunde. Behüt' euch Gott, und er geb' euch Kraft in schlimmen Tagen.«

Rumo ließ die Bettlerin los, die wie eine Seherin vor ihm stand. »Es wird schon anders kommen«, sprach er, »denn wenn alte Weiber die Zukunft wüßten, wär' es schlecht bestellt in der Welt. Geht rasch in den Wald, Gunde, und ich lauf' dem Städtchen zu!«

Er eilte, so gut er konnte, bergab; die Gunde aber schritt bedächtig in das Dickicht und murmelte vor sich hin: »Der junge Mensch wird an mich denken und an die alten Weiber. – Wehe dem, der unsereins verspottet!«

Rumo, der Edelknecht, war noch nicht lange mit seiner Meldung im Städtle angekommen, als die geharnischten Reiter, einige Hundert an der Zahl, beim untern Tor sichtbar wurden.

Einer von ihnen, es war Konrad von Bache, ritt vor das Tor und schlug mit seiner Streitaxt an dasselbe.

Als der Turmwächter auf der Zinne erschien und nach ihrem Begehr fragte, sprach der Edelknecht: »Dreihundert Ritter, Edelknechte und Reisige widersagen von Stund' an dem Grafen Götz von Hasela. Gehe hin und melde unsere Absage!«

Der Wächter ging, und bald darauf erschien Klein-Künlin von Bärenbach auf der Zinne und verkündete höhnisch: »Mein Herr, der Graf Götz von Hasela, nimmt euere Absage an und ersucht die Herren, sich's einstweilen vor ben Toren bequem zu machen, bis sie ein besseres Quartier finden.«

Der Hohn des gräflichen Herolds und die unheimliche Stille ringsum machte die feindliche Schar stutzig.

»Wir besetzen jetzt einstweilen die Tore«, riet ein alter Edelknecht des Pfalzgrafen bei Rhein, Räfeli von Menzingen, »und dann schlagen wir dort in jener Waldecke ein Lager; die Karren mit den Zelten werden ja bald nachkommen. So sitzen wir dem Vogel vor das Nest, bis er ausfliegt, und indes brandschatzen wir seine Bauern und verwüsten das Land.«

Der Rat ward angenommen. Zwischen zwei Wäldern lag gen Westen, unweit des Städtchens, eine Wiesenfläche. Diese wurde zum Lager gewählt und dasselbe, so gut es ging, durch Verhaue verschanzt.

Reinold von Windeck aber und Berthold von Großwir ritten durch die Kinzig hinüber an die Berghalde von Schnellingen, von wo die Burg des Wirich im Abendsonnenschein herüberblickte. Sie hatten Durst, die zwei Ritter, und freuten sich auf Wirichs Roten.

Doch, da sie an die Feste kamen, war die Zugbrücke aufgezogen, und der Wächter verkündete ihnen, die Herren von Schnellingen seien nicht zu Hause, und er habe Befehl, niemanden, wer er auch sei, einzulassen.

Ob sie wollten oder nicht, die beiden mußten durstig abziehen, und sie taten es, fluchend und drohend.

Während dies draußen geschah vor den Mauern von Hasela, ging's drinnen auch nicht müßig zu. Graf Götz und seine Ritter beichteten, wie es üblich war in jener Zeit, noch am Abend und machten ihren Frieden mit dem Himmel.

Dann wurden die Harnische geprüft, die Pferde und ihr Beschlag, die Waffen und die Helmzier untersucht; denn, so hatte es der Graf verabredet, morgen in aller Frühe sollten die Feinde überfallen werden. Graf Johans sollte nicht mit; er kränkelte seit einiger Zeit, und sein Bruder empfahl ihm Schonung.[47]

---

47 Er starb am 7. November 1332.

Wirich von Schnellingen und Fritsche von Sulzbach, ebenso Töbelin, der Jung, von Bischerbach hatten sich schon am frühen Nachmittag aus den Toren gemacht, um den Bauern die Losung zu bringen.

Der Morgen graut und es wird lebendig in ganz Hasela. Zum Gotteshaus ziehen alle Männer und empfangen das hl. Sakrament. Das Wetter ist hell, der Himmel blau. Alles rüstet sich zum Kampf. Die Scharen der Bürger rücken vor die Burg. Die Knechte satteln die Streithengste der Ritter und Herren.

Auf ein Glockenzeichen regt sich's in den Wäldern im Rücken des Feindes, in dessen Lager sich die Knechte eben erst die Augen ausreiben, um dann für die Pferde zu sorgen.

In hellen Haufen stürmen Bauern, mit Spießen und Hellebarden bewaffnet, aus dem Wald dem Lager zu. Im selben Augenblick ertönen die Hörner vom Städtle her; das Tor hat sich geöffnet, die feindlichen Wächter vor demselben staunen über die dichten Scharen, die ihm entströmen, und fliehen.

Zuerst rücken die Bürger zu Fuß aus, hinter ihnen die Reiterscharen in gedrängten Zügen. Weithin leuchtet unter den Kriegern das weiße Gewand eines Dominikaner-Mönchs. Es ist Johannes ab Hasela, der die Streiter vor das Tor begleitet und noch einmal, wie es Sitte der Zeit war, ein kurzes Stoßgebet spricht: »Sankt Marie, Mutter und Maid, all' unsere Not sei dir gesait!«

Dann stimmen alle den Schlachtruf an: »In Gottes Namen fahren wir. Kyrie eleyson!« Und los geht's auf das unferne Lager des Feindes.

»Wir sind verloren!« ruft hier ein alter Ritter, Künlin von Öwisheim, ein Dienstmann des Grafen Rudolf von Baden, als er so viele Feinde von allen Seiten anrücken sieht.

Im Nu sitzen er und seine Genossen auf ihren Hengsten und bilden eine Schlachtordnung, gegen welche Bauern und Bürger vergeblich anstürmen.

Erst als Graf Götz seine Reiterschar mit eingelegten Lanzen vorsprengen ließ, wurde der Kampf ernstlicher, und Feuer sprühte von den getroffenen Helmen und Rüstungen.

Der Schlachtruf hallte, die ehernen Hörner schmetterten. Rosse stürzten, Ritter fielen. Aber immer noch stand die Phalanx der feindlichen Reiter wie eine Mauer, sich immer wieder schließend, wenn einer sattellos geworden.

Da sprengt aus Götzens Reihen ein geharnischter Mann vor, wirft mit Riesenkraft einen der Gegner aus dem Sattel, dringt an dessen Stelle in die Ordnung des Feindes ein, die andern ihm nach.

Jetzt ergreift Verwirrung und Schrecken die feindlichen Reiter. Ihre Schlachtordnung löst sich auf, aber die Mannen wehren sich noch wie Löwen, denn feige sein war die höchste Schmach jener Zeit.

Die Einzelkämpfe beginnen. Manch einer fliegt vom Sattel, wird übermannt, seines Helmes und seines Herseniers[48] entkleidet und hat keine andere Wahl, als sich zu ergeben oder zu sterben.

Manch einer wird im Sattel wehrlos gemacht und dann samt seinem Streitroß gefangen genommen.

Bald blieb, wenn sie nicht alle gefangen werden wollten, den feindlichen Reitern nichts anderes übrig, als nach tapferster Gegenwehr sich durchzuschlagen.

»Laßt laufen, was nicht gefangen ist!« rief Graf Götz. »Es muß auch noch eine Anzahl heimkommen, auf daß sie in Heidelberg, Pforzheim, Baden und Stuttgart melden können, wie der Graf Götz sie empfangen hat.«

Der Sieg war groß und gründlich. Nicht weniger als vierzig Ritter und Edelknechte waren gefangen. Die gleiche Zahl deckte die Walstatt.

Aus all der Herren Länder, die in Pforzheim sich gegen die Herren von Hasela verschworen, waren Vertreter unter den Gefangenen, so die Edelknechte Konrad von Bache, Rafan der Göler von Rafansberg, Gerlach von Dürrmenz, Konrad der Smögerer von Mönsheim, Ulrich von Öwisheim, Ulrich von Gemmingen, Eberhard von Flehingen, Fritsche von Tiefenau, Konrad der Pfau von Rüppur, Merkeli von Bühl, Siegfried von Michelbach, Otto von Selbach, Berthold von Großwir, Albrecht von Bosenstein und andere.

Das Gepäck und die Wagenburg fielen ganz in die Hände der Bürger und Bauern des Grafen von Fürstenberg, der ihnen alles ließ, was sie als Beute nehmen wollten.

Drinnen aber in der Burg von Hasela, in deren Verließen die Gefangenen untergebracht wurden, ward der Sieg am Abend gefeiert mit aller Fröhlichkeit. Bis tief in die Nacht wurde bei Kerzenlicht getafelt, getrunken und gesungen.

---

48 Kopfbedeckung unter dem Helm.

Draußen auf den Straßen und Plätzen der Stadt tranken und sangen die Bürger und die Bauern, denen der Graf seinen Weinkeller auch zur Verfügung gestellt hatte.

Den Preis des Helden aber gestand der Feldhauptmann dem Edelknecht des Grafen Rudolf von Hohenberg, Rumo, des Harnaschers Sohn von Hasela, zu.

Er war's gewesen, der das Treffen der feindlichen Reiter gesprengt und nicht weniger als zehn Reisige vom Sattel geworfen und gefangen genommen hatte.

»Dich, Rumo«, so sprach Graf Götz, »laß' ich keinen Tag langer auf Burg Hohenberg. Solch einen Kerl, wie du, muß ich hier haben. Wer weiß, ob nicht die Herren selber kommen, deren Diener ich jetzt heimgeschickt, und dann kann ich Leute, wie dich, gut brauchen.«

»Du bist jetzt noch zu jung, aber noch eine solche Tat, und ich schlage dich trotzdem zum Ritter!«

Graf Götz von Hasela hatte fortan Ruhe. Die Gefangenen lagen mit zeitweiligem Urlaub fast drei Jahre lang in seinen Burgverliesen, bis alle das Lösegeld erlegt hatten. Aber sie alle und ihre Herren mit ihnen schworen schließlich Urfehde, d. h. sie gelobten, sich weder am Grafen von Hasela, noch an seinem Vetter, dem Grafen Heinrich von Fürstenberg, und ihren Söhnen zu rächen wegen ausgestandener Gefangenschaft.

Die kleine Ebene aber, auf der Graf Götz seine Feinde im Sommer 1332 niederschlug, heißt bis zur Stunde »die Kampfäcker«.

14.

An den Ufern der Kinzig hin gab es in den Tagen des Grafen Götz von Fürstenberg noch vielfache »Altwasser«, die vom breiten Bette des Flusses sich abgezweigt hatten.

Von hohem Schilf umgeben, boten sie vielen Wasservögeln Schutz und Aufenthalt und verschafften dem beliebtesten Sport jener Zeit, der Falkenbeize, reichlich Gelegenheit, auf Reiher und Enten zu jagen.

Es ist ein Augusttag des Jahres 1336. Oberhalb des Städtchens, wo die Kinzig ziemlich nahe an den Wald tritt, reiten am Ufer hin ein Jäger und eine Jägerin, jedes einen Falken auf der Hand. Zwei Windspiele folgen ihnen, und ein Zwerg mit einem kurzen Stecken trottelt hinten drein.

Die Jägerin ist eine junge, mädchenhafte Erscheinung mit wallenden, blonden Haaren, langem, grünem Kleide, Sporen an den Schuhen und mit einem Hifthorn aus Elfenbein am Gürtel.

Es ist Herzeleide, die achtzehnjährige Tochter des Grafen Götz, auf der ersten Falkenbeize. Ihr Begleiter aber ist Rumo, der Edelknecht, seit Jahr und Tag wieder in Hasela und wohlgelitten bei der gräflichen Familie. Drum ist ihm heute gestattet worden, allein mit Herzeleide auf die Jagd zu reiten.

Die jungen Söhne des Grafen, Heinrich und Hug, verkehren mit ihm wie mit ihresgleichen und lernen von ihm alle ritterlichen Übungen zu Fuß und zu Pferd.

Den Edelfalken, welchen Herzeleide auf ihrer Hand trägt, hat er selbst aus dem Nest genommen und mit vieler Mühe gezähmt und dressiert.

Heizeleide kann unterwegs die Schönheit des Vogels, seine hellen Augen und sein zahmes Wesen nicht genug loben.

Die Jagd beginnt. Die Windspiele, welche Herzeleide und Rumo an der Leine hinter sich herrgeführt, werden losgelassen, die Vögel aufzuscheuchen, und der Zwerg schlägt zum gleichen Zweck mit seinem Stecken an das Schilfrohr.

Gleich gingen zwei Reiher in die Höhe und einige Enten. Rumo mahnte seine Jägerin, die Fessel des Falken zu lösen und ihn in die Luft zu stoßen. Darauf tat er das gleiche mit seinem Vogel.

Der Edelfalke Herzeleidens suchte sich gleich ein großes Objekt und flog einem Reiher nach, während der kleine Sperber Rumos sich an eine der Enten machte, ehe sie in einem Altwasser weiter oben wieder einfiel.

Mit lebhaftester Spannung verfolgte Herzeleide den Kampf ihres Vogels mit dem Reiher, bis dieser endlich besiegt niederfiel, den Sieger auf seinem Leibe tragend.

Rumo sprang vom Pferde, erschlug den Reiher mit dem Stock des Zwerges und brachte Beute und »Federspiel[49]« der jungen Herrin, die das Tier liebkoste und ihm seine vom Kampf zerzausten Federn glatt strich.

---

49 So wurde der Jagdfalke damals genannt.

»Aber den hast du gut dressiert, Rumo«, sprach sie, »vielen Dank dafür. Das war mir eine neue Freude, solche Jagd einmal selbst auszuüben.«

»Ich freue mich mit euch, gnädiges Fräulein«, erwiderte Rumo, »daß das Federspiel so gut ausgefallen ist und die erste Probe so gut bestanden hat.«

»Aber sag' doch du zu mir, Rumo«, sprach errötend und aufgeregt Herzeleide, »wie du es früher getan, da ich noch klein war und du mit uns spieltest im Burghof und im Garten.«

»Ich weiß noch wohl, wie du mir Singvögel und Eichhörnchen aus dem Wald brachtest, und wie ich damals schon dich lieber mochte als meine Brüder, die mich schlugen, statt mir eine Freude zu machen.«

»Jene Tage sind längst dahin«, entgegnete Rumo, »und aus dem Mädchen Herzeleide ist eine edle Jungfrau geworden, der ich begegnen muß, wie es einem Knechte geziemt. Euer Vater würde mich auf der Stelle mit Schimpf und Schande aus der Burg jagen, wenn ich es wagen wollte, euch noch zu duzen.«

»Mein Vater, der mich liebt, wird sicher nichts dagegen haben, wenn ich es ihm sage.«

»Ihr seid noch ein Kind, Herzeleide, wenn ihr glaubt, daß euer Vater so was dulde. Wißt ihr nicht, daß ihr adeligen Geschlechts seid und unter euere Ahnen Markgrafen und Herzoge zählt und daß ihr ebenbürtig seid jedem König und Kaiser im deutschen Reich? Ich aber bin eines unfreien Bürgers und Handwerkers Sohn und mein Vater ein Leibeigener des eurigen; euer Großvater hat es meinem Vater, eines unfreien Bauern Sohn aus dem Tale, möglich gemacht, ein Waffenschmied und Harnascher zu werden.«

»Er wäre längst frei bei jedem andern Handwerk, aber einen Harnascher können die Herren gar gut brauchen und halten ihn drum gern in Unfreiheit.«

»Aber du, Rumo«, erwiderte die schöne Maid, »bist frei und ein edler Knecht und wärst längst Ritter und Burgbesitzer, wenn ein Lehen meines Vaters frei gewesen wäre. Er hat das schon oft selber gesagt und will in den kommenden Pfingsttagen dir beides geben. Und meine Base Martha,[50] die Priorin, die mich in ihrem Kloster erzog, hat mich

---

50 Martha, Gräfin von Fürstenberg, Tochter Friedrichs I., Herrn zu Wolfa, starb 1341 als Priorin des Klosters Neidingen bei Donaueschingen.

oft ermahnt, im Leben die Menschen nie nach dem Stand, sondern nach ihrem Wert zu beurteilen. Und du, Rumo, bist von Natur aus von Adel, leiblich und geistig. In unsere Burg, meine Mutter sagt es selbst, ist noch kein schönerer und tapferer Edelknecht eingeritten, als du einer bist.«

»Wenn ich euch wert bin, gnädiges Fräulein, so bitt' ich, ja nicht mit euerem gestrengen Vater solche Dinge über mich zu reden. Ich müßte es büßen, und das wollt ihr sicher nicht.«

»Gott bewahr' mich davor, dir schaden zu wollen, Rumo. Du kennst meinen Vater länger und besser als ich. Aber eines verlang' ich, sonst kehr' ich gleich von der Jagd heim und will nichts mehr von der Falkenbeize wissen; wenn wir allein sind, besonders auf der Jagd, darfst du nicht mehr mit ihr mich anreden und nicht mit ›gnädiges Fräulein‹, sondern mit du.«

»Ich wag's nicht und kann's nicht wagen, Herzeleide, habt Erbarmen mit einem armen Knecht, der von Herzen gern euerem Wunsche nachkäme, wenn's nur nicht so gefährlich wäre.«

»Aber nur heute noch bei der ersten Jagd!« sprach aufgeregt Herzeleide, die ihres Vaters starken und starren Sinn hatte und nicht gerne auf Wünsche verzichtete.

»Es sei, aber heute und dann nimmermehr«, erwiderte Rumo, flehentlich und voll innerer Erregung an der Reiterin hinaufschauend, zu deren Füßen er bisher gestanden war, sein Pferd am Zügel haltend.

»Heute, ja – aber das Nimmermehr gilt nicht«, meinte Herzeleide.

»Vergiß'st du denn ganz, Rumo, daß du ein Sänger bist und Sänger und Minne unzertrennbar sind? Weißt du nicht, daß die Minnesänger stets Frauen gehuldigt haben, die im Stand über ihnen waren? Du singst ja oft mit dem Vater Lieder vom Ritter Ulrich von Lichtenstein, der vom zwölften Jahre an einer hehren Frau gedient hat, ihr Blumen brachte und das Wasser trank, so ihr bei der Mahlzeit über die weißen Hände gegossen ward.«

»Weißt du nicht mehr, wie Ritter Ulrich singt?«

> Wib sind reine, wib sind guot,
> Wib sind schön und wohlgemuot,
> Wib sind guot für jedes Leid,
> Wib, die fügen Würdigkeit,

Wib, die machen werten Mann,
Wohl ihm, der das verdienen kann.

»Das weiß ich alles, edle Herrin, aber ich weiß auch, daß fast alle Minnesänger im Liebesdienst unglücklich waren und klagen und seufzen, welche Not es ihnen bringe, einer hehren Frau zu dienen, da sie selber niedrig stehen.«

»Wißt ihr, wie Konrad von Würzburg singt und klagt?«

Ach seht, wie im Winde
Die Linde
Nun zittert,
Ihr Laub vor dem Walde
Zu balde
Verwittert.

Und Klag' auf der Haide
Mit Leide
Man übet,
So hat mir die Minne
Die Sinne
Betrübet.

Ach, sehnende Leiden
Bescheiden
Mir Sorgen;
Die muß ich ertragen
Ohn' Klagen,
Verborgen.

Die stets mir verhohlen
Gestohlen
Den Schlummer,
Die läßt mich vergehen
In Wehen
Und Kummer.

Ach, gnädig erscheine
Du Reine
Mir Armen,
Und laß dich die Schmerzen
Von Herzen
Erbarmen!

Den Geist mir entbinde
Geschwinde
Vom Leide;
Aus wogendem Feuer
Dein Steuer
Mich scheide!

»So sagen und singen alle, alle, die der Minne dienten und der Minne Leid besangen.«

»Aber sie sangen auch der Minne Lust, Rumo«, erwiderte lebhaft Herzeleide. »Und erst Lust und dann Leid – ist der Liebe Los hienieden.«

»Doch genug. Ich will von Stund' an deine, des Minnesängers Rumo, Dame sein und du bist mein Sänger. Und damit Punktum. So jetzt erst jagen wir weiter.«

Herzeleide gab ihrem Pferde einen leichten Schlag mit der Geißel, die sie an einem Elfenbeinstab in ihrer Rechten hielt.

Rumo schwieg. Im Herzen des Edelknechts ging zu vieles vor in diesem Augenblick, um noch etwas davon auf die Zunge zu bringen.

In ihrem Zwiegespräch hatten die beiden ganz vergessen, daß sie nicht allein seien. Jetzt, da Rumo auf sein Pferd stieg, sah er im Schilfrohr den Zwerg stehen, der alles gehört haben mußte.

»Herzeleide«, flüsterte Rumo, »wir sind schon verraten, der Zwerg hat uns gehört. Er ist boshaft wie alle Zwerge.«

Es war Sitte jener Tage, daß Damen Zwerge hielten. Auch Graf Götz hatte seiner Tochter einen geschenkt. Er hieß Peter, war eines Bauern Kind, einige zwanzig Jahre alt, aber klein wie ein dreijähriger Knabe.

»Er stiert so blöde aus dem Rohr heraus; ich glaube nicht, daß er uns gehört hat«, tröstete Herzeleide den Rumo. »Und wenn er was gehört, so wird er schweigen, denn er weiß, daß es sonst sein Tod wäre. Ich peitsche ihn ohnedies jede Woche einmal durch, wenn er frech wird.« »Laß uns zureiten, Rumo, ohne ihn zu fragen, ob er uns verstanden. Ich garantiere dir für sein Schweigen mit seinem Leben.«

Sie ritten weiter. Die Windspiele hatten bald wieder Vögel aufgetrieben, und die Falken wurden losgelassen.

Spöttisch und boshaft in sich hineinlächelnd folgte Peter, der Zwerg, dem Pferde seiner Herrin.

Die Jagd wurde fortgesetzt und erst beendet, als drei Reiher und sechs Enten am Sattel der schönen Jägerin hingen und Rumo, der Edelknecht, ein oder das andere schüchterne Du, das ihm aber voll Wonne durch die Seele ging, mit Herzeleide gewechselt hatte.

Auf dem Rückweg sprachen beide vom Sängerfest, das demnächst in der Burg gehalten werden sollte.

Graf Götz hatte viel Lösegeld bekommen durch den Überfall auf den Kampfäckern. Mehrere Jahre hindurch flossen reichliche Raten der damals gefangenen Ritter und Edelknechte nach Hasela, dessen Graf nicht nur die Herrschaft Triberg in Pfand nehmen und seines Hauses Besitztum mehren, sondern auch herrlich und in Freuden leben konnte.

Gesang und Saitenspiel ertönten fast täglich in den Burgräumen von Hasela, wo Rumo und sein Herr beides übten wie ehedem.

Schon im Frühjahr und Sommer des oben genannten Jahres 1336 hatte der Graf jedem fahrenden Sänger, der auf der Burg vorgesprochen, mitgeteilt, daß er am Tage des Festes Kreuzerhöhung (14. September) einen Sängertag zu Hasela halten wolle und alle Sänger, seien sie auf Burgen oder Straßen, dazu einlade. An Imbiß und Trunk solle es keinem fehlen, und die besten Sänger würde er mit reichen Gaben bedenken.

»Ich hoffe«, sprach Herzeleide, »daß du, Rumo, den ersten Preis bekommst. Er besteht in einem silbernen Pokal und einem Waffenrock aus Seide, den ich gewoben und mit Goldfäden gestickt habe.«

»Ich weiß nicht, ob dein Vater mir erlauben wird, um einen Preis zu singen. Das wird ein Vorrecht der fremden Sänger sein«, entgegnete Rumo.

»Ja, freilich darfst und mußt du singen. Mein Vater hat der Mutter und mir schon wiederholt im Frauengemach gesagt: ›Der Rumo wird alle niederringen.‹ Und ich habe deshalb den Waffenrock so schön mit Blumen, mit Violen und Vergißmeinnicht, geziert.«

»Aber einer hat es nicht gern, dies Sängerfest«, nahm Rumo das Wort, »der Leutpriester Pater Johannes; der hat am Sonntag auf der Kanzel dagegen gewettert, daß wieder so viel fahrendes und leichtfertiges Gesindel ins Städtle gezogen werde und dieses Volk schlechtes Beispiel gebe. Aber man kann es ihm nicht verübeln: die Goliarden[51], welche oft auf den Straßen und in den Herbergen singen, bringen auch viele Schelmenlieder gegen die Geistlichkeit ins Volk.«

»Wenn sie nur vom hürnenen Siegfried sängen, von Karl dem Großen und von Dietrich von Bern, so meinte der Pater selbst, hätte er nichts gegen sie. Aber ihre Spottlieder, ihre sittenlosen Gesänge und ihr wüstes Saufen, das müsse er tadeln.«

»Der Vater hat's dem Pater Johannes auch nicht übel genommen«, meinte Herzeleide, »und schon Befehl gegeben, daß an jenem Tage kein Goliarde, der nicht anständig aussieht, zugelassen werde. Im übrigen ist's der Vater gewohnt, daß unser mönchischer Leutpriester so predigt, und hört ihm selber gerne zu, wenn er seine Meinung wacker sagt.«

Der Rumo schloß in der Nacht nach der Falkenbeize kein Auge. Was er gehört von Herzeleide, droben am Schilfe der Kinzig, schlug, als er allein war, so gewaltig in seine Seele und rumorte so darin, daß er keinen Schlaf fand.

Daß sie, die wunderbar schöne Maid, eines Grafen Tochter, der alle Herren huldigten, die in der Burg zu Hasela ein- und ausritten, daß sie ihn heute zu ihrem Minnesänger erkoren und gebeten hatte, sie mit du anzureden, ihn, den Sohn des Harnaschers am Stadtbach, das raubte ihm die Ruhe der Nacht.

Zwar hatte Graf Götz versprochen, ihm den Ritterschlag zu geben am Pfingsttag nächsten Jahres. Da wollte der Herr von Hasela ein kleines Turnier abhalten und vor diesem Waffenspiel dem Rumo für seine Tapferkeit auf den Kampfäckern die goldenen Sporen, Schwert, Helm und Speer überreichen und ihn zum Ritter machen.

Auch hatte er ihm die alte Burg im Runzengraben bei dem Dorfe Steinach, unterhalb Hasela, verheißen, deren Edelknecht eben erst kinderlos gestorben war.

Aber immerhin war und blieb die Kluft zwischen Rumo, dem Lehensmann, und der Tochter des Lehensherrn eine unübersteigbare. Sie

---

51 Fahrende Studenten jener Zeit hießen so.

war adeligen Blutes, und er war und blieb ein heraufgekommener, reisiger Knecht, eines leibeigenen Mannes Kind.

Nur Herzoge, Grafen oder freie Herren konnten ebenbürtig um die Hand der schönen Herzeleide freien.

Das alles erwog der brave Rumo in jener Nacht nach der Falkenbeize und kam zu dem Schluß, der schönen Jägerin zu dienen, wie einst die ritterlichen Minnesänger, deren Lieder er sang. Sie dienten meist Frauen, welche höher standen denn sie, und hielten ein Lächeln, einen Händedruck, ein buntes Tuch als Helmzier von der Angebeteten für einen Minnesold, der sie glücklich machte.

In dieser Stimmung, in diesem Entschluß traf ihn der Tag des Wettgesangs.

Schon am Vorabend waren fahrende Sänger durch die Tore von Hasela eingezogen und hatten sangliebende Ritter durch sie ihre Rosse gelenkt.

Mit Fiedeln und Harfen beladen waren die Goliarden dahergekommen, und am Abend spielten und tanzten sie in allen Herbergen zur Freude der Bürger, die ihren Abendtrunk dort taten.

Von ritterlichen Sängern kamen durchs untere Tor: die freien Herren Ulrich von Rappoltstein und Walther III. von Geroldseck, der Schwager des Grafen, dann Reinbold von Staufenberg und Andreas von Bosenstein. Zum oberen Tor ritten ein: Oswald von Wartenberg, Konrad von Wildenstein, Rudolf von Tannheim und Aigelwart von Falkenstein.

Sie alle wurden in der Burg herzlich willkommen geheißen.

Spät in der Nacht schlugen noch an die Tore der Vetter des Grafen, der Markgraf Heinrich IV. von Hachberg, und der freie Herr Hugo von Üsenberg. Sie wollten, weil morgen ein kirchlicher Festtag war, nicht reiten und hatten einen weiten Weg über das Elztal her.

In aller Frühe, ehe das zweite Zeichen zur Messe gegeben war, rückten die benachbarten Dienstmannen des Grafen, die wir bereits kennen, ein und mit ihnen die Ritter Bruno und Wernher von Hornberg.

Die Ritter und Edelknechte alle besuchten mit dem Burgherrn von Hasela und den andern Adeligen am Festtag zu Ehren des Kreuzes die Frühmesse. Graf Götz kannte den Pater Johannes zu gut, um nicht zu ahnen, er werde auf der Kanzel im Hauptgottesdienst abermals Lärm schlagen über das fahrende Volk, welches der Sängertag wieder ins

Städtle gezogen habe, und über die gottlose Welt, so nur singen und trinken wolle. Drum besuchte er die Frühmesse heute.

Die Goliarden aber stellten sich nach dem Hauptgottesdienst in Gala auf dem Marktplatz auf und sangen den Bürgern zur Freud' und dem Pater zu Leid einige nicht sehr fromme Lieder, denn jene Zeit vertrug in solchen Dingen weit mehr als die heutige. Dann erschien der Graf und musterte die fahrenden Leute aus. Alten Bekannten unter ihnen und solchen, die schmucke Trachten hatten, ward der Zutritt zum Wettgesang in die Burg gestattet, die anderen aber sollten ihren Unterhalt verdienen und für ihre Reise sich bezahlt machen durch Spiel und Gesang in den Herbergen und vor den Häusern der Bürger.

Einen Extra-Trunk aus seinem großen Keller bei der Kirche gewährte Graf Götz außerdem allen in die Burg nicht zugelassenen Goliarden.

Der Nachmittag kam. Nach der Vesper sollte das Wettsingen beginnen. Im großen Rittersaale der Burg sammelten sich Sänger und Zuhörer.

Preisrichterinnen waren die Damen des Hauses und deren Base, die Gemahlin des jungen Grafen Konrad von Fürstenberg, die vom nahen Wolfa erst am Nachmittag mit ihrem Gemahl angekommen war.

Sie hieß Adelheid von Grießenberg, und ihr erster Gemahl war der Graf Diethelm von Toggenburg gewesen. Vor kurzem erst hatte sie ins Haus Fürstenberg sich verheiratet.

Herr Walther von Geroldseck, ein alter Freund von Sang und Saitenspiel, verzichtete auf das Wettsingen. Er wolle, so meinte er, es den Jungen überlassen und, wie sein Schwager, Graf Götz, am Zuhören sich erfreuen.

Den Vorrang hatte nun unter den adeligen Sängern der freie Herr Ulrich von Rappoltstein. Er war im Frühjahr schon einmal in Hasela gewesen, hatte damals zum erstenmal die schöne Herzeleide gesehen und war entzückt von ihr wieder heimgeritten ins Elsaß – den Pfeil Amors im Herzen.

Drum war er gerne wieder gekommen zum heutigen Feste, zu dem der Burgherr von Hasela ihn geladen. Er war, wie dieser, ein Schwärmer für das Lied vom Helden Parzival. Und der Graf und die Gräfin sahen ihn auch deshalb gerne, weil sie in ihm den willkommensten Werber um die Hand ihrer Tochter erkannten, denn die Rappoltsteiner waren ein reiches und angesehenes Geschlecht.

Herr Ulrich nun erhob sich, als ein Herold rief: »Der vornehmste Sänger, der freie Herr von Rappoltstein, möge beginnen!« Ein Diener brachte ihm die Harfe, und zu ihrem Spiel trug er den fünfzehnten Gesang aus Parzival vor, das Abenteuer des Ritters Gawan, Parzivals Freund, auf dem Bergschlosse Schamfanzon, wobei er die Liebe der Königstochter Antikone gewann.

Der Schluß, den Ulrich besonders gemütvoll vortrug, lautete:

>Die gleiche Fahrt, wie Parzival,
>Hub er nun an, die Fahrt zum Gral,
>Und ließ allein mit ihrem Leid
>Die minnigliche Königsmaid.
>Nicht künd' ich euch von all' den Schmerzen,
>Die sie verschloß in ihrem Herzen;
>Denn nie mehr sollte den sie sehen.
>Von dem ihr Lieb und Leid geschehen.
>Der Blume gleich im Frühlingstal
>Verwelkte ihrer Schönheit Strahl.
>Doch stets, so lang noch Rosen blühen,
>So lang noch Herzen innig glühen.
>Soll diese Jungfrau hold und rein
>Vom Sängermund gepriesen sein!

»Der freie Herr von Rappoltstein«, flüsterte die Burgherrin von Hasela ihrer Tochter zu, »der verdient den ersten Preis, er hat wundervoll gesungen und mich zu Tränen gerührt.«

»Wir können noch nichts entscheiden, bis wir alle gehört haben«, entgegnete die Tochter.

Der zweite Sänger, Ritter Reinbold von Staufenberg, unterbrach das Gerede. Er sang das schöne Herbstlied vom Meister Konrad von Würzburg, das da anhebt:

>Jetzt will sich die Linde vom Winde entfärben.
>Ihr Grünen am Walde mag balde ersterben.
>Wie Weh auf der Heide mit Leide sich mehret,
>So sind mir die Sinne von Minne beschweret.

Als er geendet, meinte Graf Götz zu seinem Schwager, dem Herrn Walther von Geroldseck: »Der Reinbold ist doch einer der besten Sänger, die heutzutag einen Harnisch tragen. Trotz seiner fünfzig Jahre singt er noch wie ein Junger.«

Jetzt sang Andreas von Bosenstein das Lob des Frühlings nach des Ritters Neidhart Lied:

> Der Mai, der ist so mächtig.
> Drum führt er auch so prächtig
> Den Wald an seinen Händen,
> Der Winter muß sich enden.

Da er zu Ende, trat Konrad von Wildenstein auf, der Sänger aus dem Felstale der Donau. Er hatte sich ein Lied von Ulrich von Lichtenstein gewählt, »Freude und Minne«, das also beginnt:

> In dem lüftesüßen Maien,
> Wenn her Wald trägt grün Gewand,
> Sieht man lieblich geh'n zu zweien
> Alles, was ein Liebes fand.
> Und mitsammen froh geweiht;
> Das ist recht: so will's die Zeit.

Nach der letzten Strophe:

> Wo ein treues Herz gefunden
> Treue Liebe, treuen Mut,
> Da ist aller Gram verschwunden;
> Treue Lieb' ist also gut,
> Daß sie füllt mit treuer Lust
> Allezeit die treue Brust

da meinte die Gräfin Adelheid von Wolfa, der Wildensteiner sei bis jetzt der beste Sänger.

Aber schon stand der letzte der reisigen Sänger auf dem Podium, Rumo, der Edelknecht, des Harnaschers Sohn von Hasela.

Von ihm konnte man sagen, was Wolfram von Eschenbach im Parzival vom Königssohne Bergulacht singt:

> Gar königlich tritt er heran;
> Sein Aug' war dunkel wie die Nacht.
> Noch wie ein Maienmorgen lacht.
> So war von Locken dicht umwallt
> Sein Antlitz, schmiegsam die Gestalt,
> Gleich wie, vom lauen Wind umweht.
> Die Zeder auf der Aue steht.

»Wer ist dieser wunderbare Mensch?« fragte hastig die Gräfin Adelheid ihre Nachbarin Herzeleide. »Dem muß man den ersten Preis zuerkennen, ohne daß er singt.«

»Es ist ein Edelknecht meines Vaters, der Sohn eines hiesigen Harnaschers, und heißt Rumo. Seine Mutter ist eine Welsche«, entgegnete Herzeleide, leicht errötend.

Sie hätte gern noch mehr gesagt, aber schon brauste die herrliche Baritonstimme des Sängers durch den Saal, und alles war von ihr gefangen genommen.

Rumo sang, wie er gerne tat, das Lied eines welschen Troubadours, des Pieire Rogier[52], ein Lied, das der Herzeleide das Blut ins Gesicht trieb:

> Mein ist ihr Lächeln und ihr Scherz,
> Und töricht wär's, um mehr zu flehn
> Und sich nicht ganz beglückt zu sehn.
> Es ist kein Trug,
> Sie anzuschau'n ist mir genug;
> Im Anschau'n find' ich meinen Lohn,
> Kein größeres Heil
> Wird mir zu teil.
> Doch hab' ich Lust und Ehr' davon
> Und brüste mich, als wär' ich reich,
> Dem armen Übermüt'gen gleich.
>
> Treu, wie das meine, gibt's kein Herz;
> Nie hab' ich mich vor ihr erklärt,
> Noch Gunst, noch Freundlichkeit begehrt.

---

52 Er starb 1180.

> Wo sie auch weilt,
> Bin ich ihr Freund, der ungeteilt
> Sie still und im geheimen liebt;
> Denn nicht bewußt
> Ist ihr die Lust,
> Das Glück, die Ehr', die sie mir gibt.
> Auch sei's dem Läst'gen nicht entdeckt,
> Denn lieben will ich ganz versteckt.

Nur der Graf Götz fand die ersten Worte, als Rumos Sang und seine Harfe ausgeklungen: »Bravo, Rumo, aber jetzt noch eins, noch ein welsches Lied. Die sind deine Kraft!«

Rumo fuhr durch seine Harfe, suchte andere Akkorde und sang dann ein Lied von Bernart von Ventadour:

> Wenn der Blätter Grün entquillt,
> Blüten aus den Zweigen dringen,
> Wenn die Vöglein lieblich singen,
> Fühl' ich mich von Wonn' erfüllt;
>
> Steh'n die Bäume schön im Flor,
> Tönt der Sang der Nachtigallen,
> Muß ein Herz vor Freude wallen,
> Das sich edle Lieb' erkor.
>
> Im Mond April, wenn grün sich schmückt
> Der Anger und die Gärten blüh'n.
> Und frisch und klar die Wasser zieh'n,
> Und alle Vög'lein sind beglückt;
> Düfte, die aus Blüten dringen,
> Und des Vög'leins süßes Singen,
> Das ist's, was dann mich neu entzückt.

»Alle guten Dinge sind drei, sing noch eins, Rumo!« rief der Graf, freudig erregt über den flotten Gesang seines Waffenträgers.

Und Rumo sang die Schilderung, welche der Troubadour Arnaut von Marneuil von seiner angebeteten Dame gab:

Euer schönes, dunkelblondes Haar,
Die Stirne weiß und lilienklar.
Das Auge, das sich regt und lacht,
Die Nase grad' und wohlgemacht;
Das blühend frische Angesicht,
So weiß und rot sind Blumen nicht;
Das Mündchen, schöne Zähne drein,
Kein Silber ist so klar und rein.
Und Kinn und Hals und Brust so weiß,
Wie frischer Schnee und blühend Reis,
Und dann die Hände schön und blank
Zusamt den Fingern zart und schlank.
So oft mein Herze denkt daran,
So faßt mich solch' Erstaunen an;
Ich weiß nicht mehr, woher, wohin,
Und wund're mich, daß ich noch bin.

Ein Sturm des Beifalls lohnte den Rumo. Die ritterlichen Sänger, wie die fahrenden, stimmten dabei mit ein. Selbst die Gräfin Anna, die am liebsten dem Herrn Ulrich von Rappoltstein den ersten Preis zuerkannt hätte, konnte nicht anders als ergriffen sein von Rumos Liedern. Und der Herr von Rappoltstein machte es ihr leicht, indem er selbst gestand: »Solch' einen Sänger hab' ich weder im Wasgau, noch jenseits der Wasgauer Berge, im Welschland, gehört.«

Alles wollte dem Rumo, den sein Graf herbeigerufen, die Hand schütteln und gratulieren. In Ehrfurcht küßte er den Frauen, die ihm Lobsprüche machten, die Hände, und sein Kuß auf Herzeleidens Rechte brannte wie Feuer.

Jetzt kamen die Fahrenden an die Reihe. Sie trugen ihre üblichen Gesänge vor: Helden-, Trink- und Liebeslieder. Aber all ihr Singen konnte niemand mehr fesseln, seitdem Rumo gesungen, am wenigsten Herzeleide. Sie hörte und sah nimmer, sie war in ihrer Seele ganz beschäftigt mit dem Inhalt der Lieder Rumos, den sie ganz auf sich bezog.

Widerspruchslos erhielt des Harnaschers Sohn den ersten Preis, einen Pokal und einen seidenen Waffenrock, überreicht von Herzeleide. Knieend und glühend empfing er die Ehrengabe aus ihrer Hand.

Den zweiten Preis schieden die Damen dem freien Herrn Ulrich von Rappoltstein zu und den dritten dem Konrad von Wildenstein.

Die Fahrenden bekamen, wie üblich, allerlei Kleidungsstücke und bares Geld, womit sie höchlich zufrieden waren.

Ein Mahl ward alsdann aufgetragen, und bei dem setzte die Mutter neben Herzeleide den freien Herrn von Rappoltstein. Sein Nachbar zur Linken, der Ritter Reinbold von Staufenberg, flüsterte ihm alsbald zu: »Herr Ulrich, der erste Preis sitzt neben euch. Wenn ihr den bekommt, seid ihr doch der erste Sänger des Tages gewesen.«

»Der wär' mir auch lieber als alle Sängerpreise im deutschen Reich und bis hinab nach Rom«, meinte leise und lächelnd der Rappoltsteiner.

»Der entgeht euch sicher nicht«, flüsterte abermal der Reinbold; »ein freier Herr von Rappoltstein, Besitzer dreier Schlösser auf *einem* Berg im schönsten Teil des Wasgaus, wo die besten Weine wachsen, der freit nicht vergeblich um eine Gräfin von Fürstenberg-Hasela. Einen tüchtigen Schluck darauf!«

Er stieß mit seinem Humpen mit dem Herrn Ulrich an, der einen mächtigen Zug tat und sich dann in Liebenswürdigkeiten gegen seine Nachbarin erschöpfte.

Er erzählte ihr von den Schönheiten des Wasgaus, von seinen eigenen drei Burgen und von der schönen Stadt Rappoltsweiler, deren Herr er sei.

Herzeleide hörte nur mit halbem Ohr: sie dachte immer noch an Rumos Lieder und schaute gar oft verstohlen an das Ende der Tafel, wo zu unterst Rumo saß, bescheiden und nicht ahnend, welchen Rumor sein Singen im Herzen der schönen Grafen-Tochter gemacht.

Er war glücklich genug, von ihrer Hand einen Waffenrock zu besitzen, den sie selbst genäht und mit Stickereien geziert hatte.

Er hätt' ihn nicht hergegeben um alle drei Burgen des Rappoltsteiners.

Diesem gegenüber saß Graf Götz und sprach zwischen Essen und Trinken mit dem Herrn Ulrich über Minnesang und über minnesangliche Handschriften.

Wie staunte er, der Schwärmer für Wolframs Parzival, als der Rappoltsteiner ihm sagte, er habe eine welsche Handschrift vom Parzival, und die sei viel umfangreicher als der Text des Wolfram von Eschenbach.

»Die hat euch aber gewiß schweres Geld gekostet?« fragte Graf Götz.

»Ich sollt's fast nit sagen«, antwortete Herr Ulrich. »Für einen Rappoltsteiner war's fast zu viel. 100 Pfund Silber hab' ich dafür ausgegeben!«

»Das ist viel Geld«, meinte Graf Götz. »Doch ihr könnt's leisten, Herr Ulrich. Die Handschrift aber muß ich sehen und reite extra ihrethalben einmal zu euch ins Elsaß im nächsten Frühjahr. 's ist schon lange her, daß ich nicht mehr auf Rappoltstein gewesen; euer Vater lebte damals noch, und ihr waret ein Kind. Ich kam von Basel her von einem Turnier.«

»Es wird mir eine große Freude sein«, entgegnete Herr Ulrich, »wenn ihr auf meine Burg reitet und das Fräulein Herzeleide mitbringt. Sie ist ohnedies noch nie über Straßburg hinausgekommen, wie sie mir eben erzählte.«

»Wir kommen und kommen gern«, antwortete Graf Götz, und Herzeleide nickte als Zeichen ihrer Zustimmung.

Am andern Morgen, ehe er abritt, ersuchte Herr Ulrich von Rappoltstein den Grafen Götz und seine Gemahlin um eine aparte Unterredung. Bei der hielt er mit geziemlichen Worten um die Hand ihrer Tochter Herzeleide an und bat, den ihm zugesagten Besuch im kommenden Frühjahr als Brautschau anzusehen. Er bat aber auch, falls die Eltern ihm ihre Zusage gäben, der Tochter erst nach seinem Wegritt Mitteilung zu machen. Er wolle die Sache nicht überstürzen, und Herzeleide möge in aller Ruhe sich seinen Antrag überlegen.

»Es könnte mir«, so gab ihm der Graf von Hasela Bescheid, »kein Freier kommen, der mir lieber wäre als ihr, Herr von Rappoltstein; ein freier Herr, Sprosse eines alten Geschlechtes, dem unsern ebenbürtig, Minnesänger und Ritter, habt ihr alle Eigenschaften, die ich von einem zukünftigen Schwiegersohn wünschen kann.«

»Meine Tochter wird dieselben auch zu würdigen wissen und, seid darüber unbesorgt, euch gerne als Hausfrau folgen auf euere schönen Burgen im Elsaß, wo Harfen- und Waffenklang daheim sind.«

Auch Gräfin Anna stimmte freudigen Herzens zu, denn seitdem Herr Ulrich in der Burg sich befand, hatte sie als besorgte Mutter im stillen lebhaft gewünscht, er möchte nicht von dannen reiten, ohne um der Tochter Hand angehalten zu haben.

»Gerne möcht' ich Herzeleide gleich rufen«, meinte sie, »und ihr mitteilen, wer um sie freit. Gewiß würde sie alsbald, ohne langes Bedenken, ihr Jawort geben.«

»Wir müssen den Wunsch des Herrn von Rappoltstein ehren«, widersprach ihr Gemahl, »und dürfen unser Kind nicht fragen, so lange er bei uns weilt. Ich begreife seinen Zartsinn, er ist eines Minnesängers würdig.«

Lange vor Mittag ritt Herr Ulrich, nachdem er auch von Herzeleide warm sich verabschiedet, mit dem Herrn Walther von Geroldseck zum untern Tor von Hasela hinaus und dem Elsaß zu.

15.

Vor dem unteren Stadttor zu Hasela stand am ersten Maientag des Jahres 1337 eine Anzahl Bürger und schaute dem Zimmermeister Oswald Bürgin zu, wie er mit seinen Gesellen unmittelbar vor der Stadtmauer hin einen großen Platz mit Pfählen und Stricken einhegte.

Die Bürger, teils von Feldarbeit heimkehrend, teils zu solcher ausziehend, fragten verwundert den Zimmermann, was es da gebe.

»Ich soll einen Platz machen, einen Roßlauf lang und einen Morgen breit, für einen Zweikampf, dazu eine Tribüne für die Kampfrichter. So hat mir unser Graf durch den Burgvogt befohlen«, antwortete der greise Meister.

Einen Zweikampf, zwischen wem und warum? – so fragten sich die Bürger und ergingen sich in allerlei Mutmaßungen. Der eine hatte das, der andere jenes gehört über Dinge, die drüben in der Burg vorgegangen sein sollten.

»Mir hat der Oberkoch«, also begann Peter Bosch, der Bäcker am untern Tor, »vor Monaten schon gesagt, es sei schwerer Unfriede in der Burg. Die junge Gräfin solle einen reichen Herrn von Rappoltstein im Wasgau heiraten und wolle nicht.«

»Was, den will sie nicht?« fiel Basche Stricker, ein Schlosser, dazwischen. »Ich hab' in Rappoltsweiler im Elsaß gearbeitet, da ich in der Fremde war, und die Schlösser des Herrn von Rappoltstein gesehen, seine Reben und seine Wälder. Dort ist ein wahres Paradies, und die Tochter unseres Grafen will nicht? Das ist mir unbegreiflich.«

»Es steckt ein anderer dahinter«, fuhr Peter Bosch, still redend weiter. »Die Herzeleide sei in den Sohn des Harnaschers am Bach, den Rumo, verliebt und sie wolle keinen als den. Der hab' deswegen auch fort müssen aus der Burg.«

»So ist es«, nahm nun ein anderer Bürger das Wort, Dietmar Lösly, der Schenkwirt am Tor. »Mein Weib ist die Patin des Rumo, und ihr hat dessen Mutter vor kurzem alles anvertraut. Die Herzeleide will keinen als den Rumo, obwohl der sich so was nie hat träumen lassen und noch weniger ernstlich etwas getan hat, die Heirat mit dem Rappoltsteiner zu hintertreiben.«

»Die Sache kam so an den Tag: der Zwerg Peter, den die Herzeleide oft mißhandelte und schlug, und der hörte, daß sie dem Herrn aus dem Wasgau nicht das Jawort geben wolle, hat dem Grafen verraten, daß sie den Rumo im Herzen habe, und ihm erzählt, wie sie diesem einmal bei einer Vogelbeize eine Liebeserklärung gemacht.«

»Der Graf hat daraufhin die Tochter vernommen, und sie hat gestanden, daß sie nur den Rumo lieben könne und keinen andern, aber bei allen Heiligen geschworen, daß er nichts getan habe, um diese Liebe in ihr zu entzünden.«

»Sie erriet gleich den Zwerg als den Verräter und hätte ihn mit eigener Hand getötet, wenn ihr Vater es nicht verhindert.«

»Der Graf glaubte ihr, aber er schickte den Rumo doch fort, hinauf zum Grafen von Hohenberg, hoffend, die Tochter würde anderen Sinnes werden, wenn er ihr aus den Augen käme.«

»Der hat ein Glück, der Rumo«, meinte der Becke-Peter. »Aber ein schöner Mensch ist er auch, sticht alle Ritter aus, und an der Herzeleide freut es mich, daß sie mit ihrer Liebe keinen Unterschied der Person macht.«

»Ja und noch was, Peter«, flüsterte Dietmar, der Tabernenwirt, »der Rumo ist auch kein gewöhnliches Blut. Seine Mutter ist eines adeligen Herren Kind und aus Liebe mit unserm Harnascher aus dem Welschland durchgegangen. Er kam viel auf die Burg ihres Vaters, dem er Harnische machte und Schwerter schmiedete. Dort sah ihn des Burgherrn Tochter und ließ nimmer von ihm. Drum ist der Sohn auch ein so ritterlicher Mensch geworden, weil er welsches, adeliges Blut im Leib hat.«

»Aber unsere junge Gräfin bekommt er doch nicht, so lange der Graf lebt«, sprach jetzt der Schlosser-Basche. »Eher würde Graf Götz beide in der Kinzig ersäufen, als so was zugeben und, wenn sie fliehen wollten, sie verfolgen bis ans Ende der Welt.«

»Da hast du recht, Basche«, stimmten die anderen Bürger ein, »Unsern Grafen muß man kennen. Der Rumo gilt viel bei ihm, aber seine einzige Tochter gibt er keinem Harnaschers-Buben.«

»Doch die Herzeleide hat auch ihren Kopf«, meinte Dietmar, der Wirt. »Die Diener aus der Burg erzählen in meiner Stube oft davon, daß sie den Teufel nicht fürchte und eine starkmütige Maid wäre. Doch wollen sie dieselbe in letzter Zeit oft mit verweinten Augen gesehen haben. Der Rumo geht ihr sicher zu Herzen, und das ist, wie schon der Becke-Peter gesagt, immer schön, wenn eine hohe Maid auf einen niedrigen Knecht sieht; es ist wahre, echte Liebe.«

»Jetzt reden wir aber schon eine halbe Stunde und keiner weiß, warum ein Platz hergerichtet wird zu einem Zweikampf«, – nahm das Wort Clevi Rinderle, ein Schneider, der eben vom Helgenberg gekommen war, wo er mit seinem Weib Bohnen gesetzt hatte.

»Ich weiß nichts Gewisses«, sprach der Dietmar. »Von denen, die aus der Burg zu mir kommen, hat keiner etwas davon verlauten lassen, daß und warum der Meister Oswald einen Turnierplatz ausstecken muß.«

»Etwas weiß ich, ich soll's aber nit sagen.«

»Deinen Nachbarn, Dietmar, kannst du's sagen«, meinte der Vecke-Peter. »Wir behalten's bei uns.«

»Nun so höret: Mein Weib war gestern abend bei der Harnascherin, und die verriet ihr, daß dieser Tage spät am Abend die Kammermagd der jungen Gräfin ins Haus des Harnaschers gekommen sei und einen Brief gebracht habe. Den sollte, so sei es der Wunsch der Herzeleide, der Bruder des Rumo, der Ulin, alsbald nach der Burg Hohenberg tragen und seinem Bruder bringen. Zugleich bekam der Ulin einen Goldgulden. Er machte sich alsbald auf die Füße.«

»Der Harnascher und sein Weib haben es nit gern getan, aus Furcht vor dem Grafen, wenn er was erführe; aber der Loveline, wie die welsche Harnascherin des Grafen Tochter zu nennen pflegt, wollten sie's doch auch nit abschlagen.«

»Ich vermute, daß in dem Brief was steht, das uns über den Zweikampf, der hier stattfinden soll, ein Licht aufstecken könnte.«

»Aber ich bitt' euch, schweigt mir still.«

Die Bürger gelobten dies und gingen dann auseinander. Bald waren der Zimmermann und seine Gesellen allein auf dem Platz, und nur wenige Knaben schauten ihrem Hämmern und Klopfen noch zu.

Wenden wir unsere Blicke jetzt auch stadteinwärts und kehren wir am gleichen Maien-Nachmittag in der Burg ein.

In einer Kemenate nach Westen, die einen guten Ausblick gewährte auf den Platz vor der Stadtmauer, den die Zimmerleute eben zum Zweikampf herrichteten, saßen die Gräfin Anna und Loveline, beide in eifrigem, ernstem Gespräch.

»Kind, wirst du auch einen Ritter finden, der für deine Ehre kämpft?« fragte besorgt die Mutter.

»Ich find' ihn, Mutter, sei unbesorgt«, entgegnete die Tochter. »Ich vertraue auf Gott und meine Unschuld, drum ist der Zweikampf ein Gottesgericht.«

»Wie hast du denn deinen Vater so schnell gewonnen, auf ein solches einzugehen?« fragte die Mutter weiter.

»Du weißt, Mutter, daß der Vater die vergangene Woche von der Jagd heimkam und ganz entrüstet über mich herfiel mit der Anklage, ich sei im letzten Herbst von Bauern ertappt worden, wie ich heimlich mit Rumo in der Hütte gewesen sei droben beim Vogelherd im Urwald.«

»Ich beteuerte meine und Rumos Unschuld und wollte wissen, wer dem Vater diese Verleumdung hinterbracht. Er nannte mir den Künlin von Bärenbach, welchen der Vater erst kürzlich zum Ritter geschlagen hat, weil er der beste Schnapphahn ist nach dem Wirich von Schnellingen, aber weit älter als dieser.«

»Der soll mir's vor dem Schwert verantworten!« rief ich. »Ich selbst fordere ihn, wie schon manch' tapfere Maid in meinem Stand getan, oder stelle einen Ritter, der für meine Ehre ficht. Du, Vater, bist es deiner eigenen Ehre schuldig, die deines Kindes zu retten.«

»Für dich wird kein Adeliger eintreten«, meinte der Vater, »denn seitdem du den freien Herrn von Rappoltstein verschmäht hast, wird keiner für dich kämpfen. Oder bitte den Rappoltsteiner darum, er legt sicher gerne seine Lanze für deine Ehre ein, wenn du als Siegespreis dich ihm selbst gibst.«

»Ich finde einen Ehrenmann, Vater«, so sprach ich, »doch den Herrn von Rappoltstein will ich nicht belästigen und kann es ihm auch nicht zumuten, für eine Dame, die ihn nicht lieben kann, sein Schwert zu ziehen.«

»Gut«, schloß der Vater. »Am Dienstag vor Sankt Pankraz soll der Zweikampf stattbhaben; fordere den von Bärenbach und schau, wo du einen Ritter findest. Unterliegst du aber im Gottesgericht mit deiner

Ehre, dann verstoße ich dich, und Rumo, dein Buhle, verliert seinen Kopf.«

»Wenn es einen gerechten Gott gibt, so muß ich siegen, Vater, und da es einen gibt, wird er mir auch zur Zeit einen Ritter senden«, sprach ich.

»Kind, was machst du uns Kummer!« nahm die Mutter das Wort wieder. »Du heißest nicht umsonst Herzeleide. Erst den ganzen Herbst und Winter über den Unfrieden in der Burg, weil du dem Herrn Ulrich dein Jawort verweigerst, und jetzt noch ein Gottesgericht.«

»Ja, Mutter, ich heiß' nicht umsonst Herzeleide, denn ich weiß, was Herzens Leid ist, hab's schon in meinen jungen Jahren zur Genüge erfahren. Ach, wozu anders haben wir Menschen eigentlich ein Herz, als um zu fühlen, was leiden heißt!«

»Hätte der Vater mir nicht den Rumo geben und uns auf die alte Burg im Runzengraben setzen und den Meierhof dabei uns schenken können – ich wäre glücklich gewesen, wenn ich nur Brot und Wasser dort drunten gehabt hätte!«

»Nie und nimmermehr können wir ein Kind, das zum Vater einen Fürstenberger und zur Mutter eine Montfort hat, einem Edelknecht geben, der eines Handwerkers Sohn ist«, – entgegnete die Mutter.

»Ihr gebt nicht nach, aber ich auch nicht. Nicht der Adel und nicht die Standesehre machen das Glück einer Ehe aus, sondern die Liebe, und meine Liebe hat eben der Rumo und nicht der Herr von Rappoltstein«, erwiderte die Tochter und fuhr dann fort:

»Man hat den armen Rumo, der nicht einmal weiß, wie stark ich ihn liebe, verbannt und jetzt ihn und mich noch verleumdet.«

»Doch der lumpige Bärenbacher wird's büßen müssen, und ich freue mich schon auf den Zweikampf.«

»Sag' mir, Kind, woher hast du diese Zuversicht?«

»Ich sag's noch einmal, ich vertraue auf Gott, auf meine Unschuld und auf meines Ritters Tapferkeit!«

»Wer ist der Ritter? Ein Ritter muß es sein. Du weißt, Rumo ist nur Edelknecht, denn vor dem Ritterschlag ward er fortgeschickt, und wenn der Rumo käme, gäb's ein Unglück. Denk' an den Vater!«

»Mutter, drängt mich nicht. Meinen Ritter verrat' ich euch nicht und darf ihn nicht verraten, Rumo ist ja weit weg, wie mag er kommen!«

»Aber das weiß ich, wenn ich mehr Freude am Klosterleben hätte, ich ginge, wenn meine Unschuld erwiesen ist, nach Neidingen in unser Kloster, wo schon so manch eine Fürstenbergerin ihre Tage beschlossen hat. Leider hab' ich keinen Klostergeist, Wohl aber den störrischen Geist des Vaters, der durchsetzen will, was er im Kopf hat.« »Ich hoff' immer noch«, schloß die Mutter, ihre Tochter umarmend und küssend, »daß du deinen Starrsinn eines Tages brichst und den Ulrich von Rappoltstein nimmst.«

»Mutter, das erlebt ihr nicht!« –

Der Dienstag vor Sankt Pankraz, der Tag der Entscheidung, fing an über Hasela zu leuchten. In ihrer Kemenate kniete in aller Frühe Herzeleide vor einem alten, hölzernen Madonnenbilde, das ihr die Nonnen von Neidingen einst mitgegeben.

Sie betete zur Gottesmutter, sie möge ihren Helfer, den Verteidiger ihrer Unschuld, glücklich hierher geleiten zur rechten Zeit und ihm Sieg verleihen.

Mehr wagte sie nicht zu bitten, obwohl sie noch einen anderen großen Herzenswunsch hegte.

Während sie in ihrer Kemenate betete, kniete sieben Stunden von Hasela entfernt auf dem waldigen Berge Kniebutz in einem Waldkirchlein der mindern Brüder des heiligen Franziskus ein junger, stattlicher Mann im Harnisch.

Er war gestern abend mit einem reisigen Knecht vom Donautal her auf der waldigen Paßhöhe angekommen und hatte in dem Franziskaner-Hospiz Herberge gesucht und gefunden.

Graf Heinrich I. von Fürstenberg, der Urgroßvater Herzeleidens, hatte den Söhnen des Heiligen von Assisi das Klösterlein gebaut, und der junge reisige Herr war schon oft bei ihnen eingekehrt, wenn er hinüber oder herüber den Kniebutz passierte.

Er war sonst immer heiter gewesen, wenn er zu den Brüdern kam, diesmal fanden sie ihn ernst. Der Pater Guardian fragte ihn, warum er so trübselig sei heute; aber er bekam keine rechte Antwort.

»Betet für mich«, sprach er, »ihr frommen Väter, auf daß ich morgen einen glücklichen Ritt tue und übermorgen wieder hier durchreite, dann sollt ihr mich heiter sehen. Komm' ich aber nimmer, so betet für meine arme Seele.«

»Ihr geht doch nicht darauf aus, irgend einem Kaufmann aufzupassen und ihn niederzulegen? Dann können wir nicht für euch beten«, – meinte der Guardian, Pater Hilarius, ein alter Franziskaner-Mönch.

»Seid beruhigt, Pater«, gab der ritterliche Mann zurück. »Ich gehe nicht auf Beute aus. Ihr betet für eine gute Sache, wenn ihr für mich betet. Aber jetzt dringt nicht weiter in mich. Wenn ich wieder komme, kann ich vielleicht mehr sagen.«

»Aber morgen in aller Frühe, bitt' ich euch, hört meine Beicht an und reicht mir den Leib des Herrn.«

So kniete er denn am andern Morgen in dem hölzernen Waldkirchlein und flehte um Sieg, glücklich, einer Unschuldigen einen Dienst erweisen zu können, und unglücklich, weil er ahnte, was kommen möchte, auch wenn er siegen würde.

Am liebsten war' es ihm gewesen, zu siegen – und dann zu sterben. So schwer war's ihm ums Herz.

Voll innerer Aufregung bestieg er den schwarzen andalusischen Hengst, den ihm, als ein Kampfroß ersten Ranges, ein adeliger Herr, dem er alles geoffenbart, samt seinem Schild geliehen hatte.

»Latz uns zureiten, Rudi«, sprach er zu seinem Knecht, als sie nach langsamem Ritt durch den Wald herab die Talsohle des Wolfbachs erreicht hatten. Und in scharfem Trab ging's der Kinzig zu.

Am Ausgange des Tales, kurz bevor die Wolf in die Kinzig mündet, stand ein alter Lindenbaum und bei ihm eine Herberge. Dort rasteten die Reiter und ließen auch die Rosse sich erquicken. Sie mußten dies tun, denn der Weg wäre zu weit gewesen in einem Ritt vom Hospiz auf dem Kniebutz bis hinab nach Hasela. Und mit einem totmüden Hengst ein Gottesgericht zu bestehen, wäre eine gewagte Sache gewesen.

»Schüttet den Rossen eine Maß Roten in den Hafer!« befahl der ritterliche Gast dem Jonas Dieterle, Wirt am Lindenbaum.

»Wenn die noch von meinem Roten zum Hafer bekommen«, meinte der Jonas, »dann könnt ihr mit ihnen durch die Hölle und durch alle Teufel hindurchreiten. Hab' den Wein selbst geholt im letzten Herbst; er ist an der Burghalde des Ritters von Staufenberg gewachsen und hat Feuer im Leib.«

»Dann bringt uns zweien auch eine Maß, wenn ihr Staufenberger habt. Den Wein kenn' ich und den Ritter Reinbold und seinen Bruder, den Humbele, auch.«

»Es soll heute ein eigen Ding vor sich gehen drunten in Hasela«, begann der Wirt, als er die Maß auf den Tisch stellte. »Der alte Burgvogt unseres Grafen in Wolfa, der jeden Abend zu mir heraufkommt und ein Schöpplein von diesem Roten trinkt, hat mir erzählt, in Hasela werde ein Gottesurteil abgehalten und unser Graf reite auch hinunter als Zeuge.«

»Die Herren werden wohl auch dahin reiten?«

»Wir wollen auch dabei sein«, gab der Geharnischte kurz zur Antwort und dem Gespräche eine andere Wendung, indem er, nach einem tüchtigen Schluck, meinte: »Euer Wein ist gut, er läßt sich beißen. Wenn wir mehr Zeit hätten, würden wir noch eine Maß trinken. Aber wir müssen weiter.«

»Rudi, trink«, sprach er zu seinem Knecht, »und schau, ob die Pferde fertig sind mit Fressen, dann sitzen wir auf!«

»Welche Stunde zeigt euere Sanduhr, Wirt?«

»Ich habe keine«, antwortete dieser. »Aber die Sonnenuhr an der Kirche zeigt eben die fünfte Morgenstunde[53], und die Leute kehren von den Feldern heim zum Mittagessen.«

»Dann ist's höchste Zeit, daß wir reiten«, sprach der reisige Mann, zahlte die Zeche und folgte seinem Knecht auf die Straße, wo unter dem Lindenbaum die Hengste angebunden waren.

Bald flogen die Reiter dahin, dem nahen Städtchen Wolfa zu.

Es war gut reiten in den Städten jener Zeit, da sie kein Pflaster hatten und die Straßen so weich waren wie die in den Dörfern. Drum ging's im schärfsten Trab durch Wolfa hindurch bis zum unteren Tor. Wort stand des Grafen Heinrich von Fürstenberg Schloß, und nur vor diesem war der Weg gepflastert.

Der Hengst des Ritters, übermütig geworden durch den Roten vom Staufenberg, schlug sprühende Funken aus den großen Pflastersteinen, aber auch eines seiner Hufeisen weg, so daß es zersprang und klirrend davon flog.

Der Reiter hielt an. »Um Gottes willen!« rief er, »das bedeutet Unglück; auch kann ich ohne Eisen nicht weiter reiten, sonst wird mein Hengst in kurzem so hinkend, daß er nimmer zu brauchen ist, bis wir nach Hasela kommen.«

»Wo ist ein Hufschmied?« fragte er einen Bürger, der am Tore stand.

---

53 Das ist elf Uhr.

»Dort«, sprach dieser, »hinter dem Rathaus wohnt der Meister Werner, ein guter Schmied.«

Während die zwei Reisigen in Wolfa an der Schmiede standen und ängstlich und hastig dem Beschlagen des Hengstes zuschauten – bliesen drunten in Hasela die Signalhörner zum Beginn des Zweikampfes.

Graf Götz, die Zeugen Walther von Geroldseck und Graf Heinrich von Fürstenberg, Herr zu Wolfa, schritten mit ihren Dienstmannen vors Tor hinaus, wo an den Schranken des Turnierplatzes schon alles stand, was in Hasela laufen konnte, und bewaffnete Knechte zu Pferd Ordnung hielten.

Auf der Tribüne saß Herzeleide mit zweien ihrer Mägde und begrüßte ernst den Vater und die übrigen Herren. Gräfin Anna, die Mutter, wollte nicht zusehen. Sie kniete in der Burgkapelle und betete, auf daß ihres Kindes Unschuld an den Tag komme.

Herzeleide war schön heute, wie eine Königin. Sie trug ein blaues, eng anliegendes Samtkleid mit goldgesticktem Gürtel und darüber einen leichten Mantel von roter Seide. Ihr goldenes Haar hatte sie mit einem Kranz von Maiblumen geziert und sah aus wie eine Braut, die sich geschmückt zum Hochzeitszug.

»Du mußt einen tapfern und sieggewohnten Ritter erwarten«, sprach lächelnd zu ihr der Vetter von Wolfa, Graf Heinrich, indem er zu ihrer Linken Platz nahm.

»Den erwart' ich auch, Vetter«, gab Herzeleide zur Antwort. »Schaut nur den von Bärenbach an, der eben anreitet und eher einem Strauchdieb gleicht, der er auch ist, als einem Ritter, der auf dem offenen Kampfplatz was leisten kann.«

»Täusche dich nicht, Base«, meinte Graf Heinrich. »Der von Bärenbach sieht nicht viel gleich; er hat aber schon als Edelknecht manchen Tjost und manchen Buhurt[54] geritten und ist nicht zu schanden geworden. Auch als Schnapphahn nimmt er es mit drei Kaufleuten und ihren Knechten auf.«

»Aber wo ist denn dein Ritter?«

»Den wird, so hoffe ich, der Herr senden zur rechten Zeit«, antwortete halb ängstlich, halb zuversichtlich die schöne Herzeleide.

---

54 Kampfspiel, bei dem die Gegner in kleinen Reihen (Haufen) aufeinander losritten.

»Es wird not tun, daß der Himmel dir einen sendet«, gab der Vetter zurück, »denn auf den Herrenburgen ringsum bist du nicht beliebt. Du bist eine zu kuriose Heilige, Herzeleide, und weißt, daß nicht leicht ein Herr von Adel für eine Dame ficht, die nichts wissen will von Grafen und freien Herren.«

»Ich will auch keinen solchen Helfer, Vetter!«

»Dann bin ich um so begieriger, wer für dich in die Schranken reitet, Base. Doch dürf' es an der Zeit sein, daß er käme.«

»Bis zur ersten Stunde des Nachmittags warten wir«, sprach jetzt Graf Götz, der zur Rechten seiner Tochter saß und bisher geschwiegen hatte. »Wenn dann kein Helfer kommt, Herzeleide, bist du gerichtet. Es ist schon eine halbe Stunde über Mittag.«

Der schönen Maid klopfte das Herz, ihre Wangen wurden rot bei dieser Rede. »Er muß jeden Augenblick eintreffen, wenn anders Gott mit den Unschuldigen ist und nicht den Verleumdern hilft«, sprach sie.

»Doch horch! Hört ihr das Horn von der Stadt her? Eben wird mein Ritter, so denk' ich, durchs obere Tor eingeritten sein und gleich zum untern Tor herausreiten.«

Die Hornsignale kamen näher. Alles lauscht und schaut gespannt nach dem Tor, das heute sperrangelweit geöffnet ist.

Da sprengt ein Ritter über die Fallbrücke, hinter ihm drein sein blasender Knecht. Ihre Topfhelme sind geschlossen, man sieht nichts als Eisen und Stahl an ihren Leibern. Ihre Hengste sind mit Schaum bedeckt.

Der Ritter sprengt vor die Tribüne, verneigt sich und ruft: »Ich übernehme den Zweikampf für Herzeleide von Fürstenberg gegen ihren Verleumder Künlin von Bärenbach und reite alsbald in die Schranken!«

»Siehst du seinen Schild?« fragte Graf Götz seinen Schwager, den Geroldsecker.

»Ja, sie hat einen guten Helfer«, entgegnete dieser. »Sein Schild ist geteilt: oben Silber, unten blau. – Das ist ein gutes Wappen. Du wirst es kennen?«

»Das ist ja das Hohenbergische Wappen«, rief Graf Götz, »und am Ende tritt gar unser Vetter Rudolf für die Herzeleide in die Schranken. Sie darf stolz sein!«

Jetzt gab er das Zeichen. Die Hörner schmetterten, und die Gegner nahmen ihre Stellung ein.

Ein zweites Zeichen und die Kämpfer stürmten mit eingelegten Lanzen gegen einander. Atemlos schaute alles zu. Doch auf den ersten gewaltigen Stoß flog der Bärenbacher vom Gaul in den Sand.

Ein allgemeines Beifallsrufen ging durch die Menge, und Herzeleide strahlte.

Der Sieger sprang vom Pferde, um mit dem Schwerte weiter zu kämpfen, falls der Gestürzte sich erhöbe. Der aber blieb betäubt liegen. Sein Gegner trat auf ihn zu, löste ihm den Helm, rief nach Wasser und brachte den armen Künlin wieder zum Leben.

»Soll ich ihn töten, wie er's verdient?« rief der Sieger hinauf zur beleidigten Grafentochter.

»Laß ihn leben, lieber Freund und edler Mann, aber widerrufen muß er vor allem Volke!« sprach, sich erhebend, Herzeleide.

»Ist noch ein Gang mit dem Schwert gefällig oder wollt ihr gleich Widerruf leisten?« fragte jetzt der fremde Ritter den von Bärenbach, der nun schwankend wieder auf den Füßen stand.

»Gott hat gerichtet«, sprach Künlin, so laut er konnte, »Ich habe gelogen und war von meinen Bauern übel berichtet, da ich von der jungen Gräfin Böses sagte. Sie möge mir verzeihen!«

Die Herren auf der Tribüne, ihr Vater voran, gratulierten Herzeleiden und reichten ihr die Hand.

Der Sieger war indes wieder auf sein Roß gestiegen, hielt vor der Tribüne an und sprach: »Edle Herrin, gehabt euch wohl. Ich danke Gott, daß er mir so schnell zum Siege geholfen, und bin glücklich, euch einen Dienst geleistet zu haben. Ich reite jetzt wieder von dannen, dorthin, von wo ich gekommen.«

Herzeleide aber rief mit lauter Stimme: »So darfst du nicht fortreiten, getreuer Mann, wie ein Dieb, der in der Nacht kommt und unerkannt wieder fortschleicht. Die Welt soll wissen, wer für mich gesiegt und sein Leben eingesetzt hat!«

»Ja, ja«, sprach nun Graf Götz, dem die Erregtheit seiner Tochter auffiel, »öffne dein Visier, Vetter Hohenberg, und bleibe einige Tage bei uns. Du brauchst dich nicht zu schämen, daß du der einzige gewesen bist unter den freien und adeligen Herren, der für meine verschrieene Tochter eingetreten»ist!«

»Nicht Graf von Hohenberg ist in die Schranken geritten«, gab der geharnischte Reiter zurück; »unter seinem Schild, aber mit seiner Erlaubnis hat ein anderer heute hier seine Lanze probiert.«

»Ein anderer?« – fragte gereizt der Graf von Hasela.
»Jetzt bin ich erst recht begierig, wer dieser andere ist. Es steigt mir eine Ahnung auf, die sich aber hoffentlich nicht bewähren wird.«

»Öffne dein Visier, edler Mann! Ich werde dich nicht verleugnen«, sprach jetzt abermals Herzeleide.

»Laßt mich ziehen, holde Maid«, antwortete der im Harnisch, »ich fürcht', es ist kein Glück, wenn man den Ritter kennt, der für euch eintrat und der für euch sein Leben gäbe, aber es jetzt für besser hält, von dannen zu reiten. Gehabt euch wohl!«

Mit diesen Worten gab er seinem Hengst die Sporen und sprengte durch die Menge dem offenen Stadttor zu. Sein Knecht ihm nach.

»Haltet ihn fest!« rief der Graf mit Donnerstimme seinen reisigen Knechten zu, die zu Pferde anwesend waren. »Ich will wissen, wer er ist, und wenn ihr ihn vom Rosse herunterschlagen müßt!«

Der Fremdling hörte diesen Befehl, lenkte alsbald seinen Hengst um, ritt wieder in die Schranken und vor den Grafen hin und sprach: »Gewalt ist nicht vonnöten, Herr, obwohl ich mich nicht so leichten Kaufes fangen ließe Ich brauch' mich nicht zu schämen, mein Visier zu öffnen, und hab's nur unterlassen, um der edlen Dame, für die ich focht, neue Vorwürfe zu ersparen. Da ihr aber mit Gewalt droht und dies die Sache verschlimmern könnte – so sehet, wer ich bin!«

Mit diesen Worten nahm er seinen Topfhelm ab, und alles rief: »Das ist der Rumo!« Viele aus der Reihe der Bürger klatschten mit den Händen; denn der Rumo war bei ihnen beliebt ob seines Sanges und seines leutseligen Wesens und heute ob seines Sieges. Herzeleide glühte vor innerer Freude.

»Ha«, fragte höhnisch Graf Götz, »ha, seit wann kämpfen Knechte mit Rittern, und seit wann kämpft ein Knecht unter eines adeligen Herrn eigenem silberbeschlagenem Schild?«

»Ich bin ein Ritter, Herr, von euerem Vetter, dem Grafen Rudolf von Hohenberg, dazu geschlagen und für den heutigen Tag von ihm, dem ich alles mitgeteilt, ermächtigt, seinen Schild zu führen!«

»Gut erdacht! Doch du bist ja ein Sänger, und denen sind derartige Dichtungen geläufig«, entgegnete Graf Götz.

»Ich bin bereit, mit jedem einen Zweikampf einzugehen, ja ich fordere ihn dazu heraus, der im Ernste leugnet, was ich eben gesagt«, – gab Rumo allen Ernstes zurück.

»Wie, du willst mich fordern? Deinen Gönner, der dich zu dem gemacht, was du bist?«

»Ich weiß, was ich euch schulde, Herr Graf, aber meine Ehre laß' ich drum nicht antasten. Ich rede die Wahrheit, und für diese steh' ich ein gegen jedermann.

»Aber zweifeln darf ich doch?« sprach milder der Herr von Hasela. »Und bis die Zweifel mir ein Bote an den Grafen von Hohenberg gelöst, bleibst du mein Gefangener!«

Die Bürger und auch einzelne von den Geschlechtern hatten sich herangedrängt und das Zwiegespräch vernommen. Sie waren entzückt von Rumos ehrlicher, offener Sprache. Drum murrten sie, als der bei ihnen nicht sehr beliebte Graf mit Haft drohte.

»Wir lassen unsern wackern Rumo nicht verhaften!« so riefen drohend Stimmen aus der Menge.

»Ich dank' euch, Mitbürger, für euer Eintreten«, beschwichtigte Rumo. »Ich bin gerne unseres Grafen Gefangener, bis er von der Wahrheit meiner Rede sich überzeugt hat. Unser Herr war mir stets gewogen, und daß er's nicht mehr ist, daran trifft mich keine Schuld. Ich habe seines Hauses Ehre allezeit hochgehalten. Ich folg' ihm drum jetzt mit gutem Gewissen in seine Burg, sicher, bald von ihm in Ehren entlassen zu werden.«

»Das ist ein braver Kerl, dieser Rumo«, meinte Graf Walther von Geroldseck zu Herzeleide, die er mit Macht bisher zurückgehalten.

»Das ist er und zugleich der edelste Ritter, den die Welt sah, obwohl nur eines Harnaschers Sohn!« rief sie laut und stürmisch. »Und wenn er um meinetwegen gefangen gesetzt wird, nachdem er für mich gestritten und gesiegt hat, so weiß ich erst recht, was ich ihm schulde, und werd' es nie vergessen!«

In Mißklang ging alles auseinander. Der Graf und die Zeugen schritten von dannen, Herzeleide am Arme des Geroldseckers, die Reisigen mit Rumo hintendrein. Die Bürger verloren sich in den Straßen, die einen mehr, die andern weniger lärmend und räsonierend über das, was sich heute vor dem Tore zugetragen.

Innerhalb seiner Burg angekommen, ließ der Graf den armen Rumo ins unterste Verließ des Hauptturmes bringen.

»Hier bleibt er«, so sprach der Vater zu seiner Tochter, »bis ich weiß, ob er den Ritter fälschlich gespielt hat, und dann erst noch so lange, bis seine Haare so gebleicht sind, daß du gerne auf ihn verzichtest.«

»Je grausamer ihr gegen ihn seid, Vater«, gab Herzeleide ernst und entschlossen zur Antwort, »um so näher wird er meinem Herzen sein und um so strahlender steht er vor mir als Märtyrer.«

Ein Bote ging alsbald nach Hohenberg und kam am dritten Tage in der Nacht mit der Kunde, daß Rumo die Wahrheit gesprochen, zurück. Der Graf verschwieg dies seiner Tochter. Diese weinte tagsüber in ihrer Kemenate, und nachts dachte sie in schlaflosen Stunden nach über des Geliebten Rettung.

Dieser war in einem schauerlichen Kerker. Mittelst eines Seiles hatten sie ihn durch ein Gewölbe hinabgelassen und dann die Öffnung wieder mit einem Stein geschlossen. Unten angekommen in dem schrecklich dunkeln Raum, war seine Lage eine entsetzliche – verpestete Luft, kein Licht, kein Stuhl, kein Bett, kein Tisch; nichts als Mauer und Erde. Und auf dieser Erde nichts als Kot und Schlamm und Grundwasser voll Kröten und Molchen.

Ein grobes Stück Brot und einen Krug mit Wasser ließ der Wächter einmal täglich dem Armen, der kaum stehen und gar nicht liegen konnte, an einem Seil hinab in seine Gruft.

Er litt unsagbar, der brave Rumo; aber, daß er für Herzeleide litt, milderte ihm seine Qualen, und der Gedanke, sie werde bei ihrer Mannhaftigkeit auf seine Rettung sinnen, verließ ihn nicht und stärkte ihn.

Und sie sann auf Rettung, die tapfere Maid, und sie fand in ihrem starken Geiste und in der Macht der Liebe auch die rechten Mittel und den rechten Mut, dieselbe auszuführen.

Aber auch in der Bürgerschaft regte es sich für die Befreiung des edlen Bürgersohnes.

Beim Harnascher, seinem Vater, gingen tagsüber und nächtlicherweile Bürger aus und ein und beratschlagten Maßnahmen, falls der Graf den Rumo nicht bald frei lasse.

Selbst Geschlechter und Ratsherren kamen zum alten Iselin und boten ihre Hilfe an.

»Der Zweikampf war ein Gottesgericht, und nachdem Gott zugunsten Rumos und Herzeleidens entschieden hat, darf der Graf nicht so barbarisch eingreifen«, – so hieß es überall im Städtle, in den Herbergen sowohl als in den Zunfthäusern.

Es ward – nicht ohne Wissen des Rats – beschlossen, daß die Bürger, nach Zünften geordnet, bewaffnet vor der Burg aufmarschieren und die Herausgabe Rumos verlangen sollten, falls Graf Götz ihn innerhalb einer Woche nicht freilasse. Doch die Liebe der Grafentochter kam der Ausführung dieses Beschlusses zuvor und machte die Meuterei in der Bürgerschaft unnötig.

Es war in der fünften Nacht, die Rumo in dem schrecklichen Verließe verbrachte, und in der zwölften Stunde, da hörte er, wie der Stein, welcher das Gewölbe über seinem Haupte schloß, mit Mühe hinweggewälzt wurde.

»Es kommen wohl Mörder, die mir den willkommenen Tod bringen«, dachte er. Denn er hatte vom nahen Kirchturm den Hochwächter Mitternacht rufen hören und wußte somit, daß es eine Zeit sei, in der man sich gewöhnlich nicht um Gefangene kümmert.

»Rumo! Rumo!« rief es jetzt von oben.

»Ist's ein Engel Gottes oder euere Stimme, Herzeleide, die mich ruft?« fragte aus der Tiefe der Gefangene.

»Ich bin's, Herzeleide, gekommen, dich zu befreien. Umgürte dich mit dem Seil, das ich hinunterlasse, damit wir dich heraufziehen können.«

»Wär's möglich, daß ihr, edle Maid, meine Retterin würdet aus dieser Qual?«

»Es ist so, doch spute dich, wir haben Eile!«

Heizeleide ließ nun eine Öllampe einige Fuß weit in die Gruft hinab und dann den Strick.

»Hast du dich umgürtet?« fragte sie nach einer Weile.

»Seid ihr allein, so ist alles Gürten umsonst«, sprach der Gefangene.

»Ich bin nicht allein. Des Wächters Weib, der ich schon viel Gutes getan, ist meine Gehilfin. Aber beeile dich. Es ist Zeit, hohe Zeit, wenn du aus deinem Kerker kommen willst!«

»Ich bin umgürtet. Gott helfe euch, mich ans Licht zu ziehen!«

Herzeleide und ihre Begleiterin, des Turmwächters Weib, eine Hünin an Gestalt und Kraft – begannen nun aus Leibeskräften am Seil zu ziehen. Bald war der Gefangene so weit oben, daß er den Rand der Öffnung selber fassen und die Frauen ihm unter die Arme greifen konnten. Die Rettung war gelungen.

Abgehärmt, bleich wie eine Leiche, stand Rumo vor Herzeleide, die im leichten, faltigen Nachtgewand, ihr goldenes Haar aufgelöst über den Schultern, ihn empfing mit den Worten:

»Hier, Rumo, in diesem Täschchen ist Geld und hier ein Dolch, falls dir noch Hindernisse begegnen, und hier der Schlüssel zur kleinen Pforte, die aus dem Garten zur Kirche führt. Hinter der Kirche am Bertor beim Wächter, der unterrichtet ist, sind Kleider für dich und alles, was du zur Flucht brauchst. Du hast meine Ehre gerettet, und ich rette dir dafür das Leben, denn mein harter Vater hätte dich hier unten verenden lassen.«

Rumo ließ sich auf das rechte Knie nieder und küßte unter Tränen die Hand seiner Retterin, »Ich fürchte nur«, sprach er, »daß ihr es zu büßen habt, weil ihr mir zur Flucht geholfen aus diesem schrecklichen Verließ, das weit schrecklicher ist als das Grab.«

»Hab' keine Furcht für mich, geliebter Rumo, denn wahre Lieb' kennt keine Furcht, weil sie stärker ist als der Tod«, flüsterte Herzeleide, kniete nieder zu Rumo, schlang weinend ihren Arm um seinen Hals und küßte ihn in wildem Schmerz und Wehe.

Die Hünin des Wächters sieht das alles und weint mit den Weinenden.

Da – im gleichen Augenblick – ächzt die Türe in den Angeln und herein schaut höhnisch Peter, der Zwerg, und hinter ihm erhebt sich die riesige Gestalt eines Knechtes.

Der Zwerg hatte in seiner Kemenate im untersten Stockwerk des Palas auf seinem Lager gewacht und etwas über die Wendeltreppe herab rauschen hören. Er spähte und sah Herzeleide im Nachtkleide mit einer Lampe dem Hauptturm zugehen.

Er ahnte was und haßte Herzeleide, wie sie ihn. Sie schlug ihn, so oft er allein ihr begegnete, weil er dem Vater ihre Liebe zu Rumo verraten und dieser Verrat ihm beim Grafen eine Stütze war.

Der Zwerg sah, wie des Wächters Weib der jungen Gräfin die Turmtür öffnete, hinter der sie verschwand.

Er weckte den reisigen Knecht, der neben ihm in der Kemenate lag und auch im Palas schlief, um auf jeden Wink des Herrn zur Hand zu sein. Leise schleichen beide heran und stoßen die schwere Eisentüre, die nur angelehnt ist, auf.

Rumo und Herzeleide erheben sich erschreckt, »Stich ihn nieder, den elenden, boshaften Krüppel!« rief Herzeleide schnell gefaßt dem Rumo zu, »und den andern auch, wenn er dich hindern will zu fliehen.«

»Stich beide nieder, wenn du nicht wieder hinab willst in deine Gruft, aber bald, sonst wird's lebendig in der Burg, und du endigst dein Leben in diesem gräßlichen Verließ!«

»Faß ihn, Jos«, knirschte der Zwerg, »der Graf wird dir's lohnen!«

»Faß du zuerst, heilloser Knirps!« rief Rumo und senkte seinen Dolch in den Leib des Zwergs. »Und du«, fuhr er den Knecht an, »folgst diesem teuflischen Kobold nach, wenn du mich aufhältst!«

Der Knecht hieb als Antwort mit seinem kurzen Schwert auf Rumo ein. Dieser pariert den Hieb und stößt dem Angreifer den tödlichen Stahl ins Herz.

Zuckend liegen zwei Sterbende am Boden. Über sie hinaus stürmt jetzt der Befreite, und Herzeleide ruft ihm nach: »Fliehe, fliehe! Gott geleite dich, und meine Liebe und Treue folgen dir, wohin immer du gehst!«

Er gelangt glücklich zum Bertor, verwandelt sich hier in einen fahrenden Mann und schreitet dann eilenden Fußes hinaus in die dunkle Nacht und dem Elztale zu.

Seitdem war Rumo, des Harnaschers Sohn von Hasela, verschwunden.

16.

Eine schreckliche Zeit lag über den deutschen Landen in den Jahren 1348 und 49. Der schwarze Tod wütete überall, und zu all' dem Elend, das der große »Sterbet« verursachte, kam noch der Kirchenbann, der auf dem Reiche lastete von wegen des toten Kaisers Ludwig und seiner Anhänger.

Trauer und Klage ging durch alle Gaue, und alles rief den Himmel an um Erbarmen durch Werke der Buße. In hellen Scharen zogen die büßenden Geißelbrüder von den Alpen bis zur Nordsee von Stadt zu Stadt, von Dorf zu Dorf.

An einem Sommertag des Jahres 1349 ging auch durch Hasela der Ruf: »Die Geißler kommen!« Von Straßburg her waren sie im Anzug, den Ländern an der Donau zu.

Alles eilte ans untere Tor, um die Büßer zu empfangen. Und als diese paarweise dem Städtchen nahten, fingen die Glocken der Kirche zu läuten an.

Es war ein Zug, wie ihn die Menschen im Kinzigtal weder vorher noch nachher mehr gesehen. Zuerst kamen die Träger der »gewundenen« Kerzen, der Kreuze und der Fahnen und dann die Büßer, hohläugige, abgehärmte Gestalten mit großen Hüten, in schwarze Mäntel gehüllt, auf denen blutrote Kreuze geheftet waren.

Als die Glocken zu läuten aufhörten, fingen die Geißler ihren Leis[55] zu singen an:

> Nun ist die Betefahrt so hehr,
> Christ reit' selber gen Jerusalem,
> Er führt' ein Kreuz in seiner Hand;
> Nun helfe uns der Heieland!

> Nun ist die Betefahrt so gut,
> Hilf uns, Herre, durch dein heilig Blut,
> Das du am Kreuz vergossen hast;
> Hilf uns von der Sünden Last!

> Nun ist die Straße so breit,
> Die uns zu unserer Fraue trait
> In unserer lieben Frauen Land;
> Nun helfe uns der Heieland!

> Wir sollen die Buße an uns nehmen,
> Daß wir Gott desto besser versöhnen
> Alldort in seines Vaters Rîch;
> Deß' bitten wir dich alle glîch:
> So bitten wir den heiligen Christ,
> Der der ganzen Welt gewaltig ist.

So singend zogen sie durchs Stadttor der Kirche zu. Hinter ihnen drein die Menge derer von Hasela.

In der Kirche knieten die Büßer nieder und sangen:

---

55 Geistlicher Volksgesang im Mittelalter. Das Wort stammt aus einer Verkürzung des kirchlichen Rufes: »Kyrie eleison.«

> Jesus, der ward gelabet mit Gallen,
> Drum sollen wir an ein Kreuze fallen.

Jetzt warfen sie sich mit kreuzweis vorgestreckten Armen zur Erde und blieben so, bis der Vorsänger anhub:

> Nun hebet auf euere Hände,
> Auf daß Gott dies große Sterben wende.

Dann erhoben sie sich.
    Dieser Vorgang in der Kirche wiederholte sich dreimal.
    Hierauf verließen die Büßer die Kirche und begaben sich auf den Kirchhof. Hier begann die Geißelung. Sie zogen ihre Mäntel und Oberkleider ab, banden einen Schurz um die Lenden und legten sich in weitem Kreise auf den Boden nieder.
    »Der Meister« schritt über die Liegenden weg, berührte jeden mit seiner Geißel und sprach:

> Steh auf durch der reinen Marter Ehre
> Und hüte dich vor den Sünden mehre!

Jeder der Berührten erhob sich, folgte dem Meister und tat wie er. Nachdem alle sich erhoben, gingen sie paarweise um die Kirche, ihren nackten Rücken blutig schlagend mit ledernen Geißeln, an denen wenigstens drei Riemen mit vier eisernen Stacheln versehen waren.
    Während der Geißelung sangen sie wieder ihren Leis:

> Nun komme jeder, der büßen welle;
> Fliehen wir die heiße Hölle!
> Luzifer ist ein bös' Geselle,
> Sein Mut ist, wie er uns verfälle.

> Wer unserer Buße will pflegen,
> Der soll vergelten und widerwägen,
> Der beichte recht, laß' Sünde fahren,
> So will sich Gott über ihn erbaren,
> Der beichte recht, laß' Sünden reuen,
> Dann will Gott sich in ihm erneuen.

Jesus Christ, der ward gefangen,
An ein Kreuz ward er gehangen;
Das Kreuze ward von Blute rot,
Wir klagen sein Martel und sein Tod.

Durch Gott vergießen wir unser Blut,
Das sei uns für die Sünden gut.
Deß' hilf uns lieber Herre Gott,
Deß' bitten wir durch deinen Tod.

Sünder, womit willst du mir lohnen
Die Nägel und ein dürnin Kronen,
Des Kreuzes Frône, eines Speeres Stich?
Sünder, das leid' ich durch dich!
Was willst du leiden nun für mich?

So rufen wir aus lautem Tone:
Unsern Dienst geben wir dir zum Lohne.
Durch dich vergießen wir unser Blut,
Das sei uns für die Sünden gut.
Deß' hilf uns lieber Herre Gott,
Deß' bitten wir durch deinen Tod.

Nach diesem Leis knieten sie, blutend aus vielen Wunden, wieder nieder und sangen abermals:

Jesus, der ward gelabet mit Gallen,
Drum sollen wir an ein Kreuze fallen.

Mit kreuzweis ausgebreiteten Armen blieben sie wieder liegen, bis der Vorsänger begann:

Nun hebet auf die euren Hände,
Daß Gott dies große Sterben wende!
Nun hebet auf die euren Arme,
Daß Gott sich über uns erbarme!

Jesus, durch deine Namen drei
Du mach' uns, Herr, von Sünden frei!
Jesus, durch deine Wunden rot
Behüt' uns vor dem jähen Tod!

Jetzt schlugen alle an ihre Brust und sangen:

Nun schlagt euch sehr zu Christi Ehre,
Durch Gott so laßt die Sünden mehre!
Durch Gott so laßt die Hoffart fahren,
So will sich Gott über uns erbaren!

Damit schloß der erste Umgang der Geißelung. Ihm folgte ein zweiter und ein dritter unter anderen Gesängen. Namentlich ward beim zweiten Umgang Maria um ihre Fürbitte angerufen.

Schauernd stand das Volk von Hasela um den Kirchhof und verfolgte tief ergriffen das ungewohnte Schauspiel. Die meisten weinten und schlugen mit den Büßern an an ihre Brust.

Nach der dritten Geißelung legten die Büßer die Kleider wieder an über ihre blutenden Leiber. Die Bürger und Bürgerinnen traten nun auf sie zu und luden sie ein zu einem Imbiß in ihre Häuser oder brachten ihnen Wein und Speisen vor die Kirche.

Aus der kleinen Pforte, welche durch die Burgmauer zur Kirche führte und wenige Schritte von dieser sich öffnete, trat, da die Geißelung eben zu Ende war, eine hohe Frauengestalt, gefolgt von zwei Mägden, die Wein, Brot und Fleisch trugen zur Erquickung der Büßer.

Die Leute von Hasela grüßten ehrerbietig die Dame, welche freundlich ernst durch sie hindurchschritt und schaute, wo sie noch Geißler finden möchte, denen es an Trunk und Imbiß fehlte.

Aber alle, so weit sie sich im Umkreis der Kirche umsah, hatten zu essen und zu trinken.

»Sind keine mehr da, die noch nichts haben?« fragte sie einen alten Geißler, der auf einer der Kirchenstaffeln saß und sich gütlich tat.

»Einer«, antwortete der Alte, mit Essen aufhörend und zu der Fragenden aufschauend, »einer hat sicher noch nichts, unser Vorsänger. Der kniet drunten in der Kapelle unter dem Chor der Kirche, wo die Gebeine der Toten sind. Ich hab' mir vorhin die Kirche angesehen und ihn dort kniend, betend und weinend gefunden.«

»Aber er hat es so, unser Vorsänger; er schleicht sich meist weg, wenn Essen und Trinken kommt, und fastet. Doch so weinen und seufzen wie heute, sah ich ihn noch nicht oft, obwohl er einer der eifrigsten Büßer unserer Schar ist. Und singen tut er so schön und so ergreifend, daß die Engel im Himmel weinen. Keine Geißlerfahrt hat solch einen Vorsänger wie die unsrige.«

»Geht, hohe Frau, hinab in die Gruftkapelle und redet ihm zu, daß er komme und esse und trinke. Es ist uns Büßern allen daran gelegen, daß er dies tue. Denn er kränkelt vor lauter Kasteiung, und wir fürchten, unsern Vorsänger bald zu verlieren.«

»Einer so edlen Frau, wie ihr, schlägt er es sicher nicht ab, wenn ihr ihm zusprecht, auch seines leiblichen Lebens zu gedenken. Denn er war, so heißt's unter uns, einst ein stolzer Ritter und gegen Frauen höfisch und fein.«

»Ich will gerne ihn aufsuchen, den großen Büßer, und ihm zureden, daß er heraufkomme und etwas genieße«, sprach die Dame und trat in die Kirche, nachdem sie ihren Mägden befohlen hatte, auf sie zu warten und indes auszuteilen, wo noch etwas fehle.

Leise schritt sie die steinernen Treppen hinab in die feuchte Gruftkapelle, in der ein einfacher, steinerner Altar mit einem alten Bild des Gekreuzigten sich befand. An den Wänden hin lagen, wie Holz aufgebeugt, die Schädel und Gebeine, welche der Totengräber beim Umgraben des Friedhofs gefunden. In der Mitte standen einige Bänke für stille Beter.

Auf der untersten Altarstufe kniete der Geißler. Er hatte eben erst sein Unterkleid angelegt und offenbar hier unten sich nochmals gegeißelt. Die Geißel lag neben ihm, sein Oberkleid und sein Mantel auf einer der alten Bänke.

Er hielt beide Hände vor das Gesicht und weinte und stöhnte so, daß er es nicht hörte, wie jemand die Treppe herabkam und erschrocken stehen blieb, erfaßt vom Jammer des fremden Mannes.

»Endet eure Tränen und haltet ein mit eurem Weh, büßender Mann!« hub die Frauengestalt nach einigen Sekunden zu reden an. »Kommt hinauf ans Tageslicht und nehmt einen Trunk und einen Imbiß, den ich euch gebracht.«

Er, der sich allein gewähnt, hatte beim ersten Klang der Stimme rasch umgeschaut. Sie hatte aber in dem dunkeln Raume nicht bemerkt, wie er beim Anblick der Sprecherin innerlich und äußerlich zusammenfuhr.

Sie sah in dem düstern Lichte nur einen bärtigen, abgezehrten Mann mit hohlen, dunklen Augen kurz auf sie hinblicken, sich wieder abwenden dem Altare zu und hörte dann die Worte:

»Edle Frau, habt Dank für euere Güte, aber ich hungere und dürste hier nach Reue und nach Buße und will und kann nicht essen und nicht trinken.«

»Wer büßen will, muß leben; drum kommt, frommer Mann, und esset und trinket, was ich euch gebracht habe«, antwortete die hohe weibliche Gestalt und näherte sich dem Geißler.

In diesem Augenblick fällt draußen vom Kirchhof ein Sonnenstrahl durch die kleinen Fenster der Kapelle und beleuchtet das Gesicht des Büßers, der ohne aufzuschauen erwidert:

»Leben will ich nimmer. Ich such' schon lang den Tod. Wer selbst gemordet, der soll sterben, und sterben will ich, aber, bis der Tod kommt, noch büßen, so viel ich kann.«

»Seid ihr denn ein Mörder, armer Mann?« so fragt die Dame, hastig auf ihn zuschreitend und mit Eifer in seinen Zügen forschend, als suche sie Bekanntes in denselben zu lesen.

»Ein Mörder bin ich, ein doppelter«, seufzt der Büßer und schlägt die Augen auf zu der, die nun vor ihm stand, und – »Rumo!« ruft sie, »Rumo!« und sinkt neben ihm nieder auf des Altares Stufen.

Der Büßer schnellt auf und will davon. Sie hält ihn am Arme fest und spricht:

»Rumo, du bist es! Bleibe! Ich laß' dich nimmer los, bis du derjenigen, die seit Jahren jede Stunde an dich gedacht und so lange schon um dich gelitten, erzählt hast, wie es dir ergangen ist und wie du hierher kommst. Wie oft hab' ich mich gesehnt, von dir zu hören! Du warst und bliebst verschollen, und ich war nach Jahr und Tag wohl die einzige Seele, die dich nie vergessen hat. Und jetzt muß ich dich heute treffen in dieser Gruft, ein Büßer und ein Geißler! Sprich, rede, erzähle, denn ich bin Herzeleide, um deretwillen du Heimat und alles verlassen mußtest!«

Er hatte sich an einen der alten Betstühle gelehnt, während Herzeleide, ihn am Arm festhaltend, diese Worte sprach, und er blickte vor sich hin wie ein schwer Kranker, der nach langer Umnachtung wieder zum Bewußtsein zurückkehrt.

»Ich glaubte«, so begann er, »unbeschrieen durch Hasela kommen zu können. Ihr aber, edle Herrin, habt mich hier gefunden und erkannt. So sei es denn und ich gestehe: Ich bin Rumo, des Harnaschers Sohn, einst eures Vaters Edelknecht. Alles andere wißt ihr – bis zu dem Tage, da euer Edelmut mich aus dem Burgverließ befreite und ich, euer Bild im Herzen, hinausirrte in die weite Welt.«

Herzeleide ließ jetzt seinen Arm los, nahm seine Rechte in die ihrige, setzte sich, zu ihm aufschauend, auf die Bank, an der er stand, und bat: »Erzähle, Rumo, erzähle!«

»Ich zog«, so fuhr er fort, »über die Berge und dann über den Rhein ins Welschland und wanderte, um mein Leben zu fristen, als fahrender Sänger von Burg zu Burg. Ich habe, Leid im Herzen, gesungen von Lust und Liebe, aber auch von Weh und Schmerz und manche Träne entlockt den Augen edler Damen und Herren, die nicht ahnten, wie wehe es mir selbst ums Herz war.«

»Ich ward gut belohnt und konnte leben wie ein Herr, konnte mir Reitpferde halten und Diener, die mich, meine Laute und meine Harfe trugen; aber glücklich war ich keine Stunde, weil fern der Heimat und all' dem, was ich in ihr war und besaß.«

»So vergingen mir zehn Jahre in welschen Landen, bis das Heimweh mich wieder heraustrieb in den Wasgau. Auf dieses Gaues Burgen sang ich und sang auch eines Tages bei dem freien Herrn Ulrich von Rappoltstein.«

»Ich mußte ihm alles vortragen, was unsere Minnesänger zu sagen wissen von der Liebe Leid, ihm allein in dem weiten Rittersaale seiner obersten Burg.«

»Einst sah ich ihn in eures Vaters Palas, jung, frisch und fröhlich. Jetzt fand ich ihn welk und lebensmüde und vereinsamt inmitten seiner drei herrlichen Burgen, die weit hinausschauen in herrliche Lande.«

»Er kannte mich natürlich nimmer; denn in dem bärtigen, blassen, hageren, fahrenden Mann hätte er eher alles vermuten können, als den Edelknecht Rumo, der einst in seiner Gegenwart den ersten Sängerpreis erhielt.«

»Doch über mein Herkommen und meine Heimat mußt' ich ihn täuschen, da wir am Abend beisammen saßen und er mich ausfrug.«

»Meine Diener, die bei des Herrn Ulrichs Gesinde hausten, erzählten mir am anderen Tage, da wir weiter zogen, seine Knechte hätten gesagt, daß ihr Herr stets so traurig sei, wie ich ihn gefunden. Einsam schlage er auf dem Söller seine Laute und singe melancholische Lieder oder schaue träumend hinüber nach dem Schwarzwald, wo eine Gräfin von Fürstenberg-Hasela wohne, die er liebe und nicht bekommen könne.«

»Na schlug's mir in die Seele, daß ich wohl schuld trüge an seinem Leid, und dieser Gedanke ließ mich fortan nimmer los. Tag und Nacht plagte er mich.«

»In dieser Stimmung trafen mich die Schrecken des schwarzen Todes, der überall einkehrte und überall Minne, Lied und Laute verstummen ließ. Überall, wo ich hinkam, gab's nur Leichen, Bußgesänge, Wehklagen und Angst.«

»Im Kloster Murbach, wo ich ein lieber Gast des Abtes war, da er gerne fahrende Sänger um sich sieht, fand ich eines Abends, als ich dort rasten wollte, in der Kirche zwölf von der Pest hingeraffte Mönche aufgebahrt und auf der Kanzel einen Prediger, der das Volk und seine Mitbrüder mit gewaltigen Worten zur Buße rief. Wie die Posaunen des Gerichts gingen seine Worte in die Herzen der Zuhörer und auch in das meinige. Alle Sündentaten der Menschen sprach er durch und stellte sie hin als die Ursachen der Pest.«

»Wie Gespenster standen während seiner Predigt auf einmal vor mir der Zwerg und der Knecht, die ich getötet in jener Nacht, da ich aus eures Vaters Burg floh, und eine Stimme in mir rief: Sühne, sühne, auch du hast zu Gottes Strafgericht, das jetzt über die Welt ergeht, beigetragen!«

»Am andern Morgen, nach qualvoller Nacht, schenkte ich mein Hab und Gut meinen welschen Knechten und ward ein dienender Bruder im Kloster; aber Ruhe fand ich keine.«

»Da zogen die Geißler durch die Lande; sie kamen auch gen Murbach, und mit ihnen verließ ich das Kloster und ward ein fahrender Büßer.«

»Die Geißelung gibt mir jeweils wieder Trost für kurze Stunden durch das Bewußtsein, daß ich büße und blute.«

»So ziehe ich seit Monden mit den Geißelbrüdern und singe, bete und büße. Ich hoffe zu Gott, daß meine Geißelfahrt mir Sühne bringe und meine Lebensfahrt bald zu Ende gehe.«

»Ihr seht, edle Herrin, daß der Tod schon aus meinen hohlen Augen schaut, und bald werd' ich sein wie die Schädel, die in dieser Gruft aufgebahrt sind und uns lehrend und mahnend angrinsen.«

Schon lange hatten die Mägde Herzeleidens draußen auf die Herrin gewartet. Besorgt, warum diese so lange nicht wiederkomme, war eine derselben in die Kirche geschlichen und hatte hinabgeschaut in die Gruftkapelle.

Hier sah sie ihre Dame mit Tränen in den Augen vor dem Geißler sitzen und aufmerksam zuhören. Sie ging hinaus und meldete es der andern und dem Büßer auf der Steintreppe. Der meinte:

»O, stört sie nicht, eure Herrin. Unser Vorsänger wird ihr erzählen aus seinem Leben und ihr vielleicht Geheimnisse enthüllen, die wir Geißler alle nicht wissen.«

»Ich hab' euch ja schon gesagt, er ist wohl bewandert in höfischen Sitten und weiß, wie man reden muß mit Frauen, die in Burgen daheim sind.«

Indes fuhr drunten Rumo zu reden fort: »Darf ich nun fragen, edle Herrin, da ich doch einmal erkannt bin: Leben meine Eltern noch? Und auch die eurigen? Ich habe bis zur Stunde von Hasela nichts mehr gesehen und gehört.«

»Meine Eltern«, so begann Herzeleide, die unter steten Tränen dem Geißler zugehört hatte, »meine Eltern sind tot.«

»Droben in der Kirche ruhen sie. Der Vater starb schon vor acht Jahren und die Mutter wenige Monate zuvor.[56] Auch deine Eltern, armer Rumo, – ich kann nicht ihr zu dir sagen – hat man draußen vor der Kirche begraben, den Vater vor drei Jahren, und die Mutter fiel vor kurzem der Pest zum Opfer. Ich habe beide zur letzten Ruhe geleiten helfen und deine Mutter oft besucht und getröstet. Sie hoffte immer, dich noch einmal im Leben zu sehen. Ihre einzige Freude war, daß ich für sie sorgte, als wär' sie meine eigene Mutter gewesen, und daß ich ihr unumwunden gestand, was du mir warst und was du gelitten hast um meinetwillen. So redeten wir beide denn gar oft von dir in Liebe und aus Liebe, und die Tränen der einen waren der Trost der andern.«

»Dein Bruder Ulin lebt noch und ist Harnascher an des Vaters Statt.«

»Wie ging es euch, edle Herrin, da ihr mir zur Flucht verholfen?« fragte Rumo und fügte bei: »Keine Stunde in den zwölf Jahren, die ich fern der Heimat war, ist vergangen, ohne daß ich mich nicht gegrämt

---

56 Graf Götz starb im Juni 1341 und seine Gemahlin im Januar des gleichen Jahres.

und daran gedacht hatte, was ihr wohl möchtet damals gelitten haben um meiner Befreiung willen.«

»Da hast du dich umsonst gegrämt, guter Rumo«, entgegnete Herzeleide. »Ich gestand dem Vater alles, was ich getan; ich nahm alle Schuld auf mich, auch die Verführung des Weibes unseres Turmwächters, und dann sprach ich zu ihm: ›Jetzt kannst du mich in das Verließ legen, in welchem Rumo schmachtete. Da der fort ist, an dem mein Herz hängt, wohl für immer fort, liegt mir nichts mehr am Leben!‹«

Rumo durchzitterte bei den letzten Worten Herzeleidens eine innere Aufregung. Sie aber sprach weiter: »Ich hab' nicht gelitten unter der Tat deiner Befreiung – der Vater ließ mich fortan schweigend gewähren – wohl aber litt ich unter dem Gedanken, daß du um meinetwillen umherirrtest in fremden Landen und fern der Heimat ein hartes Brot essen müßtest.«

»Und heute muß ich dich so treffen, treffen unter Büßern und Geißlern, unter Mördern und Räubern!«

»Du bist aber kein Mörder, Rumo. Man hat dich schuldlos, für eine edle Tat, in den schrecklichsten Kerker geworfen, und es war Notwehr von deiner Seite, nicht mehr in jenes Verließ zurückgebracht zu werden, denn es handelte sich um dein eigen Leben und um einen qualvollen Tod.«

»Du bist ein Märtyrer, Rumo, ein unschuldig Verleumdeter um meinetwillen! Du hast gelitten um der Liebe willen, die ich dir verriet, ohne daß du sie gesucht hast. Ich habe drum, obwohl hoffnungslos, dir treu mein Herz bewahrt bis zur Stunde.«

»Doch heute, da ich dich, wenn auch im Bilde eines abgehärmten und gemarterten Büßers, wiedersehe, heute geht noch ein letzter Hoffnungsstern mir auf.«

»Höre, Rumo, was ich dir sage: Verlaß die Geißlerschar und bleibe hier. Folge mir in unsere Burg. Heile deinen Leib, den du in Marter und Buße hast verkümmern lassen. Herren in der Burg meines Vaters sind jetzt meine zwei Brüder – der jüngste, Johans, ist tot – Heinrich und Hug, die dir zugetan waren von ihrer Knabenzeit her und es geblieben sind bis heute. Sie wissen längst, um wen ich leide und warum ich eine Jungfrau geblieben bin. Oft sprechen wir von dir, und selbst der Vater hat es in seinen kranken Tagen bereut, gegen dich so hart gewesen zu sein.«

»Bereut hat er's, der gewaltige Mann?« – fragte lebhaft Rumo. »Und verziehen hat er mir den Mord?«

»Gewiß hat er's«, antwortete Herzeleide. »Er war bisweilen ein harter, strenger Mann, der Vater, aber in seiner letzten Krankheit siegte sein gutes Herz und sein gläubiger Sinn. Er ließ mich nimmer von seiner Seite und sprach oft sein Bedauern aus, dich und mich nicht glücklich gemacht zu haben. Und daß du den Zwerg und den Knecht niedergestoßen, hat er nur zu gut begriffen in deiner Lage.«

»Das schönste Lehen mit der schönsten Burg gäb' ich euch«, so sprach er manchmal, »wenn der Rumo noch lebte und da wäre.«

»Und der Pater Johannes, der ihn oft besuchte und dem er seine Sünden bekannte, hat uns wiederholt gesagt, so christlich wie unsern Vater hab' er noch keinen Ritter sterben sehen.«

»Also bleib' hier! Mein Vater wird in seiner Gruft, droben in der Kirche, sich freuen, wenn du bei seiner Herzeleide bleibst.«

»Edle Herrin«, nahm Rumo die Rede, »mein Leben ist zu Ende. Ich fühle es. Schaut mich nur an. Aus meinen hohlen Augen blickt der Tod so gewiß, als aus den Schädeln, die hier unsere stummen Zeugen sind.«

»Daß ich auch heute noch als eine wandelnde Leiche bei euch was gelte, verklärt mir meine Wanderjahre in fremden Landen und versüßt mir den Tod.«

»Aber hier bleiben kann ich nicht. Hier sterben will ich nicht, so wonnig mir auch der Gedanke wäre, hier zu modern neben meinen Eltern und zu wissen, daß ihr bisweilen auf meinem Grabe stündet und betetet für meine Ruhe. Ich habe mich den Geißlern zugeschworen, und mit ihnen will ich und muß ich ziehen und mich geißeln, bis ich zum Sterben niedersinke.«

»Ja, ich bin ein sterbender Mann, und Sterbenden versagt man eine Bitte nicht: eine Bitte aber hätt' ich noch auf dem Herzen, ehe ich scheide, eine Bitte, die mir einige Ruhe brächte und die ihr, edle Herrin, allein mir gewähren könnet.«

»Rumo, ich soll dir eine Bitte erfüllen in dem gleichen Augenblick, da du mir meinen einzigen Wunsch, daß du hier bliebest, abschlägst!« rief Herzeleide.

»Ich hab' euch, edle Herrin, eure Bitte abgeschlagen, weil ich sie nicht erfüllen kann. Ihr wollt, daß ich zum Leben zurückkehre, während ich dem Tode viel näher stehe als dem Leben.«

»Ihr wollt ferner, daß ich das Gelübde breche, welches ich Gott gemacht habe – zu büßen, bis ich sterbe. Ihr verlangt, daß ich Gott ungetreu werde, und das will euer frommer Sinn selber nicht.«

»Wenn du sterben mußt, Rumo, und es fühlst, so stirb wenigstens hier! Ich will dich pflegen auf unserer Burg und dir im Sterben vergelten, was du um meinetwillen im Leben erduldet hast!« antwortete erregt Herzeleide.

»Auf Burgen, edle Herrin, sterben selten Büßer, und ein Doppelmörder, wie ich, ist's nicht wert, so wohl verpflegt zu sterben«, gab Rumo hastig zurück, und seine Augen leuchteten unheimlich.

»Seht, wie die Totenschädel grinsen«, fuhr er fort, »und mich mahnen an meine Schuld! Doch, die ich gemordet, kann ich nimmer zum Leben rufen; aber dem freien Herrn Ulrich von Rappoltstein kann ich die Schuld noch zahlen, wenn ihr, edle Herrin, meine Bitte erfüllt und euere Hand ihm reicht.«

Er ließ sich bei diesen Worten auf ein Knie nieder, faßte die rechte Hand Herzeleidens und flehte: »Erfüllet den Wunsch eines Sterbenden und macht den Tod ihm leichter! Dann will er im Frieden scheiden und dankbaren Herzens der edlen Herrin gedenken, der er allzeit treu gedient und deren Bild ihn begleitet hat in die weite, weite Welt bis zu dem Tage, da der Geist der Buße über ihn kam und ihn zu den Geißlern trieb, bei denen er leben und sterben will!«

»Ihr, edle Herrin, strahlt noch von Frauenschönheit. Ihr könnt noch jenen Mann beglücken, der seit Jahren auf seinen stolzen Burgen um euch trauert, und würdet dadurch mir, dem armen Sünder und Büßer, dem die Welt vergällt ist für ewig, die eine meiner Geistesplagen abnehmen, dem freien Herrn von Rappoltstein sein Leben verbittert zu haben. Erfüllt mein Flehen, vergeßt mich und gedenkt, was unsere Liebe betrifft, der Worte im Liede der Nibelungen, ›daß immer allerletzt zu Leid sich Liebe wende!‹«

»Armer Rumo«, so begann Herzeleide, »ich sehe, du bist nicht zu bekehren. Du bist krank am Leibe und krank am Geiste. Du wardst erfaßt von dem allgemeinen Ruf nach Buße dem großen Sterben gegenüber. Die Angst, welche in die Menschen fuhr ob der vielen Toten, hat, wie eine Geisteskrankheit, nicht bloß Sünder erfaßt, sie hat auch Unschuldige verwirrt, so daß sie sich für große Frevler halten. Und zu diesen gehörst auch du.«

»In diesem Wahn hast du, edler, braver, getreuer Rumo, deinen Leib gepeinigt, so daß jetzt der Tod aus deinen Augen schaut, während dein Geist immer elender und verwirrter wird.«

»Du hast meinetwegen viel gelitten, meinetwegen die Verbannung getragen, meinetwegen die Geißelfahrten unternommen; ich will auch deinetwegen dem Herrn Ulrich von Rappoltstein, den ich hochachte, das Jawort geben, wenn er, wie alljährlich seit 12 Jahren, wieder anfragt, ob ich seine Hausfrau werden wolle.«

»Du aber, einziger Rumo, ziehe mit Gott von dannen, wohin dein kranker Geist dich treibt in dieser schrecklichen Zeit, nie vergessen von Herzeleide, der Gräfin von Fürstenberg-Hasela, die nur einmal im Leben geliebt hat – dich, den Sohn des armen Harnaschers!«

Nun nahm sie das bleiche Haupt Rumos und seine grauen Haarlocken in ihre beiden Hände und küßte mit aller Kraft ihres Mundes und ihres Herzens das Marterbild des geliebten Mannes, der sich ihr aber rasch entwand und, als hätte er zu einer neuen Sünde geholfen, – die Treppe hinauf ans Licht des Tages floh.

Herzeleide sank vor dem Altar auf ihre Kniee und ließ den Tränen ihres Schmerzes vollen Lauf.

Draußen auf dem Kirchhof, den Rumo jetzt verwirrten Sinnes betrat, ordnete sich die Geißlerfahrt bereits zum Abzug. Einer der Büßer las den ehrbaren Leuten von Hasela, wie überall, wo die Geißler hinkamen, zum Abschied den Brief des Herrn Jesu Christi vor, den dieser durch einen Engel auf den Altar des hl. Petrus zu Jerusalem hatte niederlegen lassen und in welchem er die Menschen zur Buße und Geißelung aufforderte.

Zwei Männer meldeten sich, da der Brief verlesen war, in die Gesellschaft der Büßer an. Der eine von ihnen war Wirich, der Edelknecht von Schnellingen, und die Bürger von Hasela meinten, der dürfe schon mit, denn er habe manches abzubüßen.

Die Geißler erhielten alsdann von den frommen Frauen des Städtchens reichlich Beisteuer an Geld und geweihten Kerzen.

Jetzt gab der Meister denen, die auf dem Kirchturm seines Winkes harrten, ein Zeichen. Alle Glocken begannen zu läuten, die Büßer hefteten ihre Geißeln um den Leib, warfen ihre Mäntel um, nahmen in die Linke eine brennende Kerze und in die Rechte den Wanderstab und ordneten sich zur Prozession.

Der Vorsänger stimmte den beim Fortziehen üblichen Leis an, und alle sangen:

O Herre Vater, Jesu Christ,
Da du allein ein Herre bist.
Der uns die Sünden mag vergeben,
Nun gefrist uns unser Leben,
Daß wir beweinen deinen Tod
Und dir klagen, Herre, uns're Not!

Beim Läuten der Glocken hatte Herzeleide die Gruftkapelle verlassen und ihre Tränen, so gut es ging, getrocknet. Zu ihren Mägden, die befremdend an ihr hinaufschauten, als sie aus der Kirchentüre trat, sprach sie: »Der arme Büßer, der mir sein Leben erzählt, hat mich zu Tränen gerührt.«

»Und von uns«, so erzählten die Mägde, »nahm er einen Trunk, da wir ihm sagten, der Wein komme aus der Burg. Aber die Tränen rannen ihm in den Krug, und auch uns erfaßte großes Mitleid mit dem bleichen, abgehärmten Mann, der einen anschaut wie das große Kruzifix in der Gruftkapelle.«

»Seht, Herrin!« rief eine der Mägde, die Ursula, »dort kommt er mit der Prozession, die, ehe sie fortzieht, noch einen Umgang um die Kirche tut.«

Der Zug kam eben unter dem Kirchturm durch, um sich nun der Stadt und dem obern Tore zuzuwenden, Herzeleide schaute mit ganzer Seele auf den Vorsänger, der neben dem Meister unverwandten Blickes dahinschritt, eine brennende Kerze in der Hand und unter Tränen singend.

»Seht, Herrin, er weint noch!« rief die Ursula wieder.

»Laß ihn weinen, ich weine auch«, sprach leise Herzeleide, und schaute dem Vorsänger nach, bis er ihren Blicken entschwand.

In ihrem Innern aber sprach's: »Er muß es doch noch fühlen, was er mir war. Diese Tränen sahen nicht wie Bußtränen aus, sondern wie Tränen der Liebe.«

»Ihr könnt dem Zug noch folgen bis zum obern Tor«, sagte sie den Mägden und schickte sie fort. Sie selbst aber ging nochmal in die Kapelle hinab, mutterseelenallein, und weinte, weinte und betete bis zum Abend.

17.

Noch Tage lang sprachen die Leute in Hasela von den Geißlern, von ihren grausigen Bußübungen und ihren ergreifenden Liedern. Auch in der Burg ward viel von ihnen geredet, und Herzeleide hatte alles, was sie erlebt in der Gruftkapelle, ihren Brüdern Hug und Heinrich anvertraut und deren Frauen Adelheid von Krenkingen und Irmengard von Werdenberg, und alle waren tief ergriffen.

Graf Hug meinte: »Der Rumo war allezeit ein edler und vornehmer Mensch; er ist's geblieben auch in seinem Geißlerwahn. Uns allen aber, die wir Fürstenberger heißen, hat er als Büßer noch einen wichtigen Dienst geleistet, und wir werden, so hoffe ich, bald eine Hochzeit feiern auf den herrlichen Burgen im Wasgau.«

Es waren kaum zwei Wochen ins Land gegangen seit dem Abzug der fahrenden Büßer, als der Bruder Vitus vom Klösterlein auf dem Kniebutz in Hasela eintraf, um für seine Brüder und sich Almosen zu sammeln.

Die Franziskaner vom Kniebutz kamen zu diesem Zweck stets herab bis Hasela, weil die Fürstenberger, so hier residierten, ihres Ahnen Stiftung nicht hungern ließen und den frommen Mönchen jeweils reichliche Spenden gaben an Wein und Früchten.

Bruder Vitus war besonders wohl gelitten in den gräflichen Burgen zu Wolfa und Hasela, denn er hieß im Leben Konrad von Hohenrod und war einst Ritter gewesen und ein Dienstmann des Bischofs von Straßburg.

Er hatte noch den Grafen Egino gekannt und mit dem Grafen Götz manchen Kriegszug getan, manch' Lied gesungen und manchen Humpen geleert, ehe er bei den Franziskanern auf dem Kniebutz anklopfte, um ein minderer Bruder zu werden und der Welt für immer zu entsagen.

Auch diesmal ward Bruder Veit herzlich empfangen auf der Burg zu Hasela, und wie immer, wenn er mit dem Bettelsack kam, blieb er da übernacht und saß am Abend im Kreise der beiden Burgherren, der Hausfrauen und Herzeleidens, trinkend und erzählend.

Herzeleide war spät erst in den Rittersaal gekommen, wo ihre Brüder und Schwägerinnen um den heitern, alten Bruder saßen, der gerne erzählte von vergangenen Zeiten und Menschen und stets neues wußte für seine jungen Zuhörer. Da Herzeleide eintrat und er sie demütig, wie es einem Ordensbruder geziemt, begrüßt hatte, hub er an:

»Gnädiges Fräulein, ich wollte morgen noch besonders an euere Kemenate klopfen, nicht bloß um ein Almosen für unser armes Klösterlein zu erbitten, sondern auch noch um mich eines Auftrags zu entledigen, den mir jemand auf die Seele gebunden hat.«

»Besorgt ihr mindere Brüder auch Botschaften an ledige Frauen im stillen Kämmerlein? Ihr seid doch nicht gar ein Liebesbote geworden, alter Ritter?« sprach lachend Graf Hug.

»Wer weiß!« meinte der Bruder drauf. »Ein alter Rittersmann wird selten ein so frommer Bruder, daß er nicht auch noch zu derlei Dingen zu gebrauchen wäre. Unsereiner hat zu lang in der Welt gelebt, um sie in der Kutte gänzlich abstreifen zu können. Doch, hoffe ich, daß ihr nichts Böses dahinter findet, Herr Graf, wenn ich Fräulein Herzeleide unter vier Augen eine Botschaft eröffne.«

»Da sag' auch ich: Wer weiß!« nahm Graf Heinrich im Spaß das Wort. »Unsere Schwester hat an uns beide 450 Mark Silber zu gut als Erbteil. Vielleicht habt ihr's auf die abgesehen.«

»Ihr Herren kennt die Söhne des hl. Franziskus schlecht«, erwiderte heiter der Bruder, »sonst müßtet ihr wissen, daß wir weder Geld noch Gut haben dürfen und haben wollen.«

»Aber es war unklug von mir, vor euch Herren zu sagen, daß ich an Fräulein Herzeleide einen Auftrag habe. Man ist eben nie gescheit genug, wenn man noch so alt wird.«

»Jetzt wird euer Auftrag doch etwas verdächtig«, meinte Frau Irmengard, »und ihr macht uns Frauen auch neugierig.«

»Drum sagt ihn mir her«, fiel nun Herzeleide ein, »ich habe keine Geheimnisse weder vor meinen Brüdern, noch vor meinen Schwägerinnen.«

»Aber es gibt auch Geheimnisse des Herzens, gnädiges Fräulein«, antwortete lächelnd der alte Bruder, »und ein solches in irgend einer Art besitzt jede weibliche Seele.«

»Nur ich nicht«, entgegnete Herzeleide. »Also heraus mit der Sprache, Herr von Hohenrod! Mir ist jede Botschaft recht, eine gute freut mich nicht und eine schlimme macht mich nicht unglücklicher, als ich bin.«

»Ich begreife nicht, edles Fräulein«, fuhr der Bruder fort, »wie man in eurem Alter so reden kann. Als ich noch so jung war wie ihr, da lebte ich wie der Vogel im Hanfsamen und träumte nur vom Glück.«

»Und dies Glück hat euch schließlich ins Kloster getrieben«, meinte drauf lächelnd Herzeleide. »Ihr schlagt euch selber mit solcher Rede.«

»Doch, kurz und gut, meldet mir diesen Abend noch hier zur Stunde, was ihr zu melden habt, oder ich bin morgen gar nicht für euch zu sprechen, auch nicht für ein Almosen. Ich habe ein Stück feines Linnen gesponnen, das gibt euch Brüdern Altartücher und Alben. Das bekommt ihr, aber heute will ich noch eure Botschaft hören. Wenn ihr, ein frommer Mönch, sie übernehmen durftet, kann ich sie auch anhören und meine Verwandten mit mir. Und dann wiederhole ich, es gibt für mich keine Geheimnisse, die ich hier in dieser Burg nicht schon selbst verraten hätte.«

»So sei es denn!« nahm Bruder Veit das Wort. »Ihr sprecht so voll von innerer Ruhe und Zuversicht, edles Fräulein, daß ich glauben muß, es sei euch eben so lieb, wenn ich hier die Botschaft euch verkünde, wie auf eurer Kemenate. So höret und vernehmet alle, was in diesen Tagen sich zugetragen in einer Zelle unseres Waldhospizes.« »Eines Morgens, es mögen 14 Tage sein, hörten wir durch den Wald her lautes Singen. Ernst und feierlich, wie ein starker Nachtwind, zog dies Singen durch die Tannen an unser Ohr, die wir in unserm Kirchlein eben bei der Mette waren.«

»Der Bruder, so an der Pforte ist, eilt hinaus in den noch dunkeln Morgen, kommt aber bald erschreckt zu uns herein und ruft: ›Eine große Schar schwarzer Gestalten schreitet singend den Wald herunter!‹«

»Es waren die Geißlerbrüder. Schon öfters hatten Wanderer, die über den Gebirgspaß kamen, uns von diesen Büßern erzählt, gesehen aber hatten wir noch keine. Jetzt führte der Weg von Straßburg nach Ulm eine Schar auch zu uns. Wir nahmen sie auf mit der Ehrfurcht, die wahren Büßern geziemt, und was wir an Speise und Trank in unserm armen Hospiz besaßen, gaben wir ihnen, um sie zu erquicken nach dem langen Marsch an unserm Kniebutz hinauf.«

»Sie brachten auch einen Kranken mit sich. Auf Tannenäste hatten sie ihn gelegt und bis zu uns getragen. Er war, so sagten sie, beim Aufstieg niedergesunken. Sie jammerten sehr um ihn; er sei ihr herrlicher Vorsänger und der ernsteste Büßer der ganzen Schar.«

»Sie baten uns, ihn zu behalten, zu pflegen und zu begraben: denn, wie er oft schon gesagt, seine Tage seien gezählt.«

»Der Kranke lag in tiefer Ohnmacht, da die Bahre bei unserm Hospiz ankam, und wie ein verklärter Heiliger, so sah er aus, aber bleich und leblos.«

»Nachdem wir ihm ein Lager zurecht gemacht in einer Zelle, traten einzeln alle Geißler zu ihm, küßten des sterbenden Vorsängers Hand und vergossen Tränen des Abschieds von dem geliebten Manne.«

»Wir pflegten ihn, so gut wir konnten, und wuschen von Zeit zu Zeit sein Gesicht mit Wein. Die Geißler hatten vor ihrer baldigen Weiterfahrt uns gesagt, ihr Vorsänger sei ein ritterlicher Mann. Drum hatte unser Guardian mir befohlen, nicht von seinem Krankenlager zu weichen. Gegen Abend erwachte er aus seiner Ohnmacht.

»Da sein Bewußtsein zurückgekehrt war und ich ihn mit Wein erquickt hatte, fragte er zuerst, wo er sei. Und als ich ihm gesagt, er befinde sich im Klösterlein auf dem Kniebutz, da ging ein Strahl der Zufriedenheit über sein Gesicht und er sprach: ›Gottlob, daß ich hier sterben kann. Fern der Welt und doch nicht allzufern der Heimat an einsamer, geheiligter Stätte zu ruhen, war stets mein Wunsch.‹«

»Habt ihr niemanden mehr in der Welt, der euch nahe steht, daß ihr gleich redet vom Sterben und vom Begrabensein?« fragte ich den fremden Mann, aus dessen Zügen Geist und Kummer sprachen.

»Ich habe niemanden mehr, der sich um mich kümmert. Meine Eltern sind tot. Doch halt! Ich darf nicht lügen, beim Sterben muß man wahr sein.«

»Es lebt eine Seele, die mir noch gut ist. Aber in den Tagen, da mich das Leben noch freute, stand sie zu hoch für einen armen Knecht. Doch ich war glücklich, wenn ich sie nur sehen durfte. Und heute, heute bin ich ein Büßer und ein sterbender Mann. Nur der Tod kann mich noch freuen.«

»Ihr sprecht von Armut und von Knechtsstand«, nahm ich das Wort wieder, »und doch sagten euere Geißlerbrüder, daß ihr von ritterlichem Stande wäret. Auch ich war einst ein Ritter und bin nun seit Jahren Bruder, um Gott zu dienen.«

»Ritter war ich«, fuhr der Kranke fort, »aber auch Knecht. Hab' mich vom einfachen Reisigen zum Edelknecht und zum Ritter herausgemacht, wie mancher in unserer Zeit, aber von Haus aus war ich arm und eines Handwerkers Sohn.«

»Ich habe schon als Edelknecht und später als Ritter in euerem Klösterlein übernachtet. Lebt der Pater Hilarius, der Guardian, noch?«

»Er lebt noch, ist aber längst versetzt und Guardian in der Reichsstadt Ulm.«

»Hat der Heimweg von einem Kriegszug oder eine Botschaft euch damals über den Kniebutz geführt oder seid ihr in unserer Nähe daheim?« fragte ich neugierig weiter.

»Ich war Dienstmann des Grafen von Hohenberg und ritt zu einem Zweikampf für die Ehre einer Dame, als ich das letztemal hier war.«

»Noch ich kann nicht weiter reden, Bruder. Der Atem geht mir aus. Eine Ohnmacht ist wieder im Anzug. Holt mir einen Priester, damit ich beichte und des Herrn Leib empfange.«

»Ich eilte fort, seinen Wunsch zu erfüllen.«

»Kaum hatte er die Sterbsakramente empfangen, als er abermals in Bewußtlosigkeit zurücksank. Er phantasierte und träumte und redete irr und wirr durcheinander von Mord und Tod und Buße, wobei er immer wieder den Namen Herzeleide hören ließ.«

»Mitten in der Nacht – ich saß an seinem Bette; draußen stürmte es über die Höhen des Kniebutz hin, die Tannen ächzten, und der Uhu krächzte mit seiner Totenstimme – erwachte der Kranke wieder. Er gab mir die Hand, dankte für mein treues Aushalten an seinem Lager und meinte, er werde bald sterben und mir nimmer lange Mühe machen.«

»Ich betete einige Zeit mit ihm. Aber sein edles Wesen hatte mich alten Weltmenschen neugierig gemacht, daß ich noch mehr von ihm wissen wollte, ehe er die Augen schloß. Drum sagte ich ihm, er habe eben lebhaft geträumt und oft den Namen Heizeleide ausgesprochen.«

»Ich kenne«, so bemerkte ich weiter, »außer der Mutter Parzivals eine einzige Dame dieses Namens, und die wohnt drunten in Hasela auf der Burg und ist die Tochter meines ehemaligen Freundes, des Grafen Götz von Fürstenberg.«

Jetzt richtete sich der kranke Mann mit der letzten Kraft auf und fragte: »Herr, die kennt ihr?«

»Ja, die kenne ich, hab' sie als kleines Kind schon gekannt, da ich auf ihres Vaters Burg kam als der Ritter Konrad von Hohenrod – und ich kenne sie jetzt als ernste, hehre Jungfrau, weil ich öfters nach Hasela komme, um zu betteln für mein Kloster.«

»Herr, ihr kennet Herzeleide von Fürstenberg?« fragte nochmals mit gebrochener Stimme der sterbende Mann und fuhr dann zu reden fort: »Nun, so sagt ihr, ich bitt' euch, meines Lebens glänzendster Stern, der mich überall hin begleitet, sei ihre Liebe zu dem armen, niedrig geborenen Rumo gewesen. Sagt ihr, wenn ich noch zehnmal ein junges Leben für sie müßte im Elend verbringen, ich würde es mit Freuden tun, ohne einen andern Lohn als den, daß sie mir hold wäre.«

»Aber sie möge das Versprechen erfüllen, so sie mir gegeben in der Gruftkapelle zu Hasela vor drei Tagen, und mein Geist wird dann segnend die Burgen umziehen, die dem Herrn von Rappoltstein gehören.«

»Er sank erschöpft auf sein Lager und sprach vor seinem Ende nichts mehr, und als unser Bruder Sakristan in der Frühe zur Mette läutete, hauchte der Fremdling seine Seele aus.«

»Auf unserm Friedhof unter Tannen haben wir ihn unter dem Gebet aller Brüder begraben und ein hölzernes Kreuz ihm aufs Grab gesteckt. Der Herr aber möge ihm die ewige Ruhe geben!«

Kaum hatte der Bruder Veit das letzte Wort gesprochen, als Herzeleide aus dem Saale hinausging. Ihre Tränen trieben sie fort in ihre stille Kemenate, wo sie sich ausweinte und nimmer sehen ließ an jenem Abend. Ihre Brüder aber erzählten dem Mönch noch näher den Grund der Tränen.

Als dieser am andern Morgen vor der Abreise Herzeleide fragen ließ, ob er sie sprechen dürfe, sagte sie ihm zu und empfing ihn mit den Worten: »Hier, Bruder, habt ihr einen Goldgulden. Nehmt ihn, und wenn ihr heimkommt, geht ihr so bald als möglich hinab ins Kloster Alpirsbach. Dort lebt, wie ihr wißt, ein geschickter Mönch, der Stein- und Bildhauer und Baumeister ist. Er soll einen Marmelstein glätten und darauf mit vergoldeten Buchstaben schreiben: ›Herzeleide dem getreuen, unglücklichen Rumo.‹«

»Und diesen Stein legt ihr auf das Grab des Geißlers, der bei euch starb. Und wenn ich einmal seinen letzten Wunsch, den er euch auftrug, erfüllt haben werde, so komm' ich selbst hinauf, um an seinem Grab zu beten.«

Bruder Vitus sagte gerührt treue Besorgung zu, nahm seinen Bettelsack auf die Schulter und schied, den waldigen Höhen des Kniebutz zu.

18.

Der Winter des Jahres 1349 kam und ging. Der schwarze Tod hörte auf und mit ihm die Geißler-Fahrten. Die Menschen, so ihn überlebt, begannen wieder frei zu atmen und sich des Lebens zu freuen.

In diesen Tagen zog ein stattlicher Zug von Reitern und Reiterinnen zu Pferd vom Kinzigtal her dem Wasgau zu.

Die Grafen Heinrich und Hug von Hasela, ihre Vettern Konrad und Walther, Herren zu Ortenberg und Geroldseck, und die Gemahlinnen all' der genannten Herren geleiteten mit glänzendem Gefolge Herzeleide über den Rhein, zur Trauung nach Rappoltsweiler.

Der Herr Ulrich hatte wieder angefragt und das Jawort erhalten.

In Straßburg schloß sich der dortige Domherr, Graf Johann von Fürstenberg, Herr von Wolfa, dem Zuge an.

Feierlich und freudig empfing der freie Herr Ulrich mit seiner ganzen Ritter- und Bürgerschaft an den Toren der lieblichen Stadt Rappoltsweiler seine langersehnte Braut und führte sie zum Traualtar in der alten Pfarrkirche zum hl. Georg und dann mit allen Gästen und den Geschlechtern seiner getreuen Stadt auf die neueste und schönste seiner Burgen, auf die Ulrichsburg, zum fröhlichen Mahle.

Eine ernste Schönheit, gewann Herzeleide alsbald das Wohlgefallen aller wasgauischen Edlen, die mit am Mahl saßen.

So ward Herzeleide die eheliche Hausfrau des freien Herrn Ulrich von Rappoltstein, der Dichter und Sänger war und der ihr oft, da beide auf den Söllern ihrer drei Burgen saßen, Lieder sang, während sie hinüberschaute nach den heimatlichen Schwarzwaldbergen.

Sie hatte die Liebe zum Minnesang von ihrem Vater ererbt und Rumo ihr die Lieder der ritterlichen Dichter ins Herz gesungen.

Mit Vorliebe saß sie auch in ihrer Kemenate und las in der prachtvollen Handschrift, welche ihr Gemahl von den Straßburgern Claus Wisse, Philipp Kolin und dem Juden Samson Pine hatte übersetzen und fertigen lassen.[57] Sie enthielt eine Ergänzung und Erweiterung der Dichtung vom Ritter Parzival nach der französischen Bearbeitung des Manessier, die ihr Herr Gemahl für schweres Geld einst erworben

---

[57] Diese Handschrift, 1336 vollendet, befindet sich heute im Besitze des Hauses Fürstenberg.

hatte. Die Leiden der Mutter Parzivals, deren Namen sie trug, waren ihr jeweils ein Trost.

Als sie nach Jahr und Tag zum erstenmal wieder zu Besuch in die Heimat kam, ritt sie mit ihres Eheherrn Wissen auch hinauf auf den Kniebutz, um zu beten über Rumos Grab und um sich zu überzeugen, ob er seinen Denkstein habe.

»Bald könnt' ihr auch für mich beten«, sagte sie zu den Klosterbrüdern, da sie wieder von dannen ritt.

Ehe ein Jahrzehnt um war seit Rumos Tod, wurde auch sie begraben in der Kirche zu Rappoltsweiler am Fuße der Wasgauberge. Sie starb kinderlos.

Ihr Bruder Heinrich war vor ihr aus dem Leben geschieden. Herr Hug starb erst 1371. Seinen einzigen rechtmäßigen Sohn Johans haben die Schweizer am 9. Juli 1386 bei Sempach erschlagen.

Das Haus Fürstenberg-Hasela war zu Ende.

Hasela hörte auf eine Residenz zu sein und verfiel so im Laufe der Zeit der Demokratie.

Längst sind in ihm Minnesang, Schwert- und Speeresklang verschwunden samt der alten Zähringerburg.

Mehr denn fünf Jahrhunderte sind seitdem über die Erde dahingegangen. In Hasela ist fast jede Spur aus jenen Tagen vertilgt. Nur drei Steine, deren Sprache niemand kennt im jetzigen Hasle, sind noch die einzigen Zeugen des 14. Jahrhunderts.

Im Durchgang des heutigen Kirchturms ist eine Skulptur eingemauert, Adam und Eva im Paradies darstellend. Sie ist noch das einzig erhaltene Stück der romanischen Kirche, in der einst Johannes von Hasela, der berühmte Dominikaner, seine tapferen Reden hielt.

Und in der Kirche selber steht ganz hinten an der linken Seite des Schiffes ein gewaltiges Bild, das einen aufrecht stehenden, betenden Ritter in überlebensgroßer Gestalt in Stein wiedergibt. Er ist ganz in Eisen gerüstet, vom Haupt bis zur Sohle. Den Wappenschild seines Geschlechtes trägt er an der linken Seite, während sein mächtiges Schlachtschwert neben ihm, der Schlachthelm aber mit den Büffelhörnern als Zier unter dem mit der Eisenhaube bedeckten Kopfe ruht.

Keine Umschrift besagt, wer der Ritter sei, der seit einem halben Jahrtausend an dieser Stelle seine gewaltigen Hände faltet. Drum heißt derselbe auch bis zur Stunde bei all' denen, die hier Gott dienen und in des Gotteshauses Frieden wohnen, des Ritters Namen aber nicht kennen, – *der steinerne Mann.*

Dieser steinerne Mann ist aber niemand anders als der Graf Gottfried von Fürstenberg-Hasela, der tapfere Haudegen, der lustige Sänger und der Vater Herzeleidens.

Ihn, seine Zeit, seines Hauses Geschichte in meinem lieben Hasela zu schildern, das war meine Absicht bei dieser Erzählung, auf daß die von Hasle wissen, wer der steinerne Mann in ihrer Kirche ist, und wie die Menschen lebten, liebten, kämpften und stritten zu seiner Zeit.

Dem steinernen Mann gegenüber an der anderen Kirchenwand ist eine flache Steinplatte; sie bekundet, daß Anna von Montfort, die Gemahlin des Grafen Götz, im Jahre 1341 am Tage des hl. Hilarius gestorben sei.

Reden in Hasle nur noch drei Steine aus jenen Tagen, so leben aber noch Fürsten heute und Könige, die aus Hasela stammen und aus dem Blute des steinernen Mannes.

Als sein Enkel Johans unter den Morgensternen der Schweizer Bauern gefallen war, blieb allein noch vom Hause Fürstenberg-Hasela übrig seine Schwester Adelheid. Sie war im Jahre 1377 die Gemahlin des Grafen Friedrich, des älteren, von Hohenzollern, geworden und damit die Stammmutter der heutigen Fürsten von Hohenzollern und aller derer, die von diesem Geschlechte auf Königsthronen saßen und jetzt noch sitzen. So konnte auch aus Hasle was Gutes kommen, und daß Fürsten, Könige und Königinnen unserer Tage eine geborene Haslacherin als ihre Urmutter betrachten müssen, das freut selbst einen alten Demokraten wie mich.